novum premium

NOELIA PÉREZ

WO Leben UND Freiheit SICH VERWEBEN

novum premium

Dieses Buch ist auch als
e-book
erhältlich.

w w w . n o v u m v e r l a g . c o m

Bibliografische Information
der Deutschen Nationalbibliothek:

Die Deutsche Nationalbibliothek
verzeichnet diese Publikation in
der Deutschen Nationalbibliografie.
Detaillierte bibliografische Daten
sind im Internet über
http://www.d-nb.de abrufbar.

© 2024 novum Verlag

ISBN 978-3-99130-518-7
Lektorat: Dr. Angelika Moser
Umschlaggestaltung: Acelya Soylu
Layout & Satz: novum Verlag

www.novumverlag.com

Druckprodukt mit finanziellem
Klimabeitrag
ClimatePartner.com/16547-2311-1001

Widmung

Meine Grosseltern väterlicherseits waren aus Spanien. Während der Zeit der Diktatur von Francisco Franco zogen sie in die Schweiz und bauten sich da ihre Familie auf. Allerdings erkrankte meine Grossmutter schwer an Asthma. Schweren Herzens beschlossen sie und ihr Mann, wieder zurück nach Spanien zu kehren, da das Klima dort in den Bergen und am Meer besser für die Gesundheit der beiden war. Ihre inzwischen erwachsenen Kinder blieben mit ihren eigenen Familien in der Schweiz. In den Ferien besuchten wir sie aber regelmässig. Meine Grossmutter war, aufgrund ihrer Erkrankung, immer auf Sauerstoff angewiesen. Da es damals noch keine tragbaren Asthmageräte gab, war sie, in meinen Augen, zuhause gefangen im Radius ihres Sauerstoffschlauchs. Als Kind fragte ich sie einmal unverblümt und ehrlich, ob ihr nicht langweilig werde so. Sie lachte und verneinte die Frage sofort. Sie habe viele Dinge um sich rum, die sie erfüllten und glücklich machten. Sie war eine begabte Malerin, kochte und backte gerne, bastelte und nähte viel. Und sie schrieb, hauptsächlich Gedichte. Damit füllte sie vor allem die Zeiten, in denen sie im Krankenhaus war. Obwohl sie unvorstellbar schwierige Jahre hinter sich und ein bewegtes Leben geführt hatte, verlor sie niemals den Lebenswillen. Ihre Augen strahlten immer pure Freude und Dankbarkeit aus, sie motivierte alle mit ihrer so positiven Lebenseinstellung. Sie fand die Kraft zum Leben stets in ihrer Familie und ihrem starken Glauben. Und in ihren Gedichten.

Ihre Gedichte hat sie in zwei Gedichtbücher drucken lassen für den Kreis ihrer Familie und ihrer engen Freunde. Ihr zweites Buch begann mit dem Satz:

„Escribir es sentirme viva" – „Schreiben ist, mich lebendig fühlen."

Was ich als Kind nie verstanden habe, kristallisierte sich für mich in der Jugend heraus. Nach dem Tod meiner Grossmutter erwischte ich mich, wie ich in schwierigen Situationen immer mehr geschrieben habe. Tagebücher, Gedichte, philosophische Texte, Sprüche und Geschichten. Alles geknüpft an meine Erfahrungen, Erlebnisse und Erkenntnisse. Es half mir, Geschehenes zu verarbeiten und meine oft sehr wirren Gedanken zu sortieren und in eine Reihenfolge zu bringen. Immer mehr verstand ich ihre Aussage, dass sie sich beim Schreiben lebendig fühlte. Und auch wenn ich diese Zeilen mit Tränen in den Augen schreibe, so fühle ich mich von der Liebe meiner Grossmutter umarmt. Und von den Worten in ihren Gedichten, die auch Jahre nach ihrem Tod zu den Herzen derjenigen spricht, die bereit sind, sich dem zu öffnen. Sie hat im Schreiben einen Weg gefunden, uns immer nahe zu sein und in uns mit ihrer Liebe und Güte, ihrer Wärme und Lebensfreude weiterzuleben, die sie uns zeit ihres Lebens geschenkt hat.

Im Schreiben fühle ich mich nicht nur lebendig, sondern auch verbunden mit einem Menschen, mit dem ich eine Lebensphilosophie und eine Leidenschaft teile.

Ihr widme ich dieses Buch. In tiefster Dankbarkeit und Demut. Und in ewiger Liebe.

Noelia Pérez

Inhaltsverzeichnis

Das Ende einer Ära

Es war stressig, ja.

Während ich telefonierend versuchte, mit nur einer Hand mein Schulzeug aus meinem Spind zu holen und in meiner Tasche zu verstauen, redete meine beste Freundin von rechts ununterbrochen auf mich ein. Wie toll es doch sei, dass wir nun endlich unsere Matura bestanden haben und mit dem Studium beginnen können. Gleichzeitig redete meine Mutter über das Handy auf dem linken Ohr eindringlich auf mich ein, ich solle dies und jenes mit einpacken und pünktlich am Flughafen sein. Und dass ich ihr doch bitte noch meine Flugnummer schicken solle. In diesem Moment klingelten die Glocken zum Unterrichtsende durch die Gänge und die lärmenden Schüler rannten alle zu ihren Spinden. Ich wurde von einer Seite unsanft angerempelt, dabei glitten mir die Bücher aus der Hand. Ich fluchte ungehalten: „Verdammte Scheisse!"

Während mich meine Mutter am Telefon tadelte, lachte meine beste Freundin Ylenia schallend los. Dann wandte sie sich wieder ihrem Spind zu, den sie entspannt und in aller Ruhe ausräumte. Diese Ruhe konnte sie sich ja leisten, im Gegensatz zu mir. Sie hatte ihre Prüfungen mit Bestnoten bestanden und sich nicht nur für einen Studienplatz angemeldet, nein mehr noch, diesen sogar bestätigt bekommen. Ich fühlte mich plötzlich total eingeengt und hatte das Gefühl, unter Wasser zu sein und keine Luft mehr zu bekommen. In meinem Kopf war nur noch ein dumpfes Dröhnen und alles vor meinen Augen begann langsam zu verschwimmen.

„Stopp!", rief ich in diesem Moment, ich hielt es einfach nicht mehr aus. Ich fühlte mich, als hätte ich einen Ballon in meiner Brust, der kurz vor dem Platzen war.

„Mama, ich ruf dich zurück!", rief ich in das Handy, legte, ohne ihre Antwort abzuwarten, auf und warf es ganz nach hinten in den Spind. Ich stützte mich mit beiden Armen an den Spind und warf Ylenia mit hochgezogener Augenbraue einen langen, strengen Blick zu. Sie verstand sofort, dass gleich mein innerer Vulkan in die Luft gehen würde, wenn sie jetzt nicht sofort ihren Mund hielt. Mir war sowieso alles zu viel im Moment. Fast drei Monate hatte ich ununterbrochen für die Prüfungen gelernt, im Anschluss an diese sofort nach einem Studienplatz gesucht und zum Schluss noch eine letzte Universität in der Schweiz gefunden, die mich auf ihre Warteliste setzte. Alle anderen Universitäten hatten ihre Plätze schon belegt und nahmen mich auch nicht mehr auf ihre Wartelisten. Leider war es die Universität in Bern. Falls ich dort einen Platz bekommen sollte, werde ich entweder pendeln müssen oder mir in der Nähe eine Wohngemeinschaft oder eine Studentenunterkunft suchen. Eigentlich war meine erste Wahl die Uni in Zürich gewesen, aber die war begehrt und eine der ersten, die alle Plätze gefüllt hatte. Ich sollte mich aber nach der offiziellen An- und Abmeldefrist noch telefonisch bei der Universität melden, um nachzufragen, ob ich einen Platz bekäme oder eine derjenigen war, die von der Liste gestrichen wurden. Ich hatte mich schon vor einiger Zeit für ein Jurastudium entschieden. Es waren dessen Inhalte und die Fragen nach dem Recht und der Gerechtigkeit, die mich schon immer fasziniert hatten. Und trotzdem war ich nicht zu 100 % überzeugt von meiner Entscheidung. Und damit meine ich nicht die Wahl des Studiengangs, sondern überhaupt erst die Wahl dieser akademischen Laufbahn an sich. Noch gröber gesagt: ich war mir nicht sicher, ob ich schulisch und beruflich den richtigen Weg für mich eingeschlagen hatte. Gerade nach den Ereignissen in den letzten Monaten. Und ich stellte auch immer mehr in Frage, ob ich generell der Typ Mensch für ein Studium war. Aber jetzt blieb mir nichts anderes übrig, ich hatte mich aus eigenen Stücken dazu entschieden, das Gymnasium zu besuchen. Und nun, wo ich es bestanden hatte, musste ich doch einfach da anknüpfen. Das erwartete man ja von mir. Wie sähe das nur aus, wenn man die Matura bestanden hatte und sich im Anschluss gegen ein Studium entschied? Welches wären denn die Alternativen? Was wollte ich eigentlich? Und wenn ich mal alle Erwartungen von Aussen aus meinen Gedanken verbannen würde, wie würde mein Lebensweg dann aussehen?

Jemand klopfte mir auf die Schulter und ich wirbelte mit einem erschrockenen Schrei herum. Es war Ylenia, die mich nun besorgt musterte.

„Du bist gerade wieder total abgeschweift, nicht wahr?"

Ich schloss kurz die Augen und atmete tief ein. Dann nickte ich und sah meine beste Freundin an. Wir steckten immer noch mitten in der Masse an Schülern, die ihre kurze Pause nutzten, um bei den Spinden das Schulmaterial für die nächsten Stunden zu holen. Diese wirkten alle so motiviert und ehrgeizig in dem, was sie taten. Wenn sie nur wüssten …

„Stopp", befahl mir Ylenia sanft. Einmal mehr staunte ich über ihre feinen Antennen und mitfühlende Art, mit der sie mich aus meinen Gedanken holte. Ich seufzte tief, löste meinen Blick von Ylenia und stiess mich von meinem Schrank ab. Dann hob ich die Bücher, die noch immer am Boden lagen, auf und stopfte sie in meine Tasche.

Genervt nahm ich das Geschichtsbuch und die letzten drei Deutschbücher aus meinem Fach. Mein Blick fiel auf das oberste Buch. Es war „Andorra" vom Schriftsteller Max Frisch. Ein Drama, in dem unter anderem die Identitätsfrage thematisiert wurde. Identität, das war ein gutes Stichwort …

„Solea", schrie Ylenia über den Lärm der Schüler hinweg.

„Was ist?", fauchte ich sie an, und hatte im gleichen Moment ein schlechtes Gewissen, sie so angefahren zu haben. Sie meinte es ja nur gut. Aber ich war geladen, gereizt, unruhig und fühlte mich hier in den Schulgängen total unwohl. Ich wollte diese Schule so schnell wie möglich wieder verlassen. Eine leichte Übelkeit breitete sich in meinem Magen aus und ich schluckte. „Tut mir leid", sagte ich an Ylenia gerichtet. „Hast du was gesagt?"

„Ja … ich habe dich gefragt, ob du jetzt endlich bei der Uni Bern angerufen hast? Gestern war doch Anmeldeschluss, heute müssten die fixen Studentenlisten stehen."

Ich riss meine Augen auf. Alles, was zuvor noch brodelte in mir, wich einer eiskalten Starre, ein Schauer lief mir den Rücken hinunter. Der Ballon in meiner Brust schrumpfte sofort, jegliche Luft und Spannung entwich ihm. Und wieder klatschten die Bücher auf den Boden. Mit zitternden Händen und pochendem Herzen holte ich mein Handy aus den Tiefen des Spindes und sah auf das Datum im Display, das mir höhnisch ins Auge sprang. Ich drehte mich um, liess meinen Kopf schwer gegen die weisse Fläche knallen, schloss die Augen und liess mich zu Boden gleiten.

„Was ist los?", hörte ich von rechts. Die Flure leerten sich allmählich. Und in Ylenias Tonfall lag diese warme Empathie und Unvoreingenommenheit, die ich so sehr mochte an ihr. Sie setzte sich vor mich auf den Boden, legte mir eine Hand auf mein Knie und sah mich ruhig und fragend an. Ich blickte ihr in die wunderschönen rehbraunen Augen, die zu der Person gehörten, die in den letzten Jahren wie eine Schwester für mich geworden war. Wir hatten zusammen geweint und gelacht, gestritten und uns wieder versöhnt und uns gegenseitig alles erzählt und anvertraut. Die schrille Glocke, die die nächste Unterrichtslektion ankündigte, liess mich zusammenfahren. Ich schüttelte wie in Zeitlupe den Kopf. Nachdem auch das Echo der Schulglocke verstummt war, antwortete ich leise:

„Ich habe noch nicht angerufen. Ich habe Angst vor der Antwort. Und zwar vor beiden Antworten, die möglich sind." Ylenia sah mich mit gerunzelter Stirn an. „Wieso?"

„Einerseits weiss ich nicht, ob ich schon bereit bin für ein Studium. Andererseits ... was soll ich ohne Studium und nur mit einer Maturität machen?"

Es war plötzlich so still in diesem Flur, in dem noch vor zwei Minuten die lernhungrigen Schüler herumtobten wie ein Haufen wild gewordener Hyänen. Ylenia stiess die Luft aus, die sie angehalten hatte. Wenigstens hatte sie noch welche, ich hatte gefühlt keine mehr.

„Ruf doch jetzt an. Ich bin bei dir. Irgendwann musst du es ja tun."

Sie stand auf, griff in meinen Kasten, holte mein Handy heraus und setzte sich mit diesem neben mich. Sie reichte mir meines, während sie ihr eigenes Handy aus der Tasche fischte und für mich die Nummer der Universität von Bern googelte. Sie diktierte mir die Nummer und ich tippte sie in mein Handy ein, doch bevor ich den Anruf startete, sah ich Ylenia an. Sie nickte mir bestimmt und aufmunternd zu. Also holte ich tief Luft, drückte den grünen Knopf, hielt mir das Handy ans Ohr und wartete darauf, dass mich jemand am anderen Ende der Leitung endlich von meinen inneren Qualen erlösen würde.

„Universität Bern, was kann ich für Sie tun?", trällerte eine fröhliche, hohe Frauenstimme.

„Hier ist Solea Moreno. Ich stehe noch auf der Warteliste für das Jurastudium, das im August beginnt. Können Sie mir sagen, wie es aussieht?", leierte ich so schnell wie möglich runter.

„Solea Moreno, einen kleinen Moment bitte, ich schaue nach."

In der Leitung war Musik zu hören.

„Am liebsten würde ich auflegen", zischte ich Ylenia zu. Meine Nerven waren zum Zerreissen gespannt, ich zitterte am ganzen Körper. Dann klackte es in der Leitung und die Dame war wieder zurück am Apparat.

„Solea Moreno", wiederholte sie, „leider konnten wir sie nicht aufnehmen für dieses Jahr, alle Plätze wurden belegt. Sollen wir Sie für das nächste Jahr einschreiben?"

Das Klopfen meines Herzens kam kurz aus dem Takt, ehe es weiter wie wild gegen meine Brust hämmerte. Wie ferngesteuert antwortete ich:

„Nein, danke. Meine erste Wahl wäre sowieso die Universität in Zürich gewesen. Nach Bern hätte ich pendeln müssen oder …"

Ich unterbrach mich selbst. Meine Probleme interessierte sie doch nicht, kein Grund also, dieser fremden Frau mein Herz auszuschütten.

„Ich probiere es dann nochmals in Zürich", sagte ich schnell. „Danke für die Auskunft, auf Wiederhören."

Ich legte auf, ohne verstanden zu haben, was die nette Frau der Administration noch sagte oder fragte. Ich lehnte meinen

Kopf zurück an die Spinde und schloss die Augen. Ylenias Hand drückte sanft meine Schulter. Es tat gut, jetzt gerade nicht allein zu sein. Alle Anspannung wich aus mir. Alle Ängste und Unsicherheiten flossen gerade langsam davon. Wieso hatte ich mit dieser Absage einen kleinen Hüpfer der Freude tief im Inneren empfunden? Hatte ich innerlich heimlich ebenfalls auf ein „Nein" gehofft?

„Was willst du jetzt tun?", fragte Ylenia vorsichtig.

Ich raufte mir die Haare, warf dann meine Hände in die Luft und antwortete resigniert: „Meinen Eltern berichten, dann endlich in die Ferien fliegen und nächstes Jahr mit dem Studium beginnen. Was anderes bleibt mir im Moment nicht übrig, oder?"

Ich griff erneut nach meinem Handy und wählte wieder die Nummer meiner Mutter, die mit meinem Bruder und meinem Vater bereits nach Spanien in die Sommerferien geflogen war. Ich würde morgen nachfliegen und noch zwei Wochen Ferien mit ihnen zusammen verbringen.

„Solea, warum legst du einfach auf?", fragte meine Mutter aufgebracht und ohne Begrüssung, ich erkannte auch den leicht gekränkten Unterton in ihrer Stimme.

„Ich habe den Platz für das Studium im September nicht bekommen", brach ich ohne Begrüssung heraus, trocken und nüchtern, ohne jegliche Emotionen. Einen Moment lang herrschte Stille. Dann fragte meine Mutter:

„Wieso denn nicht?"

„Ich war auf der Warteliste in Bern. Ich schaffte es schlichtweg nicht, gleichzeitig meine Prüfungen zu managen und nach einem Studienplatz zu suchen. Es war mir, neben allem, was sonst noch gelaufen ist, einfach zu viel und zu stressig. Und als ich mich anmelden wollte, waren zu dem Zeitpunkt alle Plätze schon belegt. Die Uni in Bern hat mich als einzige noch auf die Warteliste gesetzt, heute habe ich nachgefragt, aber auch sie haben alle Plätze besetzt."

Ich verstummte, bevor ich mich um Kopf und Kragen redete. Es brachte nichts, es gab keine Entschuldigung für diese Situation. Es war wieder einen Moment still in der Leitung. Plötzlich lachte meine Mutter.

„Das ist typisch du! Das heisst, du wirst ein Jahr Pause machen, bevor du nächstes Jahr beginnst zu studieren?"

„Habe ich eine andere Wahl?", fragte ich zynisch mit einem bissigen Unterton.

„Nein", sagte sie. „Überleg dir aber, was du in diesem Jahr machen wirst. Vielleicht einen Studentenjob, eine Weiterbildung, Kurse oder so, ah, und die Anmeldung fürs Studium, ja! Besser früher als zu spät. Na ja, aber Solea, wegen der Abflugzeiten …", fuhr sie fort, doch ich unterbrach sie schnell.

„Ich weiss, ich schicke dir die Flugnummer noch per WhatsApp, bis dann!", sagte ich schnell und legte auf wie schon beim ersten Mal. Ich schnaubte, stand auf und las ein zweites Mal meine Bücher vom Boden auf. Was für ein Bild. Ich identifizierte mich mit den Büchern. Tiefer und unsanfter als auf den hässlichen Linoleumboden im Untergeschoss der Schule konnte man wohl nicht fallen. Dann stopfte ich diese in meine Tasche, zerrte noch meine Sporttasche aus meinem Fach, entfernte das Schloss davor und machte mich ratlos und ausgelaugt auf dem Weg zum Ausgang. Ylenia holte mich rasch ein, legte mir einen Arm um die Schulter und flüsterte mir verschwörerisch ins Ohr:

„Ich würde das Jahr ausnützen."

Ich hielt abrupt an. „Wie meinst du das jetzt, Ylenia?"

„Na ja, wir wissen beide, dass du im letzten Jahr über die Grenzen deiner Belastbarkeit hinausgeschossen bist. Und ganz ehrlich, Solea. Hast du in deinem Leben jemals gelebt? Hast du jemals gelebt, ohne an Schule zu denken? Hast du jemals gelebt, ohne an deine Zukunft zu denken?"

Ich sah betreten den Boden an. Wer ist überhaupt auf die Idee gekommen, diesen grün einzufärben? Grün war eigentlich die Farbe, die für Ruhe, Sicherheit und Vertrauen stand, das ist mir aus dem Bildnerischen Gestalten noch geblieben, als wir uns mit dem Farbkreis und der Bedeutung verschiedener Farben beschäftigt hatten. Aber dieses Grün war richtig dunkel und schmutzig, überall waren braune und graue Streifen mit eingearbeitet.

Sollte das Kunst sein? Wenn ja, betrachtete ich es definitiv mit einem anderen Auge als der Künstler selbst. Ylenia räusperte sich kräftig und holte mich damit zurück in den Moment. Sie kannte mich sehr gut und wusste, dass ich nicht selten aus der Realität abschweifte und mich in unlogische, nichts nützende, energieverschwendende Gedanken flüchtete. Ich blickte sie an. Sie ergriff meine Schultern und sah mich ganz bestimmt an. Mit fester, theatralischer Stimme trug sie vor:

„Solea, ich prophezeie dir, dass ein unvergessliches Jahr voller Leben und Marmeladenglasmomenten vor dir liegt. Sobald du durch die Türen dieser Schule treten wirst, wirst du als neuen Menschen geboren und ein neues Leben beginnen. Wer weiss, vielleicht landest du in einer Parallelwelt, so wie die Kinder in den Chroniken von Narnia von Clive Staples Lewis."

Ich konnte nicht anders und prustete los.

„Übertreib mal nicht, okay?"

Ich setzte mich wieder in Bewegung, Ylenia kam sofort hinterher und rempelte mich spielerisch an.

„Solea, was ich damit sagen möchte: Lerne, das Leben zu geniessen, und entfalte deine Freiheiten."

Ich stupste zurück und legte ihr dann einen Arm um die Schultern.

„Das werde ich versuchen", versprach ich ihr und legte einen dankbaren Unterton in meine Stimme. Dann straffte ich die Schultern und stiess zum letzten Mal die schwere Eingangstüre dieses Schulhauses auf. Es ging sicher nicht in eine fantastische Parallelwelt wie Narnia, es ging hinaus auf die Strasse, in die brutale Realität. Ich würde meine Schulzeit nicht vermissen, ich war froh, dass sie zu Ende war. Und während ich hörte, wie die Türe im Hintergrund ins Schloss fiel, fühlte ich, wie ein Teil des Stresses hinter diesen geblieben war. Das liess Platz für ein ganz neues, komisches Gefühl. Ein Gefühl der Erleichterung, der Freude. Darüber, dass ich das Studium verpassen würde? Ich konnte es nicht einordnen. Doch ich beschloss, meinen Gedanken schnell ein Ende zu setzen. Ich würde nun erst mal die Ferien geniessen, mein studienfreies Jahr planen und mich für nächsten Sommer anmelden. Alles halb so wild, die Welt würde sich ja wie gewohnt weiterdrehen. Dass mir das Leben einen Strich durch die Rechnung machen würde und Ylenias Prophezeiung wahr werden könnte, konnte ich noch nicht ahnen, als ich mit ihr zusammen ein gewaltiges Lebenskapitel hinter mir liess.

Ein Jahr Leben

Am nächsten Morgen reiste ich wie vereinbart in die Ferien nach San Javier, eine Gemeinde in der autonomen Region Murcia im Südosten Spaniens. Am Flughafen von Alicante wartete ich erst mal ungeduldig auf meinen Koffer, der natürlich als einer der letzten auf dem Gepäckausgabeband auftauchen würde. Das waren vermutlich die Konsequenzen davon, dass ich immer überpünktlich und als eine der ersten meinen Koffer eincheckte. Während der Wartezeit liess ich meinen Blick umherschweifen. Im Dutyfree, durch das ich gekommen war, dominierten helle, wilde und lebensfrohe Farben. Rot und Gelb, die Farben der spanischen Flagge, waren omnipräsent in den Schlüsselanhängern und Magneten, in den Keksdosen und sogar den Plüschtieren, die verkauft wurden. Vor den Toiletten standen die Frauen Schlange, während es bei den Männern ein geschmeidiges Kommen und Gehen war. Auf den benachbarten Gepäckbändern drehten die Koffer aus Paris, Lissabon und Madrid ihre Runden. Als ich meinen Koffer auf dem Band von Zürich erblickte, hechtete ich hin und riss ihn vom Band. Doch dann stoppte ich mich selber.

„Nicht so hektisch", flüsterte ich mir zu. Langsam und bewusst, einen Fuss bedächtig vor den anderen setzend lief ich zum Ausgang hin. Dann passierte ich endlich den Zoll, nein, ich hatte nichts anzumelden, grün also. Ich durchquerte die kleine Ankunftshalle des Flughafens und steuerte direkt auf den Ausgang zu. Draussen hielt ich inne. Mehrere Personengruppen warteten gemeinsam mit mir auf ihre Taxis oder diejenigen, die sie abholen würden, und unterhielten sich. Ihre Sprache, die auf mich einprasselte, schoss direkt so warm durch meine Venen wie das Wetter, das mich in diesem Moment in Südostspanien willkommen hiess. Mit dieser Wärme breitete sich ein Gefühl von Zugehörigkeit in mir aus. Es war schön, wieder hier zu sein.

Jede Person, dessen Blick ich kreuzte, lächelte mich warm und willkommen an. Meine Mundwinkel zogen sich ebenfalls automatisch hoch und erwiderten die Gesten mit voller Ehrlichkeit. Ich entspannte mich allmählich etwas und sah hoch zum strahlend blauen Himmel, an dem nur vereinzelte süsse, kleine Wolken zu sehen waren. Ich schloss die Augen und genoss die Wärme der Sonne meiner Heimat auf meinem Gesicht. Jedes Mal, wenn ich in Spanien landete, kehrte ein Stück meiner Seele nach Hause. In Spanien konnte ich viel eher die Person sein, die ich war. Ich konnte hier die südländischen Charakterzüge, die ich von der Familie meines Vaters geerbt hatte, voll und ganz ausleben, ohne anzuecken oder mich erklären zu müssen. Als jemand laut meinen Namen rief, zuckte ich zusammen und schreckte aus meinem schon fast entspannten Zustand hoch. Ich sah mich suchend um und mein Blick blieb an dem silberfarbenen Mietauto hängen, das vor dem Flughafengebäude nur ein paar Meter von mir entfernt parkte. Davor stand meine Mutter in ihrem grellgelben, geblümten Sommerkleid und winkte mich aufgeregt zu sich. Ich setzte mich langsam in Bewegung, doch es konnte ihr gar nicht schnell genug gehen. Sie rannte auf mich zu und schlang ihre Arme um mich. Sie drückte mich fest an sich und verteilte Küsschen auf meiner Wange. Ich kniff die Augen zusammen und zog meine Nase kraus, doch ich liess sie gewähren. Zwei Wochen hatten wir uns nicht gesehen, nur gelegentlich telefoniert oder geschrieben. Ich wusste, wie wichtig dieser Moment für sie war, es fiel ihr noch immer schwer, sich von mir abzulösen und mir meine Freiheiten zu lassen. Nachdem sie mich losgelassen hatte, sah sie mich prüfend und mit einer leichten Besorgnis in ihrem Blick an.

„Mama, mir geht es gut, wirklich!", versicherte ich ihr, da ich genau wusste, welche Frage sie gleich gestellt hätte.

„Ach, Solea, bist du sicher?"

„Ja", erwiderte ich kräftig und sagte: „Das Studium kann ich auch nächstes Jahr beginnen. Klar, es ist ärgerlich und es nervt mich auch, nicht jetzt starten zu können, aber es ist kein Weltuntergang, oder?"

Ich merkte, wie ich langsam anfing, dieses Spiel zu geniessen. Nach aussen die Zerknirschte zu spielen, die so enttäuscht war, dass sie das Studium nicht beginnen konnte. Aber innerlich triumphierte ich mittlerweile, dass ich ein Jahr frei hatte. Ein Jahr frei bedeutete doch ein Jahr Leben. Ein Jahr Freiheit. Ein Jahr Spontanität. Bisher war mein gesamtes Leben durchgetaktet, jeder Tag vom Kindergarten bis zur Matura penibel durchgeplant. Zu Beginn war es noch meine Mutter, welche die Strukturen vorgab, doch irgendwann baute ich mir auch meine eigenen auf. Ich war es so gewohnt, es gab mir die nötige Sicherheit, die ich brauchte. Bis zu einem Punkt, an dem das ganze Konstrukt zusammenbrach und jegliche Planung nicht mehr funktionierte. Es war ein Lebensabschnitt, in dem ich ins Straucheln kam, dem Stress verfiel und fast zerbrach. Und ich spürte einen Teil in mir, der endlich aus diesem Käfig ausbrechen wollte. Aber ob meine Eltern dies ohne Wenn und Aber akzeptieren würden, wusste ich nicht. Eigentlich war ich volljährig und konnte tun und lassen, was ich wollte. Trotzdem fügte ich mich immer noch den ungeschriebenen Regeln meiner Eltern und meinen eigenen Erwartungen von Leistung und Bildung. Um nicht in Erklärungsnot zu kommen, wieso ich jetzt in der nächsten Zeit jegliche Planung über den Haufen werfen würde, verfolgte ich mein Muster weiter, verschränkte die Arme, blickte zu Boden und tat so, als wäre mir die ganze Situation unangenehm. Ich musste mich so zusammenreissen, um den nach Freiheit schreienden Vogel in meiner Brust keine Beachtung zu schenken und den Käfig schön geschlossen zu halten. Irgendwann würde mein Moment kommen, um auszubrechen. Das fühlte ich. Ich musste nur noch etwas Geduld haben. Eine Weile sah sie mich an, dann nickte sie.

„Da hast du wohl recht", seufzte sie.

Ich zuckte mit den Schultern und lächelte.

„Papa und Alejandro wissen es wahrscheinlich auch schon, oder?"

Sie nickte. Eigentlich sollte mir doch klar sein, dass sie meinem Vater und meinem Bruder alles erzählen würde. In unserer Familie hatte man keine Geheimnisse. Alles, was man tat, musste man rechtfertigen oder erklären.

„Ich glaube, es wird Zeit für den Strand", murmelte ich, als ich mein Gepäck in den Kofferraum des Autos hievte und meine Mutter den Motor startete. Ich setzte mich neben sie auf den Beifahrersitz und sie lenkte das Auto aus dem Flughafengelände raus, direkt auf die Autobahn nach San Javier.

Während der einen Stunde Fahrt zum kleinen Ferienhaus meiner Grosseltern sprachen wir nicht viel. Sobald wir von der Autobahn runterfuhren und auf die Strasse an der Strandpromenade einbogen, öffnete ich das Fenster auf meiner Seite und liess alle Gerüche und Geräusche auf mich einwirken. Der Duft nach Palmen und Sand, der Geruch nach dem hoch konzentrierten Salzwasser des Mar Menor, der warme Sommerwind. Die bellenden Hunde am Wasser, die spielenden Kinder, die quietschenden Bremsen der klappernden, alten Fahrräder, das Geschnatter und der Flügelschlag der Möwen. All das versetzte mich in eine Zeit zurück, als ich selber noch klein war und im Wasser noch mit Schwimmflügeln herumgeplanscht hatte. Damals hatte sich meine so durchgeplante Welt noch nicht um Schule und Studium gedreht. Als das Auto vor unserem Ferienhaus zum Stehen kam, sprang ich sofort raus und lief zu dem kleinen, weissen Tor unseres Ferienhauses. Während meine Mutter mein Gepäck auslud, lief ich direkt auf meinen Vater und meinen Bruder zu, die auf der Terrasse im Schatten auf ihren Liegestühlen gerade die Siesta genossen. Nachdem ich auch meinen Vater und meinen Bruder begrüsst hatte, betrat ich das kleine Haus. Es gehörte meinen Grosseltern väterlicherseits. Sie hatten allerdings noch ein zweites Haus in der spanischen Provinz Salamanca. Das war ihr Hauptwohnsitz, wo sie ihre Sommer verbrachten, die dort durch die Höhen der Sierra von Béjar angenehm kühl waren. Im Winter liessen sie sich dann jeweils in diesem kleinen Haus am Strand nieder, um dem eisigen und kalten Winter in den spanischen Bergen auszuweichen. Da das Haus also über Sommer leer stand, durften wir dieses als Ferienresidenz benutzen. Alles hier war familiär und heimelig eingerichtet. An den Wänden hingen die Bilder und Gedichte, die meine Grossmutter selber gemalt und geschrieben hatte. Auf den Möbeln im Wohnzimmer standen unzählige Fotos aller Familienmitglieder in unterschiedlichen Lebensabschnitten. Ich lief den langen, dunklen Flur entlang zum letzten Zimmer auf der linken Seite, wo ich meinen Koffer auf das Bett unter dem Fenster warf, mich auf das gegenüberliegende setzte und kurz durchatmete. Ich fühlte mich gerade so leer. So ratlos und sinnsuchend. Ich war es gar nicht gewohnt, in einen Tag zu starten, ohne zu wissen, was mich morgen oder übermorgen erwartete. Ich war es nicht gewohnt, ohne ein Ziel in die Zukunft zu blicken. Gerade fühlte ich mich, als würde ich schweben, ohne festen Boden unter meinen Füssen. Das, was ich hier gerade tat, war das Verlassen meiner Komfortzone, die Überwindung meiner Grenzen. Was möchte ich jetzt eigentlich aus meinem Leben machen? Eigentlich habe ich alle Ziele erreicht, die ich erreichen wollte. Um ehrlich zu sein, das Studium an sich war nie eines dieser Lebensziele, das aus eigener, tiefster Überzeugung auf meiner Liste stand. Ich habe es nur zu einem gemacht, weil ich den Eindruck hatte, dass es von der Gesellschaft erwartet wurde, nach der Matura ein Studium anzuhängen. Wieso ich das Gymnasium und die Matura überhaupt besucht und gemacht hatte? Weil ich damals noch der festen Überzeugung war, dass ich nach den vier Jahren, nach der Matura, studieren möchte. Aber in vier Jahren, in denen man von einem Teenager zu einer jungen Erwachsenen heranwächst, kann so viel passieren und gewisse Visionen verändern sich. Natürlich auch beeinflusst durch alles, was um einen herum passiert. Bevor meine Gedanken einen Abflug machen konnten und sich in Richtungen ausdehnten, die ich nicht mehr kontrollieren konnte, gab ich mir einen Ruck und holte die wichtigsten Sachen aus dem Koffer. Diese räumte ich in den Schrank, der zur Hälfte gefüllt war mit den Habseligkeiten meiner Grosseltern. Den Rest liess ich im Koffer auf dem Bett. Ich beschloss, auf den Strand zu verzichten und mich stattdessen in einer Sporteinheit auszutoben. Also zog ich mir meine Sportsachen an, kurze Shorts und ein Top, und schlenderte in die Küche. Aus dem Kühlschrank nahm ich den Teller mit den saftigen Wassermelonenstücken und setzte mich damit an den kleinen Küchentisch. Gerade als ich mir das erste Stück in den Mund schob, betrat mein zwei Jahre älterer Bruder den Raum. Seine Frisur war total verwuschelt von der Siesta und seine dunkelblonden Haare verdeckten seine graublauen Augen. Er stibitze sich ein Stück Wassermelone vom Teller und holte sich ein Glas aus dem Schrank, das er mit Wasser füllte. Mit vollem Mund nuschelte ich:

„Hey Alejandro, was geht? Hat sich hier viel verändert?"

Er drehte sich um und lehnte sich dann lässig an die Arbeitstheke. Mit Schwung schüttelte er sich die Haare aus den Augen.

„Nee, nicht wirklich, unsere Nachbarn kennst du ja alle noch. Aber kannst du dich noch an das Ferienhaus am anderen Ende des Dorfes erinnern, das mit dem riesigen Pool? Dieses ist im Moment vermietet an eine coole, gemischte Freundesgruppe. Zwei davon sind aus Nordspanien und drei aus dem Süden. Wir sind viel zusammen unterwegs, am Strand oder auch mal am Abend für eine Runde auf der Gokart-Bahn oder zum Bowling im Einkaufscenter."

Ich lächelte.

„Wenn du magst, kannst du ja mal mitkommen, du würdest dich bestimmt auch gut mit ihnen verstehen. Wir gehen heute Abend erst was essen und dann ins Kino gegenüber vom Einkaufszentrum."

„Nein, heute lieber nicht, ich bin gerade erst angekommen und will mich noch ein bisschen ausruhen."

Alejandro nickte und stellte sein leeres Glas in die Spüle. Dann begab er sich zur Türe, doch er drehte sich nochmals um.

„Aber ein anders mal, ja? Da wäre jemand, der dir gefallen würde", sagte er und zwinkerte mir zu.

„Hey!", rief ich spielerisch empört und warf das Geschirrtuch neben mir nach ihm. Alejandro war schneller, verschwand zur Tür raus und das Tuch blieb in der Türklinke hängen.

„Gehst du joggen?", hielt mich die Stimme meiner Mutter zurück, als ich etwa eine Stunde später gerade das Tor passieren wollte. Die Nachmittagshitze wich einer lauen Kühle, begleitet von einer angenehmen, frischen Brise. Ich drehte mich um und sah sie mit einer erhobenen Augenbraue an. Man konnte auch nichts machen, ohne dass jemand aus der Familie etwas mitbekam.

„Ist schon gut, aber übertreib nicht!", erwiderte sie sofort und wandte sich wieder ihrer Lektüre zu, einem dieser Heftchen, die man für wenig Geld am Kiosk bekam. Auf dem Titelbild prangte Felipe VI., König von Spanien mit seiner Frau Letizia und den beiden Töchtern Leonor und Sofia von Spanien. Ich fragte mich, was dieses Mal von den Medien über die Königsfamilie berichtet wurde und ob es überhaupt der Wahrheit entsprach. Ich schüttelte die Gedanken ab, öffnete das kleine, weisse Tor, trat auf die Strasse, wandte mich nach rechts in Richtung Strand und setzte mir meine grossen, gepolsterten Kopfhörer auf. Zum Lied „Vivir Mi Vida" von Marc Anthony joggte ich der Meeresluft entgegen.

Etwa zwanzig Minuten später, als ich das Meer bereits wieder im Rücken hatte und auf dem Heimweg war, wollte ich eine Abkürzung über den alten Fussballplatz nehmen, der seit Jahren schon nicht mehr bespielt wurde. Doch der Weg war mir versperrt. Da stand ein Stall mit vier Boxen. Obwohl dieser klein war, wirkte er sehr einladend. Auf der Weide im Schatten eines Baumes stand nur ein Pferd, das Fell glänzte wunderschön sandfarben. Die Beine waren bis zu den Knien schwarz, genauso wie seine Mähne und sein Schweif. Ich erkannte seinen muskulösen und anmutigen Hals, seinen athletischen Körperbau und seinen eleganten Kopf. Es war ein wunderschönes Exemplar der Pura Raza Española, der reinen spanischen Rasse. Ein Hinterhuf war angewinkelt und die Augen leicht geschlossen, doch als ich durch das dürre Gras auf den Zaun zulief, schreckte es zusammen, warf den Kopf hoch und beäugte mich misstrauisch. Ich trat an den Zaun und versuchte, es anzulocken. Es bewegte sich nicht, starrte mich aber weiterhin an. Seine Muskeln waren angespannt, seine Nüstern geweitet und seine Ohren bewegten sich unruhig. Ich hatte das Gefühl, dass ein Konflikt in ihm tobte. Ich pfiff leise. Nach einem kurzen Zögern setzte sich das sandfarbene Tier in Bewegung und kam langsam und bedächtig zu mir an den Zaun. Es hielt aber genau diesen Sicherheitsabstand, dass ich es nicht berühren konnte. Plötzlich fiel ein riesiger Schatten neben mich. Daraufhin drehte ich mich langsam um. Ich schaute geradewegs in ein weiteres elegantes Gesicht eines Pferdes. Dieses Mal war es eine schöne Schimmelstute, mit hoch erhobenem Kopf. Sie bliess mir ihren warmen Atem ins Gesicht, so nahe stand sie vor mir. Die schweissnassen Flanken des Pferdes hoben und senkten sich schnell. Ich nahm meine Kopfhörer von den Ohren, hängte sie mir um den Hals, stoppte die Musik, trat einen Schritt zur Seite und schenkte nun endlich auch ihrem Reiter Beachtung, indem ich seinen Blick suchte. Ich musste meine Hand an die Stirn halten, da die Sonne blendete. Der Mann, der locker im Sattel der Stute sass, hielt in einer Hand die Zügel, die andere hatte er zum Gruss an seinen Vaquerohut gehoben und nickte mir zu. Stotternd grüsste ich ihn auf Spanisch. Er lächelte mich distanziert, aber dennoch freundlich an und sagte:

„Wie ich sehe, hast du dich mit meinem Pferd angefreundet."

Er sprach kein Kastilisch, das fiel mir sofort auf. Sein Spanisch klang viel weicher und sanfter, fast so wie ein selbst komponiertes Lied. Die Wörter reihte er melodisch aneinander, indem er gewisse Endungen einfach wegliess. Ich war fasziniert von dem Charme dieses Klanges. Noch mehr aber faszinierte mich sein Charisma. Er wirkte so unnahbar und distanziert, doch genau das packte mich. Irgendwas an diesem Mann mir gegenüber löste Gefühle aus, von denen ich im Moment eigentlich nichts wissen wollte. Ich versuchte, das leichte Kribbeln in meinem Magen zu unterdrücken, und schluckte. Dann erkannte ich an seinem erwartungsvollen Blick, dass er noch auf eine Reaktion meinerseits wartete, auch wenn er keine Frage gestellt hatte. Verdattert nickte ich und er stieg mit einer Leichtigkeit ab. Er war fast einen Kopf grösser als ich und hatte dunkle, fast schwarze Augen. Von der gleichen Farbe waren auch seine dichten Haare, die ihm bis in den Nacken reichten. Als er seinen Hut vom Kopf gezogen hatte, war ihm eine Strähne in die

Stirn gefallen, die er sich jetzt mit einer geschmeidigen Bewegung zurückstrich.

„Das ist Amira", stellte er die Stute am Zügel vor, dann deutete er auf den sandfarbenen Hengst auf der Weide.

„Und der da, das ist Fandango", sagte er knapp, schnell und fast ablehnend. Es erstaunte mich, dass er bei der Vorstellung von Amira eine andere Haltung eingenommen hatte als bei der von Fandango. Ich sah zu dem Pferd hinüber, das nach einem andalusischen Tanz benannt war. Irgendwie passte der Name wie die Faust aufs Auge zu dem Hengst, der ein zärtliches Feuer ausstrahlte. Mein Blick kehrte zu dem Mann zurück, der mich noch immer musterte. Ich streckte ihm die Hand entgegen und stellte mich vor. Er umfasste sie mit einem kräftigen Griff, in dem trotzdem so viel Sanftheit und Vorsicht lag. Wie konnte das sein, dass ein Mensch so viele Gegensätze miteinander vereinbaren konnte? Wie konnte es sein, dass er sowohl Kälte und Distanz als auch Wärme und Vertrautheit gleichermassen ausstrahlte? Ich versuchte krampfhaft, die Wärme seiner Berührung zu ignorieren.

„Solea", sprach er meinen Namen aus. Dann stellte er sich selbst als Enrico vor.

Ungeschönte Wahrheit

Ich sass auf einer umgedrehten Kiste am Putzplatz im kühlen Stall und nippte an der kalten Cola, die ich von Enrico bekommen hatte. Ich beobachtete ihn, wie er Amira absattelte, sie putzte und ihre Beine mit kaltem Wasser abspritzte. Mir fiel auf, mit wie viel Ruhe und Hingabe er sich um seine Stute kümmerte. Er war mit allen seinen Sinnen bei ihr und schenkte ihr seine ungeteilte Aufmerksamkeit. Währenddessen summte er vor sich hin. Die sanfte, rhythmische Melodie kam mir vertraut vor, obwohl ich sie noch nie zuvor gehört hatte. Ich räusperte mich und fragte: „Woher kommst du eigentlich?"

Er hielt sofort inne, verstummte und sah mich über Amiras Rücken hinweg aus seinen dunkeln, fast schwarzen Augen aus an.

„Aus Sevilla. Andalusien", erwiderte er knapp, ohne den Blick von mir zu wenden. Das leuchtete mir ein, daher kam also sein Dialekt. Dieser war bekannt dafür, dass einige Buchstaben nicht deutlich artikuliert oder sogar ganz weggelassen wurden. Dies betraf vor allem das „S" oder „D", die an einem Wortende einfach verschluckt oder wie ein „H" ausgesprochen oder nur gehaucht wurden. Das war der Grund dafür, dass es viel sanfter und melodischer klang als das bekannte Kastilisch. Auch hier in San Javier fiel mir das im Dialekt von Südostspanien teilweise ganz leicht auf, aber in Sevilla war dieser natürlich sehr ausgeprägt.

„Was treibt dich denn hierher nach San Javier?"

„Ferien. Ein paar Freunde haben mich eingeladen, mit ihnen zwei Wochen hier zu verbringen."

„Und Amira und Fandango, gehören sie beide dir?"

„Gewissermassen, ja", antwortete er nickend und sah mich mit einem prüfenden Blick lange an. Ich erwiderte diesen stumm, aber meine unausgesprochenen Fragen lagen in der Luft. Enrico seufzte, kam um die Stute herum und lehnte sich leicht an ihre

Schulter. Er verschränkte die Arme. Dann beantwortete er mir meine Fragen, als könnte er meine Gedanken lesen.

„Meine Familie hat eine Ranch in der Nähe von Sevilla. Sie züchtet und trainiert seit Generationen Rejoneopferde, die für den spanischen Stierkampf eingesetzt werden. Ich habe vor einigen Jahren zudem angefangen, geführte Reittouren durch Andalusien anzubieten, Amira ist dabei mein Hauptpferd. Gemäss Pass ist die Ranch übergeordnet Eigentümer von Amira. Sie gehört also dem Betrieb, dem Unternehmen."

Jetzt stockte er kurz und presste die Kiefer aufeinander. Dann räusperte er sich und sagte: „In Fandangos Pass bin ich aber als alleiniger Eigentümer eingetragen, er gehört mir als Privatperson. Die Ranch hat keinen Anspruch auf ihn."

Staunend hörte ich ihm zu. Aber ein kleines Detail war mir nicht entgangen. Er sprach davon, dass seine Familie Rejoneopferde züchtete. Und er? Bot er nur die Reittouren an? Hatte er sich bewusst aus der Zucht rausgenommen? Ich versuchte ihm diese Information zu entlocken, indem ich Enrico in meiner nächsten Frage bewusst mit involvierte.

„Wenn du sagst, ihr züchtet Pferde für den Stierkampf … bedeutet das auch, dass ihr selber ebenfalls Stierkämpfe bestreitet?"

Enrico zuckte bei meiner Frage zusammen und Amira scharrte kurz mit ihrem Huf. Er wandte sich sofort ab und band sein Pferd los, um sie in die hinterste Box zu bringen. Seine Reaktion machte mir deutlich klar, dass ich auf diese Frage keine ausführliche Antwort bekommen würde. Jedenfalls nicht heute. Ich kaute nachdenklich auf meiner Unterlippe. Enrico war eine spannende Persönlichkeit. Auf der einen Seite sehr freundlich und zuvorkommend, auf der anderen Seite aber enorm verschlossen und unnahbar. Ich fragte mich, was seine Geschichte war. Enrico kam wieder um die Ecke und hielt mir Amiras Halfter hin.

„Wenn du magst, kannst du Fandango reinholen."

„Wirklich?"

Er nickte entschlossen und lief zum Putzplatz, wo er Amiras Ausrüstung zusammensuchte und in Richtung Sattelkammer davonlief. Also stellte ich meine Cola neben die Kiste, auf der ich sass, und stand auf. Auf der Weide stand Fandango wieder an seinem Platz unter dem Baum und als ich behutsam auf ihn zulief, brummelte er leise zur Begrüssung. Er machte keine Anstalten, auf mich zuzukommen, lief aber auch nicht von mir weg. Ich zog ihm das Halfter über und er folgte mir ohne zu Zögern in den Stall. Als wir gemeinsam auf die Stallgasse traten, kam Enrico gerade aus der Sattelkammer. Fandango und Enrico stoppten beide im gleichen Moment und starrten sich an. Verwirrt sah ich zwischen den beiden hin und her, bis ich Fandango mit einem leichten Zug am Strick des Halfters dazu aufforderte, mir in seine Box zu folgen. Dies tat er auch, allerdings mit einer deutlich angespannteren Haltung als beim Gang von der Weide. Auch Enrico war angespannt, er presste seine Kiefer aufeinander und seine Hände waren zu Fäusten geballt. Ich zog Fandango das Halfter aus, schloss die Boxentüre und hing das Halfter an den Hacken vor Amiras Box. Als ich Enrico wieder in der Sattelkammer fand, wo er das Futter für die Pferde vorbereitete, war nichts mehr von der Anspannung in der Luft, die noch vor wenigen Sekunden herrschte.

„Kannst du reiten?", fragte er unvermittelt. Ich nickte und lehnte mich an den Türrahmen.

„Seit ich sechs Jahre alt war, ja. Aber ich reite schon länger nicht mehr regelmässig und nehme auch keine Reitstunden mehr."

Enrico richtete sich auf und sah mich mit gerunzelter Stirn fragend an. Jetzt war es wohl an mir, Fragen zu beantworten.

„Persönliche Gründe, mir fehlte schlichtweg die Zeit dafür", sagte ich knapp und schüttelte den Kopf. Ich wollte jetzt nicht darüber reden, geschweige denn einer fremden Person meine Lebensgeschichte ausbreiten. Das musste ich auch nicht. Wir hielten die Gespräche oberflächlich und Enrico wich mir sogar aus, sobald ich mal eine persönlichere Frage stellte. Und solange er nicht bereit war, sich mir zu öffnen, würde ich es auch nicht tun.

„Wenn du morgen Nachmittag um fünf hier bist, können wir ausreiten. Ich Amira, du Fandango."

Mein überraschter Gesichtsausdruck entging ihm nicht und er lachte laut los. Konnte er Gedanken lesen? Ganz heimlich hatte ich mir einen Ritt auf Fandango schon gewünscht, als ich ihn zum ersten Mal sah. Ich fragte mich dort an der Weide, wie es sich anfühlen musste, ein so edles Pferd zu reiten. Die Pferde, die ich bisher geritten war, waren Isländer – komplett andere Tiere im Gegensatz zu diesen eleganten Spaniern: kleiner, kompakter, kräftiger und mit einem ganz anderen Gangbild. Ich hüpfte auf und ab, klatschte in die Hände und bedankte mich wieder und wieder bei ihm für diese Möglichkeit.

„Auf deine Verantwortung!", lachte Enrico weiter, bevor er mit beiden Futterschüsseln den Raum verliess. Ich lief ihm hinterher und sah nur seinen Rücken, während er zuerst Fandango und dann Amira das Futter in den Trog kippte.

„Du unterschätzt mich!", zischte ich ihm auf Deutsch zu und als er sich verdutzt umdrehte, war es an mir, laut loszulachen.

Am nächsten Nachmittag gegen fünf Uhr stand ich am Stall. Da ich keine Reitausrüstung dabeihatte, machte ich am Morgen noch einen Abstecher in das nächste Sportgeschäft und kaufte mir dort die günstigsten Reithosen, die ich fand. Aus eigener Erfahrung wusste ich, dass Reiten in Jeans unangenehm war, geschweige denn in kurzen Shorts. Enrico war noch nicht da, aber ich erlaubte mir den Eintritt in den Stall und lief sofort zu Fandango hin. Er schnaubte zufrieden, als er mich sah, und liess sich von mir sofort den Hals kraulen. Ich holte die beiden mitgebrachten Apfelstücke aus meiner Tasche und gab Fandango eines davon. Das zweite streckte ich Amira hin, die ungeduldig mit den Hufen in der Nachbarbox scharrte. Genau in dem Moment betrat Enrico den Stall und wir begrüssten uns.

„Fandangos Putzzeug und seinen Sattel findest du da in der Sattelkammer", erklärte er mir knapp, wies auf die Türe hinter mir und wandte sich dann ab. Ich trat zu dem Hengst in die Box, zog ihm das Halfter über und führte ihn auf die Stallgasse, wo ich ihn an einen Ring in der Stallwand anband. Enrico führte Amira an den Putzplatz, wo sie auch am Tag zuvor schon stand. Während wir die beiden Pferde putzten, sprachen wir nicht viel. Das Einzige, was die Stille durchbrach, war das Geräusch der Bürsten, die über das Fell der Pferde strichen und Enricos Summen. Er summte die gleiche Melodie wie am Tag zuvor. Schon bei der Begrüssung hatte ich das Gefühl, dass Enrico heute eine Mauer um sich aufgebaut hatte und mir gegenüber kühler auftrat als am Tag zuvor. Ich wollte aber nicht grübeln, woran das lag, und konzentrierte mich voll und ganz auf Fandango, so wie Enrico es auch mit Amira tat. Während ich das sandfarbene Pferd putzte, fiel mir eine vernarbte Stelle an der Hinterhand auf, wo das Fell etwas dunkler nachgewachsen war. Als ich darüberstrich, zuckte Fandango zusammen und trat sachte einen Schritt zur Seite, um mir auszuweichen. Ich überlegte, ob ich Enrico darauf ansprechen sollte, doch ein Gefühl sagte mir, dass es nicht der richtige Zeitpunkt war. Ich beeilte mich mit dem Putzen, holte Trense und Sattel aus der Sattelkammer und sattelte zügig den Hengst. Als ich die letzte Schnalle an der Trense geschlossen hatte, sah ich zu Enrico rüber, der neben der ebenfalls fertig gesattelten Stute stand und mich eindringlich beobachtete.

„Wenn du magst, gehen wir an den Strandabschnitt, wo Pferde und Hunde auch hindürfen."

Ich nickte zustimmend. Enrico führte Amira aus dem Stall und nutzte die tiefe Mauer vor dem Eingang als Aufstiegshilfe. Er ritt einige Schritte vor und hielt an. Ich tat es ihm gleich und führte Fandango ebenfalls zur tiefen Mauer. In dem Moment, in dem ich mich in den Sattel schwang, warf Amira nervös den Kopf hoch und trat einige Schritte zurück. Auch Fandango begann, auf der Stelle leicht zu tänzeln, und spannte sich an. Enrico beäugte mich misstrauisch aus zu Schlitzen verengten Augen und brachte seine Stute wieder zum Stehen. Was war nur los? Schon wieder lag diese Anspannung in der Luft wie gestern, als Fandango und Enrico aufeinandertrafen in der Stallgasse. Oder war womöglich ich das Problem? Ganz leicht gab ich dem Pferd einen Schenkeldruck und als es zögernd vorwärtsging, zupfte ich leicht an seinem linken Zügel. Sofort blieb er stehen und schüttelte den Kopf. Ich liess beide Zügel auf Fandangos Hals fallen und wartete einen Augenblick. Dann versuchte ich es erneut und der Hengst folgte auf meine Hilfen. Zwar unsicher und zögerlich, aber er tat, worum ich in bat.

„Es kann losgehen", rief ich Enrico zu, auf dessen Gesicht nun restlose Verblüffung herrschte. Ohne was zu sagen, wendete er sein Pferd und trabte mit Amira voraus. Ich folgte ihm auf Fandango. Die Anspannung war genauso schnell verflogen, wie sie aufgetreten war. Ich versuchte, keinen Gedanken mehr an Enricos Verhalten zu verschwenden, und nahm mir vor, den Ausritt mit Fandango zu geniessen. Fandangos Schritte waren anmutig und leicht. Den Hals trug er stolz und erhoben, durchströmt vom Blut dieser eleganten Rasse. An seinen aufwärts gesprungenen Trab musste ich mich allerdings noch gewöhnen. Ich wusste nicht, wann ich diese Gangart zuletzt bewusst geritten war. Mit meiner isländischen Reitbeteiligung fetzte ich immer im Tölt oder Rennpass durch die Wälder. Fandangos Trab war enorm schwungvoll, er federte richtig durch seinen Rücken, aber ich fand schnell den Rhythmus mit ihm und konnte den Trab schon bald aussitzen.

Am Strand angekommen stiegen wir beide ab und liessen die Pferde zuerst vom Brunnen trinken, bevor wir auf die Landzunge liefen, die das Mar Menor vom Mittelmeer trennte. An einer Bank unter einer Palme blieb Enrico stehen und begann, Amira abzusatteln. Ich starrte ihn entgeistert an. Er wollte doch nicht etwa ins Wasser mit den Pferden? Ich ging davon aus, dass wir einfach am Strand entlangritten, dafür musste man die Pferde nicht absatteln.

„Was machst du?", fragte ich ihn angespannt. Er sah mich ungerührt an. „Leder ist empfindlich auf Salzwasser, deswegen reiten wir immer ohne Sattel ins Wasser."

„Ins Wasser?", fragte ich mit quietschender Stimme. Enrico lachte und nickte.

„Fandango liebt Wasser, manchmal kommt er mir eher wie ein Seepferd vor."

Während Enrico weiter ungerührt Amira absattelte, blieb ich wie erstarrt stehen. Nein, ich würde nicht ins Wasser gehen, ich konnte einfach nicht. Ehe ich mich versah, sass Enrico schon wieder auf seinem Pferd und forderte mich auf, mitzugehen. Ich stand immer noch wie angewurzelt neben dem noch gesattelten Hengst. Enrico wendete Amira und sah von oben auf mich hinunter. In seinem Gesicht stand Verwirrung, aber gleichzeitig auch eine vorsichtige Empathie. Nach einem Moment, in dem wir uns stumm in die Augen gesehen haben, sprang er ab und kam auf mich zu. Er hob mein Kinn sanft an und sah mir eindringlich in die Augen.

„Was ist los?"

Sofort schossen mir Tränen in die Augen und ich schloss sie. Wieso war das nur eine so grosse Belastung für mich? Vermutlich, weil ich momentan versuchte, genau diesen Teil meines Lebens zu verdrängen.

„Ich bin gehörlos", stiess ich zitternd hervor, noch immer mit geschlossenen Augen.

„Du bist was?", fragte Enrico verwundert.

Ich öffnete meine Augen und blinzelte einige Male. Dann sah ich Enrico an und war überrascht, was ich aus seiner Miene und Körperhaltung herauslesen konnte. Eine vollkommene reine, neugierige Unvoreingenommenheit.

„Aber du hörst und verstehst mich? Wir reden ja ganz normal miteinander?", fragte er vorsichtig.

„Ja, das ist es gerade", sagte ich. „Ich trage zwei Cochlea-Implantate. Das ist eine Art künstliches Gehör. Eine Prothese für die Ohren. Aber mit denen kann ich nicht ins Wasser." Mit einer lahmen Handbewegung deutete ich zum Meer. Enrico sah mich stumm an, liess seinen Blick zum Wasser hinüberschweifen und suchte dann wieder den Blickkontakt mit mir.

„Und wenn du diese einfach ausziehen würdest? Geht das?"

Ich sah ihn perplex an.

„Ja, das geht, ich höre dann einfach nichts."

„Gar nichts?"

Ich schüttelte den Kopf.

„Wirklich absolut gar nichts?"

Nun musste ich über den verwunderten Tonfall in Enricos Stimme lächeln und schüttelte erneut den Kopf.

„Erklärst du mir mal, wie das funktioniert?", fragte er mich.

„Klar, mach ich. Aber nicht jetzt", versuchte ich höflich das Gespräch zu beenden. Wir sahen uns kurz stumm an, dann streckte er die Hand aus.

„Ich passe auf deine Cochlea-Implantate auf. Amira geht sowieso nicht weit ins Wasser, und ich verspreche dir, du und Fandango, ihr werdet Spass haben. Lass dir das nicht entgehen."

Ich zögerte kurz. Ich war es nicht gewohnt, dass jemand so schnell, so unkompliziert und empathisch auf meine Behinderung eingehen konnte. Enrico gab mir das Gefühl, dass es keine grosse Sache war. Dass es irgendwie normal war. Und das war es für mich ja auch, ich kannte es nicht anders. Dann überwand ich mich, griff mir hinter die Ohren und zog meine beiden Cochlea-Implantate aus. Sofort tauchte ich ein in absolute Stille. Das Atmen von Fandango und Amira verstummte schlagartig. Die bellenden Hunde verstummten schlagartig. Die kreischenden Kinder verstummten schlagartig. Das Rauschen des Meeres verstummte. Alles war stumm. Vorsichtig legte ich meine Cochlea-Implantate in Enricos offene Hand. Kurz sah er diese an und liess sie anschliessend behutsam in die Brusttasche seines Hemdes gleiten. Er verschloss sie mit dem Druckknopf und nickte dann zu Fandangos Sattel. Ich kam seiner stummen Aufforderung nach und sattelte den Hengst ab. Dann führte ich ihn zu der Bank unter der Palme und stieg auf seinen blossen Rücken. Fandango wieherte vor Freude laut auf, als er realisierte, dass es ins Wasser ging, und sprang mit riesigen Sätzen ins frische Salzwasser des Mittelmeeres. Ich hörte sein schrilles Wiehern nicht, aber fühlte seinen ganzen Körper beben, als er diesen Laut von sich liess. Ich kreischte auf und konnte mich gerade noch in seiner Mähne festkrallen. Das Wasser spritzte hoch und ich kniff die Augen zusammen, während ich nun meine Arme um seinen starken Hals legte. Als Fandango das tiefere Wasser erreichte und zu schwimmen begann, öffnete ich die Augen wieder. Vertrauensvoll liess ich mich von ihm mitziehen. Pures Glück strömte durch meine Adern. Und nach den letzten kräftezehrenden Monaten atmete ich wieder tief und befreit. Es fühlte sich so an, als wären die Blockade und die

Enge in meiner Brust verflogen. Mein Herz hüpfte freudig auf und ich vergass sowohl Vergangenheit als auch Zukunft für einige Minuten. Mir kam es vor, als hätte Fandango meine Seele erobert und begonnen, eine Fessel nach der anderen durchzutrennen. Fühlte sich die Freiheit so an? Einige Minuten verbrachten Fandango und ich wie in einer ruhigen Blase, in der es nur uns gab und diese besondere Anziehung, die ich zuvor noch nie bei einem Pferd gefühlt hatte. Noch nie vertraute ich einem Pferd so schnell wie in diesen Minuten Fandango. Nach einiger Zeit übernahm ich wieder die Führung und lenkte Fandango in Richtung Strand zurück. Als er festen Boden unter den Hufen hatte, liess ich ihn halten. Meine Füsse baumelten immer noch im Wasser, das Fandango bis zum Bauch reichte. Ich blickte rüber zu Amira und Enrico. Amira stand nur kniehoch im Wasser und planschte etwas mit den Vorderhufen, genauso wie Enrico gesagt hatte. Sein Blick war starr auf mich geheftet und ich bildete mir ein, einen Anflug von Ärger und Wut darin zu sehen, gemischt mit Traurigkeit. Ich schüttelte den Kopf, einmal mehr verwirrt vom Wechsel zwischen seiner Empathie vorhin und seinem Ausdruck jetzt. Ich trieb Fandango aus dem Wasser. Unter mir arbeiteten die starken Muskeln und ich spürte zwischen meinen Knien die mächtige Schulter dieses Pferdes, die sich mit einer enormen Kraft bewegte. Es war ein unbeschreibliches Gefühl, auf Fandangos blossem Rücken zu sitzen. Als wir den Sand erreichten, trottete er schnell zu Amira, die von Enrico bereits an der Bank im Schatten einer Palme festgebunden worden war. Dort schüttelte er sich ohne Vorwarnung das Wasser aus dem Fell. Ich quiekte und sprang lachend ab. Das Meerwasser tropfte aus meiner Kleidungund hinterliess im hellgoldenen Sand eine dunkle Lache. Enrico trat lächelnd zu mir hin und legte mir ein Handtuch um die Schultern. Dankbar rubbelte ich mir damit grob die Haare trocken und gab es ihm wieder zurück. Dafür nahm ich ihm meine Cochlea-Implantate ab, die er mir hinhielt, und zog sie an. Enrico hatte den Kopf leicht geneigt und schaute mich voller Wärme an. Er beobachtete jeden meiner Handgriffe. War er nicht erst vor einigen Minuten noch ganz anders? Ich zwang mich, ebenfalls zu lächeln.

„Das war wunderbar, danke Enrico!"

„Fandango scheint dich sehr zu mögen", meinte er und richtete den Blick auf Fandango. Da war es wieder. Die Härte in seinen Gesichtszügen, die Spannung zwischen ihm und dem Pferd, das bis jetzt noch völlig ruhig neben mir stand. Nun tänzelte es leicht. Ich strich über Fandangos weiche Nüstern und versuchte, ihn zu beruhigen, während mir eine Frage wie ein Blitz durch den Kopf schoss.

„Was ist in seiner Vergangenheit geschehen?"

Enrico schüttelte nur den Kopf, sattelte Amira wieder und stieg wortlos auf. Es war wohl besser, wenn ich das auch täte, denn bis ich auf Fandango sass, war Enrico schon vorgeritten. Als wir wieder nebeneinander liefen, zischte Enrico plötzlich:

„Ich frage mich eher, wieso du auf Anhieb einen so guten Draht zu Fandango hast!"

Ratlos und verstohlen sah ich auf die spielenden Ohren meines Reittieres.

„Heute ist das erste Mal seit zwei Jahren, dass ihn wieder jemand längere Zeit am Stück reitet."

Ich erschrak. Meine Augen weiteten sich. Ich liess Fandango abrupt anhalten und sah Enrico an. Ich war überrumpelt von dieser Fahrlässigkeit.

„Wieso hast du mir das vorher nicht gesagt? Weisst du, wie gefährlich das hätte werden können?", schrie ich ihn an, doch Enrico liess sich davon nicht beirren und brachte auch Amira zum Stehen.

„Ich habe sofort gemerkt, dass du und Fandango einen guten Draht zueinander habt. Ich habe keine Sekunde daran gezweifelt, dass es Probleme geben könnte", meinte er emotionslos. Ich wandte den Blick von ihm ab und sah zu Boden. Er hatte recht. Da war etwas zwischen Fandango und mir. Ich konnte nur auch nicht genau einordnen, was das war. Ich atmete hörbar aus und wir setzten uns wieder in Bewegung.

„Wieso bist du ihn zuvor nicht geritten?"

Enrico neigte den Kopf, eine Strähne seines pechschwarzen Haares fiel ihm in die Stirn. „Fandangos Vergangenheit ist nicht schön."

Einen Moment sagte niemand etwas.

„Andalusien ist ja weltweit bekannt für die Zucht der besonders kampfwütigen Stiere. Das ist insbesondere die Rasse der Toro de Lidia, auch Toro Bravo genannt. Dementsprechend gehört auch der Stierkampf zu Andalusien, sowohl mit Pferd als auch ohne", begann Enrico dann plötzlich zu erzählen. „Mein Vater war Rejoneador, ein Stierkämpfer zu Pferd, und Fandango ein erfahrenes Rejoneopferd. Vor zwei Jahren aber hat sich Fandango bei einem Stierkampf verletzt. Körperlich erholte er sich schnell wieder, es wurden wie durch ein Wunder keine wichtigen Organe oder Sehnen beschädigt. Aber psychisch war Fandango zerstört. Der Umgang mit ihm war kurz nach dem Unfall sehr schwierig. Er war nie böse oder aggressiv, aber panisch, misstrauisch, unsicher und unruhig. Fandango versuchte, sich allen Erwartungen an ihn zu entziehen. Es war stets ein Kampf und kein harmonisches Miteinander mehr. Heute ist es einfacher, aber er ist nicht mehr das gleiche Pferd wie früher. Er ist skeptischer, vorsichtiger und verschlossener geworden."

Ich schwieg betreten. Fandango als Rejoneopferd, das konnte ich mir nun aber gar nicht vorstellen. Nach einem kurzen Moment des Schweigens, in dem nur das ungleichmässige Schlagen der Hufeisen zu hören war, brach ich es.

„Und Amira? Ist sie auch ein Rejoneopferd?", fragte ich Enrico, der scheinbar entspannt auf seiner Stute ritt.

„Sie war ein Rejoneopferd", antwortete er und zögerte nicht, weiterzusprechen.

„Ich war, wie mein Vater, Stierkämpfer. Auch wenn ich es nie wollte, ich tat es. Um die Tradition aufrechtzuerhalten und meinen Vater nicht in seiner Ehre zu kränken. Doch nach Fandangos Unfall wurde auch ich unsicher, was den Stierkampf betraf. Das Risiko und die Gefahr dieser Kämpfe wurden mir damit zum ersten Mal so richtig greifbar vor Augen geführt. Und Angst darfst du auf keinen Fall haben. Vorsicht und Respekt, ja. Aber niemals Angst."

Ich bat ihn mit einem eindringlichen Blickkontakt weiterzusprechen, während wir die schnaubenden Pferde nun von der Strasse runter auf einen Feldweg lenkten.

„Wenn du Angst hast, fühlt es das Pferd und reagiert ebenfalls. Aber auch der Stier fühlt eure gemeinsame Unsicherheit und wird die Schwäche, die du und das Pferd ausstrahlen, gnadenlos ausnützen."

„Und dann würde er euch ernsthaft verletzen", sprach ich meine Gedanken aus, die am naheliegendsten waren.

„Auch wenn mein Vater sich immer gewünscht hat, dass ich ein erfolgreicher Stierkämpfer werde, kann und werde ich ihm diesen Wunsch nicht erfüllen. Ich kann nicht zurück in die Arena. Ich kann es einfach nicht. Er hat mir nach seinem Tod sogar Fandango vermacht, aber ..."

Seine Stimme brach. Er sah weg und gab mir damit zu verstehen, dass das Gespräch an dieser Stelle beendet war und er nichts mehr dazu sagen würde. Ich sah auf Fandangos Kopf hinab. Ich habe während des ganzen Gespräches nicht gemerkt, wie seine Ohren sich auf mich gerichtet haben. Sie spielten nicht und waren nicht locker. Sie waren starr und wie in Stein gemeisselt. Er trug seinen Kopf höher und angespannter als zuvor. Ich fühlte weiter nach. Unter meinen Knien bewegte sich seine starke Schulter, doch sie fühlte sich angespannt und hart an, jegliche Harmonie war aus seinen Bewegungen verschwunden. Ich blickte zur Seite. Auch Amira spannte sich an. Doch ich erkannte, dass sie diejenige war, die mit ihrem riesengrossen Herz Enrico Sicherheit gab und eine Ruhe ausstrahlte, von der er profitierte. Trotz ihrer innerlichen Anspannung lief sie unbeirrt weiter. Auch wenn Enrico Amiras Anspannung nicht gross wahrnahm, diese übertrug sich auf Fandango und machte ihn noch unruhiger.

„Ich habe das Gefühl, dass die beiden sich gerade total angespannt haben. Merkst du das auch?"

Schnell wandte Enrico seinen Blick mir zu und sah mich verständnislos an.

„Nein, merke ich nicht! Es ist alles normal, bitte hinterfrage nicht alles, was mich oder Fandango betrifft."

Seine bisher so singende Stimme mit dem andalusischen Dialekt klang hart und sehr gnadenlos. Messerscharf glitten seine Worte durch die Luft. Unwillkürlich spannte ich mich an. Für Fandango war das Fass damit voll. Das sonst schon so angespannte Pferd reagierte sofort, schlug mit dem Kopf, riss mir dabei die Zügel aus der Hand und stieg halb in die Höhe. Ich erschrak über diesen Ausbruch von ihm und glitt über seine Kruppe aus dem Sattel. Als er wieder mit allen vier Hufen auf dem Boden stand, nahm ich die Zügel von seinem Hals und beschloss, ihn zum Stall zurückzuführen. Mit dieser Anspannung würde ich ihn nicht weiter reiten und bis zum Stall waren es nur noch einige Meter. Also führte ich Fandango neben mir her, während Enrico auf Amira vorritt und mir einmal einen spöttischen Blick zuwarf. Tränen stiegen mir in die Augen, so sehr trafen mich seine Worte und seine nun über alle Massen ablehnende Haltung.

War das, was er mir da von sich zeigte, wirklich Enrico? Oder war es eine Fassade, die er sich geschaffen hatte, um nicht zu zeigen, wie verletzlich er eigentlich war? Fandango stupste mich an und sah mich aus seinen grossen, klugen Augen an. Nein, Enrico war eigentlich nicht so. Ich hatte ihn schon durchschaut, genauso wie Fandango. Enrico hatte Angst. Vor seiner Vergangenheit, was auch immer da geschehen war. Und vor Fandango, was auch immer zwischen ihnen stand. Ich verstand aber nicht, wo der gemeinsame Punkt von Enrico und Fandango in deren Vergangenheit war. Enrico wird Frieden mit sich und seiner Vergangenheit schliessen müssen. Erst wenn er wieder mit sich und seiner Geschichte im Reinen war, konnte er auch wieder Sicherheit ausstrahlen. Genau das braucht Fandango, um ebenfalls über sein Trauma hinwegzukommen.

Abschlüsse und Neuanfänge

Nachdem ich am Tag zuvor wortlos den Stall verlassen hatte, kreisten meine Gedanken ununterbrochen um Enrico und Fandango. Ich konnte die Sache einfach nicht dabei belassen, wie sie gestern geendet hatte. Ich mochte es nicht, im Streit mit jemandem auseinanderzugehen. Normalerweise klärte ich das sofort, da ich aber keine Handynummer hatte von Enrico und auch nicht wusste, wo er wohnte, entschied ich mich kurzerhand, nochmals bei den Ställen vorbeizugehen. Ich sagte also am zweiten Tag in Folge meinen Eltern ab, die sich keine Mühe machten, ihre Enttäuschung darüber zu verbergen.

Ich frühstückte und spazierte dann gemütlich zu den Ställen von Amira und Fandango. Ich sah Enrico schon von Weitem. Er sass auf der obersten Stange der Weide und kaute auf einem Strohhalm herum, während er seine Pferde beobachtete. Die Weide war heute in zwei Teile geteilt, Amira stand auf der einen, Fandango auf der anderen Seite. Doch das Bild, das sich mir bot, überraschte mich nicht. Amira stand nahe an Enrico im vorderen Teil der Weide, während sich Fandango in die hinterste Ecke zurückgezogen hatte. Ich trat an Enrico heran und grüsste ihn. Zu meinem Erstaunen erwiderte er den Gruss und das nicht mal besonders unfreundlich.

„Ich möchte mich für gestern entschuldigen. Ich wollte dir nicht zu nahe treten mit meiner Fragerei über dich und Fandango."

Enrico sah mich erstaunt an. Dann meinte er: „Es ist für mich auch nicht immer einfach, mit all dem umzugehen. Erst Fandangos Unfall, dann der Tod meines Vaters, der Vertrauensbruch, die Ranch, meine Mutter."

Ich stieg ebenfalls auf die oberste Stange und setzte mich neben Enrico. Ich schwieg, da ich ihm die Entscheidung selber überlassen wollte, ob er weitersprechen möchte oder nicht.

Auch wenn ich ihm gerne noch mehr Fragen über seinen Vater stellen wollte, hielt ich mich zurück. Ich wollte den Bogen nicht ein zweites Mal überspannen. Schweigend sassen wir einige Minuten da. Und als mir klar war, dass er nichts mehr sagen würde, räusperte ich mich und fragte: „Darf ich was versuchen mit Fandango?"

Enrico nickte. Ich sprang vom Zaun und lief in den Stall. Ich habe am Tag zuvor in der Sattelkammer eine Longe gesehen, die ich jetzt brauchte. Damit joggte ich über Amiras Weide auf die von Fandango zu, kletterte zwischen dem Holzzaun hindurch und lief zu ihm hin. Wie am Vortag brummelte er mich an, kam aber nicht auf mich zu. Ich ging zu ihm hin, streichelte ihn, zeigte ihm die Longe, liess ihn daran schnuppern und entfernte mich dann von ihm. Wie erwartet blieb er an Ort und Stelle stehen und lief mir nicht nach. In der Mitte der Weide blieb ich stehen, ordnete ruhig die mitgebrachte Longe und wickelte dann ein Stück ab. Ich wandte mich Fandango zu, atmete tief ein, richtete mich auf und warf das Stück Longe mit einer kreisenden Bewegung auf die Schulter des sandfarbenen Pferdes, ohne ihn dabei zu berühren. Fandango reagierte sofort und fiel in einen leichten Trab entlang der Umzäunung seiner Weide. Misstrauisch beäugte er mich, blieb aber in Bewegung. So lief er einige Runden, ehe ich mich ihm in den Weg stellte, mit der Longe die andere Schulter anvisierte, ihn damit wendete und in entgegengesetzter Richtung traben liess. Nach weiteren Runden trieb ich ihn in Galopp, immer noch, ohne ihn zu berühren und mit regelmässigen Richtungswechseln. Von aussen sah Enrico gespannt zu, der sich nun aber auf Amiras Weide gestellt hatte, weg vom Zaun, an dem Fandango wieder und wieder vorbeikam. Ich wiederholte geduldig die Übungen des Wendens und der Gangartwechsel. Dann endlich erhielt ich vom Pferd die gewünschte Reaktion. Er wandte mir ein Ohr zu, liess seinen Hals fallen und schnaubte. Ich liess ihn noch eine Runde locker galoppieren, dann drehte ich meine Schulter ein, brach den Blickkontakt mit ihm ab und stellte mich in einem rechten Winkel zu Fandango. Auch wenn ich dabei nun Enrico in die Augen sah, fühlte ich Fandangos Bewegung hinter mir. Er kam zu mir, stellte sich neben mich und schnaubte mir sanft auf den Arm. Ich strich langsam an seinem Hals entlang, kraulte seinen Widerrist. Ich rief Enrico auf Fandangos Weide. Enrico folgte meiner Aufforderung mit einem leichten Zögern und stellte sich mit dem Rücken nahe an den Zaun. Ich fasste kurz an Fandangos Hals, schnalzte leise und joggte dann in Richtung Enrico los. Das Pferd kam ohne zu zögern mit, scheinbar war es noch so auf mich fixiert, ohne zu merken, in welche Situation ich ihn brachte. Nur einige Zentimeter vor Enrico kamen Fandango und ich zum Stehen, so dass sich Pferd und Mensch fast auf Augenhöhe begegneten. Es war ein Moment, in der die Luft unglaublich dünn war. Wir drei bewegten uns auf dünnem Eis. Jede falsche Bewegung, jedes falsche Wort, jede falsche Berührung könnte jetzt den Zauber des Moments zerstören. Ich bedeutete Fandango, einen kleinen Schritt zur Seite zu machen, und nahm seinen Platz ein, indem nun ich Enrico fest in die Augen sah. In Augen, die aufgerissen waren, gefüllt mit Angst und Schmerz. Auf seiner Stirn glitzerten Schweissperlen. Ich sah auf seine Brust, die sich schnell hob und senkte, sein Atem kam stossweise. Eine Hand legte ich ihm auf den Arm, mit der anderen bat ich Fandango bewusst nochmals einen Schritt zur Seite zu treten. Es freute mich aber, dass der Hengst keine Anstalten machte, sich komplett abzuwenden, sondern nur einen Schritt nebenan stehen blieb.

„Darf ich laut denken?", fragte ich Enrico zaghaft. Auf sein Nicken hin sagte ich: „Amira ist ein Verlasspferd. Ein Goldschatz. Eine Lebensversicherung. Sie könntest du jedem Kind in die Hand drücken. Ich würde sogar behaupten, du kannst ihr dein Leben anvertrauen. Sie schenkt dir die Sicherheit, die du im Moment brauchst. Aber Fandango ..."

Ich stockte kurz, da ich meine Worte mit Bedacht wählen wollte.

„Fandango ist ebenfalls ein einmaliges und wunderbares Pferd. Aber ich glaube, nach seinem Unfall braucht er Sicherheit, um sein Selbstvertrauen wieder zu finden. Das, was du gestern über die Stiere gesagt hast, dass sie die Unsicherheit fühlen, das trifft auch auf Pferde zu. Insbesondere auf so sensible wie Fandango. Und ich glaube, er weiss einfach nicht, wie er damit umgehen soll. Ihr steckt vermutlich beide in der gleichen Situation, Enrico."

Plötzlich entglitt Enricos Arm meiner Hand und er sank am Zaunpfahl zu Boden ins Gras der Weide. Er vergrub sein Gesicht in den Händen und seine Schultern sackten nach vorne. Ich hatte mit meinen Worten wohl ins Schwarze getroffen und seine Mauer durchbrochen. Langsam kauerte ich mich vor ihn und zog behutsam seine Hände weg. Seine Augen hatten sich mit Tränen gefüllt. Ich hörte, wie Fandango vorsichtig wieder näher herankam und dicht neben mir stehen blieb. Ich sah in an. Sein Hals war gestreckt und seine Ohren waren aufmerksam gespitzt. Doch er konzentrierte sich nicht auf mich, nein. Er konzentrierte sich auf Enrico. Keine Anspannung lag in seinen Augen, er schien in sich zu ruhen.

„Enrico. Auch wenn ich euch nicht wirklich kenne und nicht weiss, was zwischen dir und Fandango steht, so glaube ich dennoch, dass Fandango bereit ist für einen Neuanfang mit dir."

„Meinst du wirklich?", fragte mich Enrico und die vorsichtige Hoffnung, die in seiner Stimme mitschwang, versetzte mir einen Stich im Herzen.

„Sieh ihn dir an."

Da schnaubte Fandango zustimmend, wandte sich ab und lief wieder zurück an seinen Platz im Schatten des Baumes. Ich bewunderte dieses Pferd für sein Gespür für Nähe und Distanz. Er fühlte genau, wann es angebracht war, die Nähe zu suchen. Doch genauso präzise spürte er, wann der richtige Zeitpunkt war, wieder auf Distanz zu gehen, um vor allem Enrico den nötigen Freiraum in diesem Moment zu geben.

„Fang doch mit Amira an", ermutigte ich Enrico. „Ich sehe, du vertraust ihr. Und mit Fandango beginnen wir besser von vorne", sprach ich weiter, während ich aufstand und Enrico mit mir auf die Füsse zog.

„Wir?", fragte er.

„Ich helfe dir dabei, wenn du möchtest", sagte ich lächelnd und drückte ihm die Longe in die Hand.

„Bist du bereit für einen Neubeginn?"

Er zögerte und blickte verlegen zu Boden, ehe er mir wieder in die Augen sah. Und langsam nickte er.

Verschwommene Grenzen
zwischen Traum und Realität

Ich stand im Bad und richtete mich her. Ich habe meinem Bruder endlich zugestimmt, ihn und die Freundesgruppe, die er am Strand kennengelernt hatte, an diesem Samstagabend zum Bowlen zu begleiten. Es war der letzte Abend für diese Gruppe, am Sonntagmittag würden alle wieder den Heimweg antreten. Ich zog das Haargummi aus meinen dunkelbraunen Locken, schüttelte sie kurz durch, um sie dann auf meine Schulter fallen zu lassen. Eine Weile sah ich mein Spiegelbild aus meinen stechend grünen Augen an. Die letzte Woche war so viel passiert, und trotzdem war es für mich pure Entspannung. Ich hatte jeden Tag das gleiche Programm: Am Morgen arbeitete ich mit Enrico und Amira, und nachmittags genoss ich oft allein und lange die wohltuenden Ausritte mit Fandango, während Enrico den Stall machte. Ich war Enrico so dankbar dafür, dass er mir seinen Hengst anvertraute und mir die Zeit mit ihm allein erlaubte. Fandango blühte, seit wir allein unterwegs waren und er mehr Bewegung erhielt, immer mehr auf und unser Band stärkte sich. Das mit Fandango, das fühlte sich immer nach Freiheit an. Nichts schränkte mich ein, keine Gedanken und Erwartungen verfolgten mich. Mit Fandango fühlte ich mich selbst im Gleichgewicht. Was mich aber auch sehr nachdenklich machte, wie ich am Abend jeweils noch allein auf den Weiden bei den Pferden sass. Fandango würde mich nicht ein Leben lang begleiten. In einer Woche würde ich wieder mehrere tausend Kilometer von ihm entfernt sein. Ich musste in meinem Leben in der Schweiz etwas finden oder erschaffen, was mir annähernd die gleiche Freiheit gewährte, wie die, die ich mit Fandango fühlte.

„Solea?", rief Alejandro durch den Flur und ich schnaubte.

„Ja, ich komme ja schon!"

Ich rannte kurz ins Zimmer und schnappte mir meine Handtasche, ehe ich nach draussen lief und mich zu meinem Bruder ins Auto setzte. Im riesigen Einkaufszentrum, das nur zehn Minuten Autofahrt entfernt war, befand sich auf der zweiten Etage die Bowlinghalle, wo uns der Rest der Gruppe bereits erwartete. Ich begrüsste fröhlich der Reihe nach alle und stellte mich vor, bis ich plötzlich Enricos Gesicht vor mir hatte.

„Du?!", riefen wir beide erstaunt. „Was machst du hier?", stellte ich meine Frage zuerst. „Ich bin mit meinen Freunden hier", antwortete er mit einem Lächeln um die Lippen.

„Moment. Deine Freunde, in dem grossen Ferienhaus mit dem Pool?"

Ich erinnerte mich wieder daran, wie Alejandro mir sagte, dass drei aus der Gruppe aus dem Süden waren. Dann war Enrico offensichtlich einer der drei Personen aus dem Süden. Klar, Sevilla, Andalusien. Auf meine Frage hin nickte Enrico.

„Wieso hast du mir das nie erzählt?", fragte ich ihn.

„Du hast mich nie danach gefragt", entgegnete er. Ich sah ihn lange stumm an. Auch wenn ihn heute eine lockere Stimmung umgab, wusste ich, dass er weiterhin etwas in sich verschloss und weiterhin darauf bedacht war, mir nicht zu viele Details aus seinem Leben zu verraten. Dass er nie mit mir und Fandango ausreiten wollte oder er mir nicht mehr von seinem Urlaub und seinen Freunden erzählt hatte, waren nur zwei der vielen Hinweise, dass er mich so gut wie möglich aus seinem persönlichen Raum raushalten wollte. Ausserdem, wann wollte er mich darüber informieren, dass auch er am Folgetag mit seinen Pferden abreisen würde? Irgendwie enttäuschte mich diese Tatsache, da ich so das Gefühl bekam, dass Enrico mir absolut nicht vertraute und über unsere eine Woche hinaus nichts mit mir zu tun haben wollte.

„Und du?", fragte Enrico und unterbrach somit die Stille zwischen uns.

„Alejandro ist mein Bruder."

Ich nickte in Richtung Alejandro und setzte mich dann neben Enrico, wo ich mir eine Cola öffnete, die mir Xavier brachte.

„Das hast du mir auch nie erzählt", meinte er schnippisch. Ich verdrehte genervt die Augen. Sagte gerade der, der nichts von sich preisgab.

„Du hast mich auch nie danach gefragt", gab ich gleich zurück wie er kurz zuvor. Er hielt meinen Blickkontakt noch eine Weile, wandte sich dann aber ab und gesellte sich zu Isabella und Arián. Da wir zu siebt waren, spielten wir auf zwei nebeneinanderstehende Bahnen, damit eine Runde sich nicht zu sehr in die Länge zog. Ich spielte mit Alejandro, Xavier und dessen Freundin Joana auf der einen Bahn, während Enrico mit Arián und Isabella auf der Bahn daneben bowlte. Während den Spielen fand ich heraus, dass Xavier und Joana enge Freunde von Enrico waren, die ebenfalls aus Sevilla kamen. Xavier arbeitete als einer der beiden Stallhilfen auf der Ranch von Enricos Familie. Joana studierte Medizin an der Universität von Sevilla und arbeitete nebenbei Teilzeit als Rettungssanitäterin. Joana hatte Isabella in einem Austauschsemester kennengelernt, das sie in Nordspanien absolviert hatten, und zwischen den beiden ist eine tiefe Freundschaft entstanden. Arián war Isabellas Freund. Nach drei Spielen bat ich um eine Pause und ging zur Bar, um Getränkenachschub für die gesamte Gruppe zu holen. Während ich wartete, liess ich meinen Blick auf den Fernseher über der Theke schweifen, blieb aber daran hängen, als ich sah, was gerade lief. Es war eine Wiederholung der spanischen Stierkämpfe von vor zwei Jahren. Ich lächelte, als ich das sandfarbene Pferd sah, das gerade in die Arena trabte. Es sah Fandango recht ähnlich. Plötzlich tauchte wie aus dem Nichts Xavier neben mir auf und stiess mich mit seiner Schulter an.

„Ich helfe dir mit den Getränken", sagte er in einem Tonfall, der keinen Widerspruch duldete.

„Moment mal", hielt ich ihn zurück, ehe er sich abwenden konnte. Über meine Schulter nickte ich zu Enrico hinüber, der gerade in einem Gespräch mit meinem Bruder vertieft war.

„Ist Enrico immer so zurückhaltend und verschlossen?"

Xavier verschränkte die Arme, dachte kurz nach und schüttelte dann langsam den Kopf.

„Eigentlich nicht. Naja, bis vor zwei Jahren zumindest nicht. Seit Fandangos Unfall ist er zwar verschlossener geworden, aber ich bin selber überrascht davon, wie distanziert er dir gegenüber auftritt. So kenne ich das gar nicht von ihm. Und ich kenne ihn wirklich schon lange."

„Denkst du, es hat was mit dem Verhältnis zwischen ihm und Fandango zu tun?"

„Wie meinst du das?", fragte er zögernd und sehr unsicher. Es schien mir so, als sei er enorm darauf bedacht, ja nichts Falsches zu sagen. Immer wenn es um Fandango ging, veränderten sich die Menschen, stellte ich fest.

„Ich weiss auch nicht, zwischen Enrico und Fandango ist es so angespannt. Zwischen mir und Fandango aber so locker. Und zwischen Enrico und mir aber so angespannt wie zwischen ihm und dem Pferd. Xavier, ich weiss es nicht, deswegen frage ich dich."

Nervös strich sich Xavier durch die Haare. Ich sah, wie er fieberhaft nach den richtigen Worten rang und erhoffte mir, endlich mehr von den Hintergründen von Enrico und Fandango zu erfahren.

„Na ja, Fandango wurde ja schon lange nicht mehr geritten, weil ..."

„Ich reite ihn schon seit einer Woche", unterbrach ich ihn. Und merkte, dass das in zweierlei Hinsicht ein Fehler war. Einerseits hatte ich ihn unterbrochen, andererseits sah er mich jetzt schockiert an.

„Du reitest Fandango?", fragte er entsetzt und ich zuckte zusammen. Die Cola in meiner Hand schwappte über und die klebrige Flüssigkeit verteilte sich an meinem Unterarm. Mein Herz schlug mir bis zum Hals. Da schien viel mehr dahinterzustecken als eine Antipathie zwischen Pferd und Mensch und einem Unfall.

„Xavier!" Enricos Stimme glitt durch die Luft. Messerscharf und schneidend. Ich musste mein Glas abstellen. Ein bedrohlicher Unterton lag in diesem einzelnen Wort. Xavier verstand sofort, dass er sich zurückziehen musste. Er schnappte sich zwei der Getränke von der Theke, zwinkerte mir kurz zu und lief zur Gruppe zurück. Enrico baute sich vor mir auf und sah mir ganz tief in die Augen. Ich schnappte nach Luft. Ich hatte mich in eine Sackgasse manövriert, aus der ich nicht mehr herauskam.

Und zwar aus dem Grund, dass ich nicht wusste, wie ich mit den Stimmungen von Enrico umzugehen hatte. Und auch, weil ich nicht wusste, wo die Zusammenhänge zwischen ihm, Fandango und seinem Vater waren. Einige Sekunden fochten wir stumm unser Blickduell aus, offensichtlich wussten wir beide nicht, wie wir diese Situation lösen sollten. Enrico kniff die Augen zusammen, seufzte dann tief und ein Teil der Anspannung wich von jetzt auf gleich von ihm.

„Komm, Solea, lass uns zurückgehen", meinte er dann resigniert. Er griff nach den Getränken und ich nahm zitternd die letzten verbliebenen. Mit diesen kamen wir zurück zur Gruppe und begannen unsere nächste Runde. Doch ich konnte mich nicht mehr konzentrieren. Mir gingen zwei Dinge nicht aus dem Kopf. Die Situation an der Theke und das sandfarbene Pferd im Fernseher. Ich stupste Alejandro an.

„Ich setze eine Runde aus", sagte ich und nickte zum Fernseher über der Bar. Alejandro verstand mich sofort. Meine ganze Familie wusste, dass ich magisch von den meisten Dingen angezogen wurde, in denen Pferde involviert waren. Und wenn ich die Pferde in diesen Stierkämpfen beobachtete, faszinierte mich das Können der Tiere und der Reiter enorm. Die Dressurlektionen der Pferde waren extrem hohe Schule. Und die ausbalancierten Sitze der Reiter bei den abrupten, schnellen Bewegungen der Pferde liessen mir immer den Mund offenstehen. Ich wünschte mir, ich könnte nur annähernd so gut reiten wie sie. Was ich Alejandro nicht sagte, war, dass ich mich auch kurz zurückziehen musste und Zeit für mich brauchte. Das kurze Gespräch mit Xavier und vor allem seine Reaktion auf meine Bemerkung, dass ich Fandango ritt, verunsicherte mich. Noch mehr aber Enricos schnelles Einschreiten. Eilig stand ich auf, lief mit meinem Getränk zur Bar und setzte mich dort auf einen Hocker. Ich beobachtete das Schauspiel in der Arena genau, um mich von meinen Gedanken abzulenken, und ein mulmiges Gefühl breitete sich in meiner Magengegend aus. Das Pferd im Fernseher erinnerte mich so extrem an Fandango. Ausgeschlossen war ja nicht, dass er es war, oder? Enrico erzählte mir, dass er ein Rejoneopferd war. Wer war dann der Reiter? War das Enricos Vater, falls das Pferd wirklich Fandango war? Den Reiter konnte ich nicht erkennen, da sein Gesicht von seinem Hut verdeckt wurde. Je länger ich dem Paar zusah in seinem Spiel und Kampf mit dem Stier, desto mehr war ich der Überzeugung, dass das Fandango war. Ich kannte den Hengst nun seit einer Woche und bin ihn auch selber geritten. Der Bewegungsablauf des Pferdes auf dem Bildschirm kam dem sehr nahe, was ich von Fandango gewohnt war. Ich biss die Zähne aufeinander, während ich die tänzelnden Bewegungen des schwitzenden Pferdes weiterverfolgte. Der Stier begann zu straucheln, und das Pferd wurde von seinem Reiter gerade abgewandt, als die schwarze Kreatur auf seine Hinterhand zielte. Und dann ging alles ganz schnell. Ich schrie auf, während sich die Hörner des Stieres in die wunderschöne sandfarbene Haut der kräftigen Hinterhand des Pferdes bohrte. Wie ein Blitz schoss mir das Bild von Fandangos Narbe an der Hinterhand in den Kopf.

Ich schrie.

Jetzt war ich mir sicher.

Es gab keinen Zweifel mehr.

Das Pferd war definitiv Fandango.

Mit einer kräftigen Bewegung drehte der Stier seinen Kopf, dessen Horn in Fandangos Hinterhand steckte. Das Pferd verlor den Halt, seine Hinterbeine rutschten ihm weg und er stürzte schwer zu Boden, wobei der Reiter halb unter dem 700 Kilogramm schweren Tier begraben wurde und zunächst scheinbar regungslos liegen blieb. Blut spritzte auf und der Stier setzte zu einem zweiten Angriff an. Durch meinen Schrei aufgeschreckt drehten sich alle zu mir, folgten meinem Blick und erkannten das schreckliche Szenario, das ich gerade auf dem Bildschirm mitverfolgt hatte. Plötzlich wurden meine Augen von den zwei Händen meines Bruders bedeckt und ich wurde vom Barhocker gerissen. Sobald ich auf den Füssen stand und den Fernseher im Rücken hatte, nahm Alejandro seine Hände von meinen Augen und schlang sogleich seine Arme um mich, da ich begonnen hatte, wild um mich zu schlagen. Ich zitterte am ganzen Körper und Tränen schossen mir in die Augen. Ich versuchte noch immer, um mich zu schlagen, als dicht an meinem Ohr eine Stimme flüsterte: „Sieh dir das nicht an. Tu es dir nicht an."

Wie wild streifte mein Blick durch den Raum, doch als dieser auf Enricos schockiertes Gesicht traf, erstarrte alles in mir. Nur noch meine Knie zitterten. Jetzt war es leider zu spät. Ich kannte nun die grausamen Umstände, unter denen Enrico und Fandango litten. Ich war ihrer Geschichte ein Stück nähergekommen. Fandango wurde nicht einfach nur verletzt, er war fast getötet worden. Er lag zitternd und wehrlos am Boden. Hätte der Stier nur einen Schritt danebenzugestochen, wäre es um die lebenswichtigen Organe geschehen gewesen. Enrico beobachtete starr das Geschehen im Fernseher weiter. Nach einigen Sekunden, die sich für mich wie Stunden anfühlten, sah Enrico mich langsam an. Unbeschreiblicher Schmerz lag in seinen Augen. Seine Hände ballten sich zu Fäusten und von der unbeschwerten Atmosphäre, die ihn noch vor wenigen Minuten umgab, war nichts mehr zu erkennen. Plötzlich löste er sich aus seiner Erstarrung, drehte sich abrupt um und drängte sich durch die Menge zum Ausgang. Xavier sagte etwas zu Joana, sie nickte und er lief sofort Enrico hinterher. Ich wäre ihnen beiden ebenfalls gerne gefolgt, ich hatte so viele Fragen, aber ich stand immer noch wie ein Eisklotz an Ort und Stelle. Alejandro hat mich losgelassen, sein Arm lag aber auf meiner Schulter und er hielt mich nahe an sich.

„Weisst du, was los ist?", hörte ich Alejandro Isabella fragen. Sie nickte.

„Das ist Enricos Pferd, Fandango. Diese Stierkämpfe waren vor zwei Jahren. Enrico spricht nicht viel darüber, aber der Unfall seines Pferdes haben beide sehr verändert. Ich kenne die Geschichte auch nicht so gut."

Hilfesuchend sah sie Joana an, die sich nun auch einschaltete: „Enrico ist mit Pferden aufgewachsen. Für seine Familie sind sie die besten Freunde und Lebensunterhalt gleichermassen. Und zu Fandango hatte Enrico einen besonderen Draht. Sie sind zusammen erwachsen geworden. Enrico war fünfzehn, als

Fandango zur Welt kam. Auch wenn es das Pferd seines Vaters war, sie waren die besten Freunde. Enrico war bei der Geburt dabei, spielte auf der Weide mit ihm, war dabei, als er eingeritten wurde und seinen ersten Einsatz als Rejoneopferd mit seinem Vater hatte. Sie waren ein Team, sie waren Seelenverwandte. Enrico sagte immer, Fandango ist für ihn dieses Pferd, dem man nur einmal im Leben begegnet."

Nach diesem letzten Satz von Joana hatte ich das Gefühl, dass sich eine eiskalte Hand um mein Herz gelegt hatte, ganz langsam zudrückte, dabei eine Emotion nach der anderen herauspresste und nur noch Schmerz zurückliess. Ich verstand nun viele Reaktionen so viel besser. Die ablehnende Haltung von Enrico mir gegenüber, sobald es um Fandango ging. Die Erschütterung von Xavier, als ich ihm offenbarte, dass ich das Pferd ohne Probleme ritt. Mir war nicht bewusst, dass Fandango Enricos Seelenpferd war. Ich wusste, dass er ihm gehörte, aber nicht, was für eine grosse Bedeutung das Pferd für Enrico hatte. Wie musste er sich fühlen, wenn er mit ansah, wie ich mit Fandango umging und die unbeschwerte Zeit genoss? Ich konnte mich kaum noch auf den Beinen halten. Was hatte ich nur getan? Vermutlich hatte ich Enrico mehr geschadet, als ich ihm geholfen hatte. Kein Wunder ist er so auf Distanz gegangen. Aber ich konnte ja auch nicht wissen, wie das Verhältnis der beiden war, Enrico war so bedacht darauf, nicht zu viel zu erzählen. Was war geschehen zwischen den beiden, dass das Vertrauen so sehr zerstört wurde?

„Und eine Unachtsamkeit ist in der Lage, innerhalb einer Sekunde ein Band zu zerstören, das über zehn Jahre hinweg aufgebaut wurde", fügte Joana traurig hinzu.

Alejandro sah betreten zu Boden. Ich sah über seine Schulter hinweg auf den Bildschirm zurück. Nun war ein weisses Pferd in der Arena. Nach einigen Minuten kam Xavier zurück und berichtete, dass Enrico auf dem Heimweg war. Ich nahm es ihm nicht übel, ich würde nicht anders reagieren an seiner Stelle. Wir übrigen entschieden, das Beste aus diesem letzten Abend zu machen, spielten die Runde noch fertig und setzten uns dann in die

Bar daneben, wo wir uns noch einen Drink gönnten. Gedanklich war ich aber nicht mehr wirklich anwesend. Nach den wunderschönen Ritten am Strand, während denen ich gemeinsam mit Fandango aufblühte und hoffnungsvoll eine Zukunft ausmalte, holte die Vergangenheit schnell auf. Das, was ich im Fernseher gesehen hatte, legte sich wie Gewitterwolken um mein Gehirn, ich konnte sie nicht mehr vertreiben. Selbst als wir nachher nach Hause fuhren, merkte ich, wie meine Knie noch immer zitterten. Im Auto, bereits vor der Tür der Ferienwohnung, legte mir mein Bruder eine Hand auf mein Bein.

„Kann ich etwas für dich tun?", fragte er behutsam. Ich schüttelte den Kopf und stieg aus dem Auto. Da meldete sich mein Bauchgefühl, es war ein unruhiges Kribbeln und hinter meinem inneren Auge sah ich Fandango. Alejandro stieg ebenfalls aus dem Auto und ging zum Tor, doch ich blieb mitten auf dem Gehweg stehen.

„Alejandro", flüsterte ich. „Kann ich mir deinen Hausschlüssel ausleihen? Ich muss noch kurz weg."

Er sah auf die Uhr. Es war bereits drei Uhr am Morgen.

„Bitte", flehte ich ihn an. Er seufzte und wusste genau, was ich vorhatte. Dann holte er ohne Widerworte den Schlüssel aus der Hosentasche, schloss für sich das Tor auf und reichte ihn mir dann.

„Pass auf dich auf, Solea. Und ruf mich sofort an, wenn was ist. Ich lasse mein Handy auf laut."

Ich nickte. „Alejandro", sagte ich dann.

„Versprich mir, dass du unseren Eltern nichts von Enrico und Fandango erzählst. Ich möchte nicht, dass sie mehr wissen, als ich ihnen bereits erzählt habe. Es gibt Dinge, die ich vorerst für mich behalten möchte und nicht sofort mit der gesamten Familie teilen will."

Er nickte verständnisvoll und hielt mir seine Hand hin. Ich drückte sie.

„Versprochen", sagte er.

Ich lief in zügigem Tempo zu den Ställen von Amira und Fandango. Als ich dort ankam, standen die Pferde nicht auf der Weide wie üblich über Nacht, wo es kühler war. Ich lief über die Weide in den Stall und knipste das Licht an. Eine gähnende Stille empfing mich. Ich trat langsam an Fandangos Box. Sie war leer, also wirklich leer. Die Box war sauber gefegt, kein bisschen Stroh lag mehr auf dem Boden. Keine Anzeichen waren vorhanden, die darauf schliessen würden, dass vor wenigen Stunden noch ein Pferd darin gestanden hatte. Ich wandte mich ab und blickte über die Boxentür daneben in Amiras Box hinein. Auch diese war, wie Fandangos, blitzblank sauber geputzt. Eine böse Vorahnung schlich sich in meinen Kopf, die ich jedoch nicht wahrhaben wollte. Es schien, als meinte Xavier es wortwörtlich, dass Enrico nach Hause fahren würde. Nach Sevilla. Ich öffnete die Sattelkammer. Bis auf einen noch verschlossenen Futtersack war auch diese leergeräumt. Als ich durch den Hinterausgang trat, erkannte ich, dass auch Enricos Auto und Anhänger weg waren. Ich lief auf die Weide. Das Einzige, was noch da war, war die Longe, die ordentlich über dem Zaun auf Amiras Seite der Weide hing. Es gab keinen Zweifel mehr. Amira und Fandango waren fort.

Und mit ihnen auch Enrico.

Die restliche kurze Nacht befand ich mich in einem seltsamen Zustand zwischen Schlafen und Wachen, mit den Gedanken stets bei Enrico, Amira und Fandango. Als ich am Morgen aufstand, konnte ich kaum noch unterscheiden zwischen Traum und Realität. Die Erlebnisse mit Enrico und Fandango kamen mir so surreal vor. So wie sie in einer Nacht- und Nebelaktion verschwunden waren, hinterliessen sie keine Spuren in meiner Realität.

Erkämpfte Freiheit

Die zweite Ferienwoche verbrachte ich also so, wie meine Eltern es sich wünschten. Den ganzen Morgen als Familie am Strand, den Nachmittag bei der Siesta und den Abend bei Spaziergängen, bei den Nachbarn oder irgendwo in einer Bar oder in einem Restaurant. Nicht weil ich wollte oder sie es erwarteten, sondern weil ich einfach nicht wusste, was ich sonst machen sollte und mir dadurch etwas Ablenkung erhoffte. Meine Emotionen waren wie betäubt und ich war einfach froh, etwas beschäftigt zu sein, ohne selber zu überlegen, was ich machen sollte. Seit Fandango weg war, war da wieder eine Leere in mir. Am letzten Abend beim Abendessen, als es gerade um die Rückreise ging, war da noch einmal ein Bauchgefühl. Und dieses Mal fasste ich all meinen Mut zusammen und beschloss, ihm zu folgen. Ich wollte noch nicht zurück in die Schweiz. Ich wollte noch nicht zurück in mein altes Leben, das sich die paar Jahre vor meiner Matura so gar nicht mehr nach Leben anfühlte. Ich brauchte noch mehr Zeit und Abstand.

„Ich bleibe hier", warf ich ohne Vorwarnung in die Runde.

Die entsetzten Blicke meiner Eltern trafen mich.

„Was bedeutet das, du bleibst hier, Solea?", fragte meine Mutter bestürzt.

„Ganz einfach", erwiderte ich. „Ich möchte noch etwas mehr Ferien hier in Spanien machen und noch nicht jetzt bereits zurück in die Schweiz. Ich habe da sowieso keine Verpflichtungen im Moment."

„Ja und wann kommst du zurück? Und weisst du schon, wie du nachher weitermachen wirst?"

Ich zuckte mit den Schultern.

„Ich weiss es noch nicht. Vielleicht noch eine Woche oder so. Und zu deiner zweiten Frage: Ich habe meine ganze Zeit der

Schule gewidmet, aber nie mir oder dem Leben selber. Das möchte ich jetzt nachholen. Deswegen nein, ich weiss es noch nicht."

Meine Mutter sah zwischen mir und meinem Vater hin und her. Ich erkannte, dass sie nach Worten rang, aber nicht wirklich wusste, wie sie mir genau widersprechen sollte. Trotz allem wusste sie, dass ich grundsätzlich in der Lage und durchaus berechtigt war, meine eigenen Entscheidungen zu treffen. Und sie wusste auch, dass ich recht hatte. Mein Vater nickte.

„Von mir aus. Die Wohnung steht sowieso leer. Und im Notfall sind ja die Nachbarn da, sie haben unsere Nummer und wir ihre."

Er sah meine Mutter fragend an, die noch immer nach Worten suchte, aber nun doch auch chancenlos aufgeben musste.

„Ok, Solea, aber wir gehen nachher noch kurz rüber, um die Nachbarn zu informieren. Einfach für den Fall."

Innerlich stöhnte ich. Musste das sein? Aber gut, wenn das der Preis war, den ich für Freiheit bezahlen musste, dann tat ich das. Ich triumphierte innerlich. Es war ein Sieg, den ich für mich errungen hatte. Ein Stück Freiheit, das ich mir erkämpft hatte.

Am nächsten Morgen fuhr ich meine Eltern und meinen Bruder früh morgens an den Flughafen. Wir einigten uns darauf, dass ich ihr Mietauto noch eine Woche auf meine Kosten behalten durfte, und verlängerten den Vertrag. Also lud ich sie am Flughafen in Alicante ab und fuhr dann wieder zurück nach San Javier. Dass dies allerdings nur ein Zwischenstopp sein würde für mich und ich ganz andere Pläne hatte, erzählte ich ihnen natürlich nicht. Ich hatte in dieser Nacht heimlich meinen Koffer gepackt, der jetzt in der Ferienwohnung auf mich wartete. Danach habe ich recherchiert. Ich konnte doch nicht einfach so tun, als wäre die erste Woche mit Enrico und Fandango ein Traum gewesen. Es dauerte eine Weile, bis ich die Homepage der Ranch von Enricos Familie gefunden hatte. Auf der Startseite war ein Foto in Schwarz-Weiss abgebildet. Ein Mann und sein dunkles Pferd von hinten, wie sie scheinbar gemeinsam in die Ewigkeit davongingen. Unter dem Foto stand der Text:

„Unzertrennlich zu Lebzeiten sind sie nun untrennbar bis in alle Ewigkeit. Gemeinsam machten sie sich auf den Weg zu einem Ort des Friedens und der Versöhnung, der Liebe und der Erlösung. Lucio Ventura und Negro de la Victoria, 2020."

Einen Moment hielt ich inne. Lucio Ventura schien Enricos Vater zu sein. Vermutlich mit seinem Pferd, das ebenfalls gestorben ist? Nach einem tiefen Seufzer scrollte ich weiter.

Auf der Homepage wurden Enrico, seine Mutter und die zwei Mitarbeiter mit einem Foto vorgestellt und auch alle Pferde inklusive Amira waren mit einem kurzen Steckbrief auf der Seite. Allerdings fehlte Fandango. Ich vermutete, das lag daran, dass er einerseits lange nicht mehr geritten wurde, andererseits in Enricos Besitz war und nicht in dem der Ranch. Ich scrollte weiter. Es gab allerhand Informationen rund um die geführten Reitferien, die Ferienunterkünfte direkt auf der Ranch, die Pferdezucht und die Trainings. Und eine Adresse, die ich mir herausschrieb. Die Ranch war nicht weit von der wunderschönen Stadt Sevilla selber entfernt. Also liess ich nun alle Rollläden runter, stellte Wasser und Strom ab, schloss die Haustüre und das Tor zur Terrasse, hievte meinen Koffer in das Auto und klingelte dann bei den Nachbarn durch. Ich erzählte allen, dass ich mich spontan für eine Planänderung entschieden hatte und meine Eltern Bescheid wussten. Mir war es nicht ganz recht, zu lügen. Na ja, eigentlich war es nur eine halbe Lüge. Der erste Teil entsprach der Wahrheit, die Entscheidung mit der Reise nach Sevilla war wirklich relativ spontan. Der zweite Teil, dass meine Eltern Bescheid wussten, stimmte natürlich nicht. Zu gegebenem Zeitpunkt würde ich sie schon noch informieren. Ich verabschiedete mich von allen und machte mich auf den Weg in das 600 Kilometer entfernte Sevilla, während meine Familie im Flieger sass und mich nicht von meinem Plan abbringen konnte. Ich schaltete auch mein Handy in den Flugmodus, um bis nach Sevilla nicht erreichbar zu sein.

Je weiter ich von Murcia aus nach Andalusien fuhr, desto wilder und unberührter wurde die Flora. Es hatte kaum Verkehr, so dass ich bereits nach fünfeinhalb Stunden Fahrt dem

Navi folgte und auf einen staubigen und verlassenen Kiesweg abbog. Eigentlich war hier Fahrverbot, da der offizielle Weg von der anderen Seite an die Ranch führte, aber Zubringer für die Ranch waren erlaubt. Ich überlegte kurz, doch ich war der Überzeugung, dass sie das hier mit den Regeln und Definitionen nicht so streng nahmen. Nach einer Fahrt von weiteren zwei Minuten war ich endlich da. Vor mir prangte ein grosses Schild.

¡Bienvenido en la Rancho Ventura! stand da in geschwungenen, schwarzen Lettern zwischen abstrakten Abbildern von einem Stier und einem Pferd. Die Rancho Ventura lag verlassen vor mir, das Tor war verschlossen. Ich sah auf die Uhr. Es war drei Uhr nachmittags. Entweder wurde gerade zu Mittag gegessen oder es war der Beginn der Siestazeit, kam ganz auf die Region in Spanien an. Ich stieg aus dem Auto und näherte mich dem Tor. Keine Menschenseele war zu sehen, nichts regte sich. Ich hörte nur ab und an ein Pferd in weiter Ferne. Ich überlegte lange, doch dann sammelte ich all meinen Mut und drückte kräftig und bestimmt an der Klingel aussen am Tor. Sofort hörte ich einen Hund bellen und nur kurze Zeit später rannte ein grosser Schäferhund aus dem Haus und zu mir ans Tor. Bellend sprang er am Tor auf und ab und ich trat einen Schritt zurück. Dem Hund folgte eine Frau, etwa Mitte fünfzig. Ich erkannte sie sofort vom Foto auf der Homepage. Es war Mariela Ventura, Enricos Mutter. Die Ähnlichkeit war nicht zu übersehen. Ich grüsste sie auf Spanisch.

„Entschuldigen Sie bitte die Störung, ich war mir nicht sicher, ob Sie bereits in der Siesta sind."

„Kein Problem", sagte sie lächelnd, trat an das Tor, stellte sich zwischen dieses und die Schäferhündin, die nun aufgehört hatte, zu bellen und öffnete es. „Ich mache schon lange keine Siesta mehr. Dafür fehlt mir einfach die Zeit", meinte sie lachend. „Was kann ich denn für Sie tun? Ein Zimmer haben Sie bei uns nicht reserviert? Ausser ich habe mein Buchungssystem wieder durcheinandergebracht."

Ich kam ins Straucheln. Gute Frage, was wollte ich hier eigentlich? Ich hatte mir gar keine Gedanken darüber gemacht, was ich für einen Grund angeben würde, dass ich hier sein würde. Vermutlich rechnete ich fest damit, als Erstes auf Enrico zu treffen. Plötzlich war ich mir nicht mehr so sicher, ob es die richtige Entscheidung war, herzukommen. Enricos Leben ging mich grundsätzlich nichts an. Ich wusste nicht, ob mein Interesse an ihm auf Gegenseitigkeit beruhte und ob er ebenfalls die Anziehung zu mir fühlte, in welcher Form auch immer, wie ich zu ihm. Und ebenso wenig hatte ich irgendwelche Ansprüche auf Fandango. Keine Ahnung, was in mich gefahren war, als ich entschied, den langen Weg nach Sevilla auf mich zu nehmen. Ich schüttelte den Kopf.

„Es tut mir leid, es war eine Kurzschlussreaktion, dass ich hergekommen bin."

Ich zog meinen Autoschlüssel wieder aus der Tasche und wollte bereits gehen, als Marielas Worte mich innehalten liessen.

„Wieso denn das?"

Prüfend sah mich Mariela an.

„Kind, nichts im Leben passiert ohne Grund. Keine Eingebung, der man folgt, ist falsch. Wenn du sagst, es ist eine Kurzschlussreaktion gewesen, dann war es eine Intuition, die dich hergebracht hat."

Ich drehte mich um und sah sie mit offenem Mund an. Jetzt war ich komplett verwirrt. Sie strahlte etwas ganz anderes als Enrico aus. Bei ihr fühlte ich mich sofort willkommen. Es gingen eine unglaubliche Wärme und Gastfreundschaft von ihr aus.

„Wie heisst du denn?", versuchte sie mit einer Frage meine Erstarrung zu lösen.

„Solea", antwortete ich stotternd.

Marielas Augen weiteten sich.

„Solea? Die Solea, von der Enrico erzählt hatte? Die, die sich mit Fandango so gut versteht?"

Ich nickte verwirrt. Was hatte Enrico über mich erzählt? Marielas Strahlen wurde noch breiter. Sie öffnete nun auch die zweite Hälfte des Tores und wies mich an, mit dem Auto reinzufahren und es im Schatten der Bäume neben dem Wohnhaus zu parken. Ich tat, was sie sagte, und während ich ausstieg, schloss sie das Tor, kam dann zügig auf mich zu und nahm mich sofort in den Arm. Ich war erst mal überrumpelt, doch dann erwiderte ich ihre Begrüssung.

„Solea. Nichts passiert ohne Grund. Merke dir das, auch für dein restliches Leben. Du bist bestimmt auf der Suche nach Enrico und Fandango."

Ich nickte. „Sind sie denn da?"

Mariela schüttelte den Kopf.

„Also Enrico ist nicht da, er ist heute Morgen mit einer neuen Gruppe abgereist, er wird erst in einer Woche wieder hier sein. Aber Fandango ist hier."

Eine Welle der Enttäuschung überrollte mich. Irgendwie hatte ich tief drinnen gehofft, dass ich nicht nur Fandango, sondern auch Enrico treffen würde. Denn Enrico hatte etwas an sich, was mich auf der einen Seite auf Abstand hielt, mich aber umso neugieriger machte und herausforderte, mehr über ihn, sein Wesen und seine Geschichte zu erfahren. Aber da war noch was, ein kleines Gefühl, das sich mir ins Herz bohrte. Ein winziger Stich Eifersucht. Auf die Personen, die eine Woche lang mit ihm Zeit verbringen durften. Und bestimmt war da auch immer mal wieder eine attraktive Frau dabei, die sich diesem durchaus gutaussehenden Andalusier an den Hals werfen würde. Und Enrico würde bestimmt auch nicht immer Nein sagen. Oder hatte er eine Freundin? Wie auch immer, das ging mich nichts an. Bald würde ich einen Teil von Enricos Vergangenheit sein. Und wenn Mariela sagte, dass nichts ohne Grund passierte, dann gab es vielleicht einen Grund, dass ich genau jetzt kam, wo Enrico weg war. Vielleicht möchte das Schicksal nicht, dass ich den Traum von vor einer Woche wieder in meine Realität holte.

„Enrico hat mir alles erzählt. Wie machst du das mit Dango?"

„Dango?" Ich musste stutzen und Mariela lachte.

„Fandango. Das ist hier sein Spitzname."

„Ich weiss es nicht. Wir haben uns einfach von Beginn weg gut verstanden. Ich habe das Gefühl, dass wir beide auf der Suche nach dem Gleichen sind. Freiheit und Vertrauen, Halt und Sicherheit", erwiderte ich und sah betreten zu den Ställen hinüber. Kein Laut war zu hören. Mariela analysierte mich eine

Weile mit einem unergründlichen Blick und deutete mir dann, ihr zu den Ställen zu folgen. Als wir uns näherten, hörte ich das schrille und unzufriedene Wiehern eines Pferdes und das Schlagen der Hufe an die Betonwand. Die Frau neben mir zuckte zusammen, aber ich liess mich davon nicht beeinflussen. Ich lief zu der Box, in der zurzeit das einzige Pferd stand, und sah hinein. Ich blickte in ein Paar glänzende Augen. Fandango stand ganz hinten in der schattigen Box, so dass ich nur die Umrisse erahnen konnte. Langsam nahm ich das Halfter vom Hacken neben der Tür und schob den Riegel zurück. In dem Moment schnaubte Fandango warnend und schlug mit seinen Vorderhufen in das Stroh.

„Na, da kommt das Temperament der Spanier zum Vorschein", sagte ich ruhig und schmunzelnd über die Schulter zu Mariela, die gespannt zusah.

Fandango erstarrte und spitzte die Ohren. Ich lächelte.

„Ja, Hübscher, jetzt hast du mich wieder erkannt", sagte ich auf Deutsch. Er senkte leicht den Kopf und ich öffnete die Boxentür. Als ich zu ihm in die Box trat, kam er mir sofort entgegen, schnupperte an meinem Arm hinunter zu meiner Hosentasche, auf der Suche nach einem Leckerli. Ich kraulte seinen Widerrist, was er sehr genoss und sich dabei leicht entspannte. Ich lehnte mich kurz an ihn, ehe ich ihm das Halfter überzog und ihn aus dem Stall führte.

„Darf ich ihn auf die Weide bringen?", fragte ich Mariela. Sie nickte sofort und wich zurück, als ich mit dem sandfarbenen Pferd in Richtung der Weiden lief und ihn dort auf einem freien Weidenstück freiliess. Er schnaubte und begann fröhlich über die Weiden zu buckeln, legte sich hin, wälzte sich, stand wieder auf und galoppierte eine Runde, bevor er sich zu den anderen Pferden auf der gegenüberliegenden Seite des Zaunes in den Schatten gesellte und den Kopf zum Grasen senkte.

„Jetzt verstehe ich, was Enrico meint, wenn er sagt, Fandango sieht entspannt aus in deiner Nähe. Er mag dich."

„Ich mag ihn auch. Und habe tolle Zeiten mit ihm verbracht. Aber mir war da nicht bewusst, was Enrico und Dango für eine

Verbindung zueinander gehabt hatten. Das hat Enrico mir nicht erzählt. Und auch nicht, wie es zum Vertrauensbruch überhaupt kam. Hätte ich das gewusst, wäre ich ganz anders an die Sache herangegangen. Und es tut mir deswegen auch unglaublich leid, dass ich im Moment so gut mit Fandango klarkomme."

„Enrico spricht kaum über die Zeit, in der das Vertrauen zwischen ihm und Fandango gebrochen ist. Es war übrigens auch genau in dem Zeitraum, in dem sein Vater gestorben ist. Das verdrängt er und meidet das Gespräch darüber mit jedem."

Ich sah, wie Mariela schluckte und darum ringen musste, die Fassung zu bewahren. Ich versuchte, dieses kleine, spärliche Detail von ihr mit meinen bereits gesammelten Informationsfetzen zu verbinden. Der Vertrauensbruch war in dem Zeitraum, in dem Enricos Vater starb, also genau um den Stierkampf herum, den ich in der Bowlinghalle im Fernsehen gesehen hatte. Bedeutete das also, dass zwischen Enrico und Fandango vor dem Stierkampf, in dem er verletzt wurde, etwas vorgefallen war? Oder danach?

„Aber Solea, so ein Pferd wie Fandango ist einmalig. Er ist sehr menschenbezogen und sensibel. Ich würde sogar sagen, dass er sehr schnell vergibt, aber Enrico sich selber und seinem Pferd noch im Weg steht. Weil er die ganze Geschichte noch nicht für sich selber verarbeitet hat."

„Ich sehe das genauso", murmelte ich zustimmend, immer noch halb in meinen Gedanken versunken.

„Vielleicht hat dich Fandango auserwählt. Vielleicht war er der Meinung, dass du diejenige sein könntest, die Enrico zu einem Umdenken verhelfen kann. Oder zur Verarbeitung der Geschehnisse. Er würde Enrico niemals in den Rücken fallen und sich einfach einem anderen Menschen anschliessen, wenn er nicht einen triftigen Grund dafür hatte."

Stumm sah ich zum Hengst auf der Weide hinüber. Er hatte aufgehört zu grasen und sah zu uns hinüber. Sein Kopf war hoch erhoben und die Ohren gespitzt. Ich pfiff fast unhörbar, doch Fandango hörte ihn. Zu meiner Überraschung setzte er sich in Bewegung und kam wie in Zeitlupe an den Zaun heran. Dass er Marielas Anwesenheit ohne grosse Anspannungen duldete, war für mich ein weiteres Zeichen, dass es an Enrico selber lag, diese Bindung zu retten. Fandango war bereit dafür. Die Frage war, wann Enrico es sein würde.

„Enrico sagte mir, dass du im Moment frei hast. Möchtest du für eine Zeit hierbleiben?"

Ich liess Marielas Worte auf mich wirken und sagte einen Moment nichts. Dann schüttelte ich dankbar den Kopf.

„Das ist lieb von dir, danke. Aber ich habe mit meinen Eltern abgemacht, dass ich nur noch eine Woche hier in Spanien bleibe, dann muss ich zurück in die Schweiz. Ich weiss nicht, ob es reicht, Enrico davor nochmals zu sehen."

„Überleg es dir und schlaf eine Nacht darüber. Ich denke, Enrico und du, ihr solltet nochmals die Möglichkeit bekommen, euch richtig voneinander zu verabschieden, bevor du wieder zurück in die Schweiz gehst."

Ich wandte den Blick von dieser liebenswerten Frau ab, die mich wie eine langjährige Freundin auf ihrer Ranch empfangen hatte, und heftete ihn auf den ruhigen Fandango, der nun in unserer Nähe weitergraste.

„Du kannst heute Nacht hier im Gästezimmer übernachten. Ich denke nicht, dass du gleich heute wieder den Rückweg von fast sechs Stunden antreten wirst, oder?"

Ich zögerte einen Moment. Und gab dann jegliche Widerstände in mir auf. Wieso wehrte ich mich so gegen all das? Im Moment fühlte es sich so an, als wäre ich auf der Flucht vor allem. Zuerst weg aus der Schweiz, weg von der Schule und allem. Dann weg von meinen Eltern in der einen Woche, die ich mit Enrico und Fandango verbrachte. Dann weg aus San Javier und Murcia hierher nach Sevilla. Und jetzt dachte ich schon wieder an die Heimreise. Ich spürte nach.

Fühlte es sich richtig an, hier zu sein? Ja.

Wollte ich hier sein? Ja, irgendwie schon.

Ich seufzte tief. Und nickte dann.

„Ich bleibe gerne noch die eine Nacht hier. Und überdenke dein Angebot von vorhin."

Mariela klatschte überglücklich in die Hände und wie ein Wirbelwind zog sie mich ins Haus. Im Flur stiess ich mit Xavier zusammen, der gerade auf dem Weg nach draussen war. Ich strauchelte, doch Xavier packte mich am Arm, bevor ich mich auf den Hosenboden setzte.

„Solea?", fragte er ganz überrascht. „Was machst du denn hier?"

„Ich habe eigentlich Enrico gesucht", meinte ich zähneknirschend. Xavier liess meinen Arm los und schüttelte den Kopf. Aber das breite Grinsen, das sich nun über sein Gesicht legte, konnte er nicht verbergen.

„Ja, er ist gerade wieder unterwegs. Bleibst du noch etwas länger?"

Erwartungsvoll sah er mich an.

„Sicher mal heute Nacht. Ob ich länger bleibe, muss ich mir überlegen. Aber Mariela hat es mir bereits angeboten."

Xavier breitete seine Arme aus, um mich dann fest und stürmisch zu begrüssen.

„Willkommen in Sevilla", sagte er feierlich. Dann liess er mich los, zog sich die Schuhe an und antwortete: „Wäre toll, wenn du noch etwas bleibst. Ich würde mich sehr freuen. Und Joana bestimmt auch! Ich muss mal die Pferde füttern, magst du mitkommen?"

Ich zögerte kurz. Doch dann zog ich mich schnell um und folgte Xavier in den Stall. Bei dieser Gelegenheit lernte ich auch Júan kennen, den zweiten Stallhilfen und Pferdetrainer. Er war ein guter, langjähriger Freund von Lucio. Dass die Stallhilfen nicht einfach fremde Persönlichkeiten waren, sondern einen engen Bezug zur Besitzerfamilie hatten, gefiel mir sehr. Das verlieh dem Arbeitsklima etwas sehr Familiäres und Vertrautes. Meine Anspannung verging wie im Flug und schon nach einigen Minuten arbeitete ich bei der Fütterung Hand in Hand mit Xavier und Júan.

Arbeite nicht gegen mich

Die Rancho Ventura war aufgeteilt in zwei grosse Gebäude. Von der Einfahrt auf der linken Seite befand sich der Stall, wo sich eine Box an die andere reihte. Amiras Box war die erste und Dango stand in der letzten der Reihe. Genau vis-à-vis vom Stall lag im Schatten der grossen Bäume das Wohnhaus. Am Haus angebaut befanden sich in einem separaten Gebäude die Unterkünfte für die Teilnehmer der Reitwochen. Lief man von der Einfahrt am Stall vorbei, erreichte man den grossen Reitplatz, der erst ab fünf Uhr abends im Schatten stand. Daneben waren die grossen Weiden, die sich scheinbar endlos in der Weite der andalusischen Landschaft verloren. Durch die vielen Bäume und Sträucher boten sie den Pferden auch am Mittag genug Schatten, so dass sie beinahe den ganzen Tag draussen stehen konnten.

Ich hatte nach einer schlaflosen Nacht, langem Zögern, vielen Überlegungen und einem Telefongespräch mit meiner Mutter Marielas Angebot angenommen und bin in Sevilla geblieben. Meine Eltern waren überrascht von meiner Reise nach Sevilla, da sie diese Spontanität gar nicht kannten von mir. Aber meine Mutter freute sich, dass ich eine solche tolle Möglichkeit von Mariela bekommen hatte. Ich habe Mariela allerdings meine Hilfe angeboten und unterstützte sie und die beiden Stalljungen jeden Tag bei der Fütterung morgens und abends. Ich wollte nicht einfach untätig hier herumsitzen und mich langweilen. Ich wollte eine Aufgabe haben und irgendwie auch das Gefühl erhalten, geschätzt und gebraucht zu werden. Während morgens nach der Fütterung die Ställe von Júan und Xavier gemistet wurden, erledigte ich entweder die Einkäufe oder half Mariela mit den administrativen Büroarbeiten oder der Reinigung der Zimmer, die an die Reiter der Reitwochen oder Feriengäste vermietet wurden. Am Mittag kochte Mariela immer was Leckeres und nach der Siesta am Nachmittag half ich beim Training mit den Pferden. Bei dieser Gelegenheit lernte ich Estrella kennen, die vierjährige Tochter von Amira und Fandango. Für das Training hatten Xavier und Júan sie mir zugeteilt. Sie meinten, Estrella und ich könnten von unserem Wesen her gut zusammenpassen. Mit der Fuchsstute warfen mich Xavier und Júan komplett ins kalte Wasser. Estrella war sowohl im Umgang als auch reiterlich und von ihrem Wesen her eine ganz schöne Herausforderung. Ich hatte schon von Kind auf mit Pferden zu tun, aber neben Estrella fühlte ich mich wie eine blutige Anfängerin. Nach der ersten Trainingseinheit, in der sie meine Hilfen grösstenteils ignorierte und sich stur stellte, rief ich bei Júan über sie aus und fragte, ob nicht jemand anderes das Training von Estrella übernehmen könnte.

„Können schon", erwiderte er. „Aber niemand wird sie so gut verstehen wie du. Ihr seid euch ähnlicher, als du denkst. Auch wenn ihr nach Aussen hin sehr offen und sympathisch wirkt, innerlich zieht ihr euch zurück, wenn ihr unsicher werdet. Aber wenn man euch besser kennenlernt und ihr ein gewisses Vertrauen zu eurem Umfeld habt, öffnet ihr auch euren Kern. Dann erkennt man die facettenreiche Persönlichkeit, die Lebensfreude und das Licht, das aus euch strahlt."

Ich hatte Júan mit offenem Mund angestarrt. Er sprach über mich, als würde er mich schon seit Jahren kennen. Er hatte so viel über mich erfahren, nur indem er Estrella und mich zusammengeführt und uns während unseres Trainings beobachtet hatte. Kein Wunder sagte man, dass die Pferde ein Spiegel des Menschen sind.

„Gib ihr Zeit, sich zu öffnen und zu vertrauen. Sie wird sie dir auch geben. Und sei nicht so voreingenommen", meinte er dann mit einem Augenzwinkern, klopfte mir auf den Rücken und hatte mich mit Estrella auf dem Reitplatz stehen gelassen. Bereits in den kommenden Tagen erkannte ich, dass Júan recht behielt mit seiner Einschätzung und Estrella offenbarte mir immer mehr ihres wahren Wesens. Sie war eine perfekte Mischung zwischen ihren Eltern. So gegensätzlich ihre Eltern charakterlich waren, so war auch sie. Von Amira hatte sie eine enorme Ruhe und Selbstsicherheit, doch von Fandango waren da auch die spielerischen und temperamentvollen Seiten in ihr. Es war eine spannende Mischung. Sie forderte mich tagtäglich auf eine Art und Weise heraus, wie ich sie brauchte. Mit Estrella konnte ich mich nicht einfach gehen lassen wie mit Dango. Sie erwartete von ihrem Reiter Konsequenz und Grenzen und suchte diese auch. Die Einheiten mit Estrella funktionierten dann am besten, wenn ich nicht zu viel Druck ausübte. Nur dann, wenn ich nicht gegen sie arbeitete, sondern mich auf sie einliess. Und nur dann, wenn ich mit mir im Reinen war und mich voll und ganz auf sie konzentrierte. Sie forderte eine Zusammenarbeit auf Augenhöhe und basierend auf gegenseitigem, tiefem Verständnis. Ich genoss das Training mit ihr immer mehr. Nach meinem Training mit Estrella sah ich Júan und Xavier zu, wie sie die Rejoneopferde trainierten. Das gab mir die Gelegenheit, hinter die Kulissen des Stierkampfes zu sehen. Was man jeweils in der Arena sah, das sah so leicht, tänzelnd und fliessend aus. Man vergass jedoch schnell, wie viele Jahre Arbeit dahintersteckten, sowohl für die Pferde als auch für die Reiter. Damit war mein Tag aber schon so gut wie ausgelastet und für lange Ausritte mit Fandango war ich dann oft schon zu müde. Also arbeitete oder spielte ich mit ihm in einer kurzen Einheit vor dem Abendessen auf dem Reitplatz, während Mariela von der Bank am Rand aus zusah und dabei die Hündin Rumba verwöhnte. Je mehr ich Fandango ritt, desto mehr Dressurlektionen offenbarte er mir, die ihm wohl Lucio für den Rejoneo beigebracht hatte. Seine Bewegungen wurden nach zwei Jahren Reitpause auch wieder fliessender und weicher, sanfter und harmonischer. Nur einmal nahm ich mir die Möglichkeit für einen langen Ausritt mit Fandango, indem ich auf das Training mit Estrella verzichtete. Während ich mit Fandango die nahe Umgebung erkundete, sehnte ich mich nach Enricos Rückkehr. Ich musste mir eingestehen, dass ich ihn vermisste. Ich fühlte mich nicht nur von Dango angezogen, sondern auch von Enrico. Auch wenn ich nicht schlau wurde aus ihm. Sein Wesen verwirrte und verunsicherte mich. Mariela war klar in ihrer Art, warm, offen, familiär, gastfreundlich. Auch wenn ich sie bereits wütend oder gestresst erlebt hatte in dieser einen Woche, ich wusste, wie sie im Grunde funktionierte. Aber Enrico konnte ich nicht einschätzen. Er schaltete enorm schnell in seinen Emotionen. Mal hilfsbereit, mal wütend, mal herablassend, verletzt, dann wieder fröhlich und plötzlich wieder verschlossen. Auch wenn er mir ein bisschen was von sich erzählt hatte, konnte ich nicht mal annähernd erahnen, wer er war. Welche Seite an ihm der wahre Enrico war. Aber genau das zog mich so an. Dieser Ehrgeiz, herauszufinden, wer er wirklich war. Und immer noch natürlich auch seine Geschichte. Ausserdem erhoffte ich mir durch Enricos Rückkehr Entlastung. Er könnte dann Estrellas Training übernehmen, und ich hätte mehr Freiheiten mit Dango, falls ich doch länger bleiben würde als beabsichtigt.

Freiheit …

Da war es wieder …

Dieses Gefühl in meiner Brust, diese Enge, diese Sehnsucht. Aber sie war leiser geworden. Drei Wochen war ich nun in Spanien, drei Wochen, in denen niemand eine Erwartung an mich gestellt hatte. Ich habe auf der Rancho Ventura meine Hilfe angeboten, die dankbar angenommen wurde. Aber es kam von mir aus. Weil ich es wollte und es genau das war, was sich für mich richtig anfühlte. Aber es gab da ein Gefühl, das ich nicht loswurde. Und als ich mit Fandango von unserem grossen Ausritt zurück in den Hof kam, konnte ich es endlich benennen. Fandango und ich, das war nichts, was für die Ewigkeit bestimmt war. Fandango war nicht mein Seelenpferd und würde es auch nie werden. So sehr es jetzt auch danach aussah, ich hatte immer die Worte von Joana vom Bowlingabend im Kopf:

„Enrico sagte immer, Fandango ist für ihn dieses Pferd, das man nur einmal im Leben hat."

Die Freiheit und das Vertrauen von Fandango, das war nur auf Zeit. Irgendwann musste ich es zurückgeben.

An Enrico.

Gnadenlose Realität

Am Tag vor Enricos Rückkehr machte ich selber eine Pause und trainierte weder mit Estrella noch mit Fandango. Ich setzte mich mit meinem Handy auf die Bank an der kurzen Seite des Reitplatzes, im Schatten des grossen Baumes. Während ich Júan mit einem der Trainingspferde zusah, setzte sich Xavier zu mir und verschränkte lässig die Arme hinter dem Kopf.

„Na, was meinst du?", fragte er mich, während er in die Richtung nickte, in der das Paar trainierte.

„Pure Faszination. Es ist wahnsinnig, was die Pferde alles können müssen. Und die Reiter erst, wie sie sich ausbalancieren im Sattel. Ich reite nicht mal annähernd so gut", lachte ich.

„Kennst du dich eigentlich aus mit dem Stierkampf? Den verschiedenen Phasen?"

Ich schüttelte den Kopf. „Nein, ich weiss nur, dass es darum geht, dass der Stier am Ende tot ist. Und eigentlich schaue ich es gar nicht deswegen, sondern der Pferde und dem Reitstil wegen."

Xavier zeigte auf mein Handy. „Hat es Youtube drauf?"

Ich nickte, entsperrte mein Handy, öffnete die App und reichte es ihm. Während er sich durch die Youtube-Mediathek scrollte, meinte er:

„Grundsätzlich wird der Rejoneo in vier Phasen geritten, jeder Rejoneador nimmt deshalb zwei bis vier Pferde pro Kampf mit. Für jede Phase ein Pferd. Zwischen den Phasen findet dann der Pferdewechsel statt."

Er gab mir das Handy zurück und drückte auf Play. Während auf dem Display vor mir ein Reiter in die Arena kam und dem noch unverwundeten Stier gegenübertrat, kommentierte Xavier das Geschehen.

„Der erste Teil, das ist eigentlich das Vorspiel. Da wird der Stier einfach mal rund um die Arena gelockt. Anstatt der Muleta, dem roten Tuch, das die Stierkämpfer am Boden haben, wird im Rejoneo das Pferd zum Locken verwendet. Das ist auch der Grund, wieso die Schweife grundsätzlich nicht eingeflochten werden. Die Üppigkeit der Haare eignet sich gut als Ersatz für das rote Tuch. Es sind sehr anstrengende Minuten, sowohl für das Pferd als auch für den Reiter. Das Pferd muss exakt an den Hilfen stehen und auf den Zentimeter genau reagieren. Höchste Konzentration wird gefordert, stell dir vor, in dieser Phase ist der Stier noch fit, noch unverletzt und voller Blut und Energie. Ein Fehler und alles ist vorbei, bevor es begonnen hat. Ausserdem geht es in dieser Phase darum, dass der Rejoneador den Stier und seine Eigenheiten kennenlernt. Dies ist entscheidend für den restlichen Kampf, er muss das Tier jederzeit richtig einschätzen können."

Xavier lehnte sich zu mir rüber und spulte das Video so weit vor, bis der Reiter nach dieser ersten Phase die Arena verliess.

„Nun verlässt der Reiter die Arena, um das Pferd zu wechseln. Entweder lässt man den Stier dann einfach da stehen oder rennen oder die Toreros locken ihn nochmals ein bisschen mit den Muletas vom Boden aus."

„Und dann beginnt die zweite Phase?", fragte ich.

„Genau, jetzt beginnen die „tres Tercios", die drei Akte, oder besser gesagt, die drei Drittel. Im ersten Drittel wird mit dem zweiten Pferd der Rejon de castigo gesetzt. Das ist ein Stab, ähnlich wie eine Harpune, der auf dem Nacken des Stieres platziert werden muss, damit eine Devisa hinauskommt und dort im Muskel stecken bleibt. Wenn die Devisa stecken bleibt, kommt ein kleines Fähnchen aus diesem Stab hinaus, mit dem der Reiter den Stier weiterhin lockt. Es sieht aus wie eine Muleta in kleinem Format."

„Was ist eine Devisa?"

„Das ist wie so eine kleine Rosette, die in den Nacken des Stieres gestochen wird. Ich muss mal schauen, ob wir irgendwo noch welche haben. Sie geben oft Hinweise auf den Züchter des Stieres."

Ich atmete hörbar aus. Dann spulte ich von allein vor. „Okay, dann kommt die dritte Phase?"

„Das zweite Drittel", korrigierte mich Xavier. „Da werden nach einem erneuten Pferdewechsel diese langen, farbigen Banderillas gesetzt. Das ist ein Spiess mit einem fünf Zentimeter langen Widerhaken, der dann in den Nacken des Stieres gestochen werden muss. Dafür muss man ganz nahe an den Stier kommen, um diese richtig zu setzen. Es gibt zwei Längen, mit den kurzen musst du dich selbstverständlich noch mehr aus dem Sattel beugen als mit den langen. Sieht jeweils sehr spektakulär aus. In dieser Phase wird das Pferd hauptsächlich mit Gewichts- und Schenkelhilfen gelenkt, da der Reiter die Zügel nur in einer oder sogar in keiner Hand hat."

Das Leid des blutüberströmten Tieres in der Arena traf mich sehr. Erst jetzt realisierte ich, dass ich mich immer auf das Pferd selber konzentriert hatte, als ich diesen Kämpfen zugesehen hatte. Aber eben nur auf das Pferd, nie bewusst auf den Stier. Deswegen wurde mir erst jetzt richtig bewusst, was das für Höllenqualen sein mussten, die das schwarze Tier da erleiden musste. Vom Stress, der vom Schmerz und der ohrenbetäubenden Menschenmasse auf den Rängen ausgelöst wurde, ganz zu schweigen. Ich schüttelte den Kopf und liess das Handy in meiner Tasche verschwinden. Xavier konnte mir den letzten Teil auch so erklären, ich wollte mir den Tod nicht ansehen.

„Und die letzte Phase, da wird der Stier dann getötet?", fragte ich.

„Ja. Nach dem dritten Pferdewechsel wird der Stier im letzten Drittel dann mit dem Degen, der Estoca, getötet. Dieser muss direkt zwischen seine Schulterblätter gestochen werden und die Halsschlagader treffen. Wenn du richtig getroffen hast, bricht der Stier eigentlich sofort oder kurz nach dem Stich zusammen."

„Und wenn nicht?"

„Dann kommen die Matadore und töten den Stier. Das macht sich vor dem Publikum aber nicht gut, wenn du als Rejoneador den letzten Stich nicht sauber ausführst. Auch wenn du zum Beispiel vorzeitig aufgibst, dann wird das Publikum den Stierkämpfer eher ausbuhen als bewundern."

Angewidert verzog ich das Gesicht. Enrico meinte in San Javier noch, dass er es der Tradition wegen tun würde und um seinen Vater nicht zu kränken. Ich verstand nun aber immer weniger, wie man so eine brutale Tradition unterstützen konnte.

„Wieso macht man das eigentlich? Man bringt nicht nur seine Pferde in Gefahr, man quält auch ein Tier auf eine unwürdige Art und Weise?", fragte ich empört. Xavier zuckte die Schulter.

„Du darfst nicht vergessen, dass der Stierkamp zur Kultur und Tradition von Spanien gehört. Ausserdem wird es von einigen auch als eine Form der Kunst angesehen. Die Kampfstiere werden in den unendlichen Weiten der Naturschutzgebiete von Andalusien und Extremadura geboren und leben dort artgerecht ihre Jahre bis zu ihrem Kampf. Sowohl die Naturschutzgebiete als auch die gezüchteten Kampfstierrassen könnten verschwinden, wenn der Stierkampf abgeschafft werden würde."

Ich schwieg einen Moment. Ich wollte keinem Land irgendwelche Traditionen absprechen, aber ich merkte, wie ich in einen Zwiespalt kam, da ich die Argumente für den Stierkamp nicht verstand.

„Moment", protestierte ich. „Man betreibt Stierkämpfe, tötet Stiere und das Argument dafür ist, dass die Rasse nicht ausstirbt?"

Xavier nickte. „Und wegen der Naturschutzgebiete, in denen die Stiere geboren werden und aufwachsen", erinnerte er mich mit Nachdruck.

„Eine einfache Lösung: Man überlässt diese Weidelandschaften den Tieren, und dies ihr ganzes Leben lang. Sie sollen da leben und aufwachsen ohne die Todesängste in der Arena erleiden zu müssen."

Xavier ging nicht auf meinen Input ein und blieb still sitzen, seine Augen auf Júan und dem Trainingspferd Nieblo gerichtet. Ich merkte erst da, dass zwei völlig unterschiedliche Ansichten aufeinander prallten. Xavier, als jemand der damit aufgewachsen war, konnte vermutlich nicht nachvollziehen, wieso ich diese Tradition so sehr hinterfragte. Ich beliess es also dabei und überlegte einen Augenblick.

„In welcher Phase wurde denn Fandango verwundet?", fragte ich stattdessen nach einer Weile. Xavier schüttelte den Kopf. „Das erzählt dir besser Enrico selber. Ich möchte ehrlich gesagt nicht darüber reden."

Frustriert warf ich die Hände in die Luft. „Kannst du mir sagen, wieso das so sehr verschwiegen wird? Darfst du mich wenigstens darüber aufklären? Hast du nicht das Gefühl, dass ich ein klitzekleines Recht darauf habe, zu erfahren, was mit dem Pferd geschehen ist, mit dem ich jeden Tag unbeschwerte Zeiten verbringe? Während Enrico dies scheinbar nicht mehr kann mit Dango?"

Xavier hob die Hand, um mich zu stoppen.

„Das ist ein dunkles Kapitel für uns alle und ging uns sehr nahe. Vor allem der Bruch zwischen Enrico, seinem Vater und seinem Pferd."

„Seinem Vater …?", wollte ich gerade ansetzen, doch Xavier war schon aufgestanden und liess mich allein zurück. Seine Worte hallten in meinem Kopf wider. Was hatte nun Enricos Vater mit all dem zu tun? Das war ein weiteres Puzzlestück von vielen, das ich nicht aneinanderreihen konnte. Ich überlegte, ob die Dreiecksbeziehung zu Problemen geführt hatte. Fandango als Enricos Seelenpferd, aber gleichzeitig als Rejoneopfer seines Vaters. Enrico als Sohn von Lucio und Lucio als sein Vater und Besitzer von Fandango. Aber nach wie vor fehlte mir die entscheidende Info, um zu wissen, wo und wieso alles zusammengebrochen war. Und offensichtlich wussten alle hier auf der Ranch davon, aber niemand sprach darüber.

Falsche Entscheidungen

Am siebten Tag, den ich auf der Ranch verbrachte, sah mich Mariela mehr als Familienmitglied als einen Gast und ich lebte mich immer mehr ein. Sie rief mich sogar schon mit „Hija", was auf Spanisch *Tochter* bedeutet. Ich fühlte mich wohl und lebte im Moment ein Leben, von dem ich schon immer geträumt hatte. Mit einem kalten Glas Cola stand ich gerade im Hausflur und sah mir die Fotos an der Wand mal genauer an. Zwei fielen mir besonders ins Auge, sie hingen genau nebeneinander. Auf dem einen erkannte ich Enrico auf einem Rappenhengst während eines Stierkampfes, auf dem anderen im gleichen Szenario Fandango mit einem mir unbekannten Mann. Ich hörte, wie Mariela gerade die Treppe runterkam, und bat sie, herzukommen. Vielleicht hatte ich so die Möglichkeit, über die Fotos an die entscheidenden Puzzlestücke zu kommen, die mir noch fehlten, um Enricos und Fandangos Geschichte zu verstehen. Behutsam deutete ich auf das Foto mit Fandango.

„Ist das Lucio?"

Sie nickte. Sofort glitzerten Tränen in ihren Augen, trotzdem lächelte sie.

„Ja, das ist Lucio. Während seines letzten Kampfes mit Fandango. Und das da ist Enricos erster Stierkampf, damals noch mit Negro. Da war er 17 Jahre alt und Fandango gerade mal ein Jährling."

„Negro de la Victoria?", fragte ich. Sie nickte zustimmend. „Genau, Negro, das war das Seelenpferd von Lucio. Die beiden waren unzertrennlich. Leider hat Negro im gleichen Jahr wie Lucio diese Welt verlassen. Er war schon sehr alt und ist etwa ein halbes Jahr nach meinem Mann gestorben."

„Deswegen das Bild auf der Homepage", erwiderte ich. Erneut bejahte Mariela.

„Mit Lucio und Negro haben uns zwei für die Ranch sehr prägende Persönlichkeiten innerhalb kurzer Zeit verlassen. Deswegen haben wir ihr gemeinsames Bild auf der Homepage. Der Gedanke, dass sie sich zusammen auf die Reise gemacht haben und keiner von ihnen alleine ist, erleichtert mir den Umgang mit ihrem Tod."

„Das war bestimmt das Schicksal", murmelte ich. Sie nickte. „Daran glaube ich auch."

Mariela wischte sich kurz und schnell mit dem Ärmel über die Augen. Dann zeigte sie auf ein anderes Bild, das mir noch nicht aufgefallen war.

„Das war an Enricos 18. Geburtstag. Dango war knapp zwei Jahre alt. Sie waren von Fandangos Geburt an unzertrennlich, bis …" Mariela verstummte und ich nickte verständnisvoll, sah sie aber fragend an. Ich hoffte, dass sie weitersprach, damit ich endlich einen weiteren Hinweis bekommen würde. Doch das tat sie nicht und ich hielt es nicht für angebracht, nachzubohren. Darum vertiefte ich mich stattdessen in das Foto. Enrico rannte über die Weide, sein Blick auf Fandango gerichtet, der buckelnd neben ihm herrannte. Es war eine Momentaufnahme. Eine Momentaufnahme, die ein einzigartiges Band zwischen Pferd und Mensch darstellte. Ein Band, geflochten aus Freundschaft, Vertrauen und vor allem … Freiheit. Und dann fiel es mir wie Schuppen von den Augen. Das war der Enrico, nach dem ich suchte: eine unbeschwerte, temperamentvolle, freiheitsliebende Persönlichkeit. Und sogleich rutschte mir das Herz in die Hose und mir lief es eiskalt den Rücken hinunter. Was war, wenn ich diejenige war, die ihm momentan seine Freiheit raubte, um meine eigene zu suchen? Fandango war unser beider Schlüssel. Doch ein Schlüssel kann nicht in zwei Schlössern gleichzeitig stecken. Und im Moment steckte er in meinem. Nun füllten sich auch meine Augen mit Tränen. Um mich davon abzulenken, deutete ich nochmals auf das erste Foto und versuchte, alle mögliche Empathie und Sanftheit in meine Stimme zu legen. Wenn ich mehr Informationen wollte, musste ich mutiger sein.

„In welcher Phase des Stierkampfes wurde denn Fandango bei diesem Kampf verletzt?"

Mariela sah mich perplex an. „Verletzt? Bei dem Kampf hat sich niemand verletzt."

Mit diesen Worten verwirrte sie mich total. „Aber", setzte ich an, doch sie antwortete, bevor ich meine Frage aussprechen konnte.

„Ich sagte nur, dass das Lucios und Fandangos letzter gemeinsamer Kampf war. Verletzt hat er sich ein paar Wochen später."

Mariela verstummte sofort und sah mich ertappt an. Ich hatte sie erwischt und sie hatte mir schneller geantwortet, als sie über ihre Worte nachdenken konnte. In meinem Kopf begann es sofort zu rattern. Wenn sich beim letzten Kampf von Lucio und Fandango niemand verletzt hatte und der Unfall einige Wochen später geschehen war, dann konnte Lucio unmöglich der Reiter gewesen sein, der bei der Tragödie auf Fandango gesessen hatte. In Rekordtempo versuchte ich alle anderen Reiter aufzuzählen, die Fandango damals geritten sein könnten. Doch mir kamen nur zwei in den Sinn. Dass Enrico an dem Tag geritten war, kam mir allerdings eher unwahrscheinlich vor. Er sagte ganz klar, dass Dango das Pferd seines Vaters war. Und Joana hatte auch erwähnt, dass die Aktivitäten zwischen Enrico und Dango grösstenteils heimlich stattgefunden hatten. Ausserdem passte diese Theorie auch nicht ganz in die Geschichte, dass es zwischen ihm und seinem Vater ebenfalls einen Bruch gegeben hatte. Und zwischen Lucio und Fandango schien nach Xaviers Aussage auch etwas passiert zu sein.

Moment mal.

Mein Blick schnellte wieder zu den Fotos hinüber.

„Hija." Mariela holte mich aus meinen Gedanken. Resigniert und verlegen sah sie zu Boden. „Ich sehe dir an, dass deine Gedanken sich wie wild drehen. Es ist in deiner Natur, Dinge verstehen und nachvollziehen zu wollen und so lange zu hinterfragen, bis du eine zufriedenstellende Antwort darauf hast."

„Es geht mir mehr um Dangos Wohlbefinden und mein schlechtes Gewissen. Ich möchte wissen, wie ich Fandango helfen kann, aus seinen Fesseln zu entfliehen und wieder vollkommen frei zu sein. Und ich möchte verstehen, wieso ich momentan so gut mit ihm auskomme, obwohl alle einstimmig der Meinung sind, dass Fandango doch eigentlich Enricos Seelenpferd ist."

Mariela seufzte tief und nickte zustimmend. „Ich versteh dich voll und ganz, Solea. Aber ich finde, Enrico soll dir das alles selber erzählen. Deswegen hoffte ich auch, dass du bleiben würdest. Du hast …"

Sie verstummte sofort, als draussen das Wiehern mehrerer Pferde zu hören war. Darunter war auch Amira zu vernehmen. Eigentlich fiel es mir mit meiner Hörbehinderung schwer, Stimmen oder in diesem Fall Pferdewiehern zu unterscheiden und richtig zuzuordnen. Aber es gab Ausnahmen. Und Amiras Wiehern war unverkennbar schrill und nicht durchgehend, sondern abgehackt. Mit grossen, vor Freude funkelnden Augen sah mich Mariela an und rannte sofort zur Haustüre.

Ich stand mit Mariela im Schatten der Haustüre, während Enrico abstieg. Er liess Amira frei auf dem Platz stehen und wandte sich einer Reiterin zu, die noch auf ihrem Pferd sass. Lächelnd lief er auf sie zu, legte seine Hand auf ihr Knie und sagte ihr etwas. Sie lachte und beugte sich dann hinunter, so dass sie ihm was ins Ohr flüstern konnte. Ich verschränkte die Arme und sah die beiden aus zu Schlitzen verengten Augen an. Sie war wirklich hübsch, nach ihr würden sich viele Männer umdrehen. Gross, schlank, lange leicht gewellte glänzende blonde Haare, ein fesselndes Lächeln. Enricos Hand war an ihrem Oberschenkel weiter hochgerutscht und lag nun ziemlich nahe an ihrem knackigen Hintern. Ich sog scharf die Luft ein und versuchte, diese ekelhafte Eifersucht abzuschütteln. Wieso fühlte ich so? Ich war nur auf Zeit hier, ich wollte doch eigentlich nichts von Enrico. Oder? Einmal mehr fragte ich mich, was ich hier tat. Und entschied in eben diesem Moment, dass es ein Fehler gewesen war, herzukommen. Ich nahm mir vor, so schnell wie möglich hier zu verschwinden. Mariela unterbrach diese für mich enorm unangenehme Situation, indem sie aus dem Schatten der Haustüre trat und auf Amira zulief. Enricos Aufmerksamkeit lenkte sich sofort auf seine Mutter, er liess die Blonde von einem Moment auf den anderen stehen und lief strahlend auf Mariela zu. Das enttäuschte Gesicht der Frau auf dem Pferd sprach Bände. Wie sprunghaft konnte dieser Mann noch sein? Mutter und Sohn nahmen sich fest in den Arm. Ich hörte nicht, was sie miteinander sprachen, doch zwischen ihnen war eine Vertrautheit, bei der mir nach der Eifersuchtskälte warm ums Herz wurde. Sie hatten bestimmt schon viel durchgemacht gemeinsam, was natürlich zusammenschweisst. Während nun alle Reiter, auch die Blonde, auf Enricos Anweisung hin die Pferde in den Stall führten und dort absattelten, trat ich einen Schritt aus dem Schatten hinaus. Enrico, immer noch im Gespräch mit seiner Mutter, nahm seinen Hut ab und als er wieder hochblickte, blieben seine Augen an mir hängen. Mein Herz machte einen Hüpfer und in meiner Magengegend begann es zu kribbeln. Der Andalusier sah richtig gut aus. Seine schwarzen Haare hingen ihm halb in die Stirn und verdeckten leicht seine ebenso dunklen Augen. Ich schluckte die Gefühle, die sein Anblick in mir auslöste, schnell hinunter. Ich habe ihn ertappt, wie sich sein Gesicht bei meinem Anblick kurz erhellte, doch seine Gesichtszüge wurden sofort wieder hart. Er kniff die Augen zusammen und wandte sich wieder an seine Mutter. An seinem Gesichtsausdruck erkannte ich, dass sich auch sein Tonfall verändert haben musste. Mariela und er diskutierten immer wilder miteinander, bis er aufgebracht den Arm in die Luft warf, sich den Hut wieder anzog, Amira am Zügel packte und zu den Ställen davonstampfte. Die Reiter aus der Gruppe kamen gerade aus dem Stall, als Enrico hineinlief. Die Blonde lief auffällig nahe an Enrico vorbei und berührte ihn dabei beiläufig. Er reagierte aber gar nicht, was mir etwas Genugtuung verschaffte. Er nahm also das, was zwischen ihnen auch gewesen sein mag, wohl nicht so ernst. Mariela kam zu mir, lächelte mich an und deutete zum Stallgebäude hinüber.

„Geh zu ihm in den Stall, ich kümmere mich um unsere Gäste."

Und mit der gleichen Herzlichkeit, mit der sie auch mich vor etwa einer Woche empfangen hatte, begrüsste sie alle und zog sie mit sich ins Haus, wo bereits einige Tapas und kühle Getränke auf sie warteten. Ich folgte Marielas Aufforderung, schlenderte langsam in Richtung Stall und kickte hier und da mal ein Kieselsteinchen vor mich her. Als ich langsam in die Stallgasse trat, in der Enrico und Amira standen, erstarrte Enrico in seinem Tun. Unsere Blicke trafen sich. Lange sahen wir uns an. Ich wusste nicht, wie ich reagieren sollte. Besonders jetzt nicht, da ich in einer Woche mehr über Enrico, Lucio, Fandango und das Leben auf der Ranch erfahren habe. Da löste sich Enricos Erstarrung und er kam mit grossen Schritten auf mich zu. Aber anstatt mich freundlich zu begrüssen, warf er seinen Hut auf den Boden, packte mich an den Schultern und stiess mich in Richtung Estrellas Box, die gerade neben Amiras war.

„Was soll das, was machst du hier?", fauchte er mich an. Alles in mir verschloss sich. Wieso konnte er mich nicht einmal so ansehen, wie er die Blonde angesehen hatte? Oder mich einmal so anlächeln, wie er seine Mutter anlächelte? Wenigstens einmal? Trotzig beschloss ich, ihm keine Antwort zu liefern, solange er sich so verhielt. Ich verschränkte die Arme und blickte zu Boden. Er schüttelte mich an den Schultern und ich riss mich los. Durch den Schwung fiel ich rückwärts, stolperte über die Schubkarre, die noch vor der Box stand, und landete auf dem Rücken in der Box, die ich zu Enricos Glück schon mit sauberem Stroh ausgelegt hatte. Kurz tanzten kleine schwarze Punkte vor meinen Augen und ich kniff sie fest zusammen. Als ich sie wieder öffnete, kauerte Enrico vor mir im Stroh und sah mich besorgt an. Es dauerte jetzt nur einige Sekunden, in denen er von aufgebracht wütend zu besorgt umgeschaltet hatte.

„Alles in Ordnung? Es tut mir leid."

Ich nickte nur. Einen kurzen Moment war Stille zwischen uns. Zum ersten Mal in der Zeit hier auf der Ranch legte sich eine Traurigkeit über mich. Zum ersten Mal hatte ich das Gefühl, am falschen Ort zu sein. Zum ersten Mal hatte ich Angst, dass mich die Vergangenheit wieder einholen würde, vor der ich geflüchtet war. Ich hörte, wie auch die letzten Feriengäste ins Haus liefen und die Türe ins Schloss fiel. Ich war also allein mit Enrico im Stall.

„Wieso hast du was dagegen, dass ich hier bin?", fragte ich ihn mit ungewollt zittriger Stimme. Auch wenn ich mittlerweile eine leise Ahnung hatte, ich wollte es von ihm hören. Er schüttelte nur den Kopf und strich sich die Haare aus der Stirn. Lange sah er mich mit einem unergründlichen Blick an. Ich brach den Augenkontakt als Erste ab. Enrico stand kurz darauf auf und bot mir seine Hand an. Ich ergriff sie und zog mich daran hoch. Die Hand, die kurz zuvor auf dem Oberschenkel einer anderen Frau lag. Sein Griff war warm und fest. Auch nachdem er meine Hand losgelassen hatte, fühlte ich die Berührung auf meiner Haut nachwirken. Einen Moment standen wir so da, bis Enrico behutsam die Hand hob und mir einen Strohhalm aus den Haaren zupfte. Dann wandte er sich sofort ab. Und ging. Ich blieb mit meinem Gefühlschaos alleine in der Box stehen und versuchte, zwischen Anziehung, Ablehnung, Eifersucht und Leidenschaft klare, realistische Gedanken zu fassen.

Die Scherben des Lebens

Den ganzen restlichen Nachmittag ging mir Enrico aus dem Weg und zeigte mir klar und deutlich die kalte Schulter. Ich fühlte, dass ich nicht mehr willkommen war. Dass mein Aufenthalt hier zu Ende war. Und dass ich keine weiteren Antworten auf alle meine Fragen bekommen würde. Es war an der Zeit, an die Heimreise zu denken. Ich klärte bereits am frühen Abend mit der Firma des Mietautos ab, dass ich es am folgenden Tag auch am Standort in Sevilla abgeben konnte und nicht zurück nach Alicante an den Flughafen bringen musste. Dann checkte ich mal alle Flüge von Sevilla aus nach Genf, Zürich oder Basel. Es waren unglaublich viele frei, da die Ferienzeit vorbei war, und ich konnte mich nicht für einen entscheiden, also beschloss ich, am nächsten Tag spontan einen Flug zu wählen. Ich ass ein letztes Mal mit Mariela, Júan und Xavier zu Abend. Natürlich verzichtete Enrico auf das gemeinsame Abendessen. Er holte sich seinen Teller aus der Küche und verschwand wortlos. Nach dem Essen verabschiedete ich mich von den Stallhilfen und teilte Mariela mit, dass ich am Folgetag abreisen würde. Die Enttäuschung war ihr anzusehen, dennoch respektierte sie meine Entscheidung. Dann zog ich mich ins Gästezimmer zurück und machte mich schnell fertig fürs Bett. Es stimmte mich traurig, dass ich wieder nicht die Möglichkeit hatte, mich richtig von Enrico zu verabschieden. Ich musste es aber respektieren, wenn er den Kontakt nicht wollte. Auch konnte ich ihn nicht zwingen, mich in sein vermutlich dunkelstes Lebenskapitel einzuweihen. Ich werde lernen müssen, diese Ungewissheit anzunehmen und zu akzeptieren. Auch wenn ich Fandangos Vergangenheit nicht wirklich kannte, so würde dieses wundervolle Pferd mir fehlen. Er hatte mir so viel geschenkt, vor allem Luft und Leben. Und ich dankte dem Schicksal, dass es mir Fandango geschickt hatte und ich wenige Wochen mit ihm geniessen konnte. Nun war es an der Zeit, dass sich unsere Wege wieder trennten. Aber in meinem Herzen würde ich ihn weiterhin mittragen und mich immer wieder an die Gefühle erinnern, die ich mit ihm durchlebt hatte.

In dieser Nacht wachte ich plötzlich aufgrund der Bewegung meines Bettes auf. Zuerst dachte ich, dass Rumba sich wieder hineingeschlichen und zu mir ins Bett gelegt hatte. Das machte sie noch gerne, wenn die Türe nur angelehnt war. Aber ich war mir sicher, die Türe geschlossen zu haben, als ich ins Bett gegangen war. Ich blinzelte in die Dunkelheit und sah die Umrisse von Enrico, der sich ans Fussende meines Bettes gesetzt hatte. Ich fuhr erschrocken zusammen und knipste die Nachttischlampe an. Verschlafen sah ich auf die Uhr. Es war ein Uhr, mitten in der Nacht! Anhand seiner Lippenbewegung erkannte ich, dass er angefangen hatte, zu sprechen, aber ich hob sofort den Zeigefinger, was ihn verstummen liess. Ich tastete nach meinen Cochlea-Implantaten auf dem Nachttisch, zog diese an und schaltete sie ein.

„Enrico, was machst du hier? Es ist mitten in der Nacht, ich habe geschlafen!", flüsterte ich empört, um seine Mutter nicht zu wecken.

Er legte den Kopf schief und sagte: „Ich möchte dir was zeigen."

Ich zog eine Augenbraue hoch, während er aufstand, und wischte mir erst mal schläfrig über die Augen. Dann sah ich ihn im Dämmerlicht der kleinen Nachttischlampe skeptisch an und fragte mich, ob er einen Knall hatte und einfach nur mit mir scherzte. Als er keine Anstalten machte, mein Zimmer zu verlassen, stöhnte ich genervt auf, sprang aus dem Bett und rempelte ihn dabei absichtlich an. Ich stellte mich vor ihn und verschränkte die Arme.

„Also?", fragte ich. Enrico sah spöttisch an mir hinunter, ich trug nur meine Shorts und ein leichtes T-Shirt.

„Wir gehen raus", meinte er trocken und stand ebenfalls mit verschränkten Armen da. Ich wurde stutzig, doch riss dann meinen Pullover von der Stuhllehne und zog ihn an. Die sevillanischen Nächte jetzt Ende August waren angenehm frisch, aber keineswegs kalt. Der Pullover würde schon reichen.

Enrico verkniff sich ein Lachen und beugte sich vor. „Reitklamotten", flüsterte er mir ins Ohr, bevor er das Zimmer verliess und die Tür leise hinter sich schloss. Ich stöhnte ein zweites Mal genervt auf und liess mich zurück auf mein Bett fallen. Typisch Enrico! Zuerst ignorierte er mich den ganzen Tag, und dann weckte er mich mitten in der Nacht, weil er mir was zeigen wollte. Was sollte das? Ich überlegte mir, ob ich nicht einfach das Licht löschen, mir die Decke wieder über den Kopf ziehen und ungerührt weiterschlafen sollte. Ehrlich gesagt hatte ich keine Lust auf Enricos momentanes Verhalten, dafür fehlte mir einfach die Geduld. Ausserdem hatte ich auch genug von meinem verwirrten Gefühlschaos, das er in mir auslöste. Ich stand wieder auf, trat an das Fenster und zog den Vorhang zurück. Enricos Gestalt huschte über den Hof zu den Ställen rüber, wo einige Sekunden später das Licht angeschaltet wurde. Ich dachte an all die kleinen Situationen, in denen ich ganz kurz einen Blick auf Enricos weiche, sanfte Seite erhaschen konnte. Bei unserem ersten Ausritt, kurz vor dem ersten Training mit Amira, der Moment eines Wimpernschlages bei seiner Ankunft, als er mich erblickt hatte. Und der Moment in der Box von Estrella, in dem er auch eine fürsorgliche, besorgte Seite zeigte. Ich lehnte mich an das Fenster und rang mit mir. Doch meine Neugier siegte letztendlich doch und ich zog mich schnell um. Vielleicht brauchte er einfach etwas mehr Zeit, um sich zu öffnen, um auch seine sensible Seite zu zeigen. Dann trat ich in die kühle, klare Nacht hinaus. Der Mond war noch nicht ganz voll, aber er und die Sterne strahlten gemeinsam um die Wette. Ich folgte dem Licht, lief über den Platz und betrat die Stallungen. Enrico war gerade dran, Amira zu satteln, und einer Eingebung folgend holte ich Fandango aus der Box und sattelte ihn ebenfalls. Ich merkte Dango an, dass er ebenso wenig wie ich begeistert war über diese nächtliche Aktion. Nacht- und Nebelaktionen schienen Enricos Spezialgebiet zu sein. Wenig später ritt ich hinter Enrico und Amira zum Tor hinaus. Seit ich in den Stall kam, sprach Enrico kein Wort. Ihn musste man lesen können, um ihn zu verstehen. Ich glaube, die einzigen beiden, die das wirklich konnten, waren Mariela und Xavier. Enrico lenkte Amira über einen kleinen Fluss und wählte einen Weg, der mir noch nie aufgefallen war. Er führte in Serpentinen einen Berg hinauf. Wenn ich in Geografie richtig aufgepasst hatte, befanden wir uns nun in der Gegend der Sierra Morena oder Sierra Norte de Sevilla. Ich verzichtete aber bewusst darauf, Enrico zu fragen. An den breiten Stellen liessen wir die Pferde traben und zum Teil liess der Weg es zu, dass wir sogar galoppieren konnten. Ich passte Fandangos Tempo einfach dem von Amira an, da Enrico natürlich nicht mit mir sprach. Als wir auf einer Anhöhe angekommen waren, stieg Enrico ab und kam zu mir.

„Wir sind da. Du kannst absteigen", sagte er. Ich hörte das Lächeln aus seiner Stimme heraus und verdrehte die Augen. Zum Glück sah er in der Dunkelheit nicht, wie gereizt ich gerade war. Aber ich tat wie geheissen und band Fandango neben Amira an dem Baum fest.

Enrico stand nun nahe an der Kante der Ebene, auf der wir uns befanden, und starrte in die Tiefe. Ohne mich anzusehen, sagte er: „Komm her."

Ich trat neben ihn und runzelte die Stirn. Als ich seinem Blick in die Tiefe folgte, stockte mir der Atem und ich schwankte leicht, ich hatte die Höhe unterschätzt. Aber das war nicht das Einzige, was meine Reaktion hervorrief. Enrico hielt mich am Ellenbogen fest und dirigierte mich sanft zu einem grossen Stein. Ich setzte mich darauf, er nahe daneben. Seine Berührung brannte noch Sekunden später auf meiner Haut, aber ich konzentrierte mich auf das vor mir, was mir den Atem raubte.

Sevilla.

Magisch und wunderschön, mit einem Hauch von Mystik lag es in den Nachtbeleuchtungen unter uns. Der Guadalquivir teilte die Stadt in zwei Teile und sein Wasser glitzerte im Mondlicht der klaren Nacht.

„Das ist meine Heimat. Hier bin ich geboren und aufgewachsen. Das ist die Stadt, wofür mein Herz schlägt", sagte Enrico flüsternd und voller Ehrfurcht.

„Es gibt sie also doch, die Parallelwelt von Narnia", hauchte ich, ohne zu überlegen, was ich da von mir gab, und konnte den Blick einfach nicht von der Stadt unter mir abwenden.

„Hä?", kam von rechts. Ich schüttelte den Kopf. „Egal", murmelte ich.

Enrico knuffte mich in die Seite. „Nein, nicht egal. Was hast du gesagt?"

„Das ist so ein Spruch, den meine beste Freundin Ylenia rausgelassen hat. Sie meinte, ich würde in meinem freien Jahr in einer Parallelwelt wie Narnia landen."

Enrico zog eine Augenbraue hoch.

„Kennst du die Chroniken von Narnia, die von Clive Staples Lewis geschrieben wurden? Wo vier Geschwister zum Beispiel durch einen Kleiderschrank im Haus der Verwandten in die Fantasiewelt Narnia gelangen? Dort erleben sie allerhand mit sprechenden Tieren und Fabelwesen und müssen das Königreich Narnia entweder verteidigen oder aus den Händen des Bösen befreien. Der König von Narnia ist übrigens der Löwe Aslan. Ah ja, und wenn sie durch den Kleiderschrank wieder zurück in die Realität kommen, ist dort keine Sekunde Zeit vergangen, während in Narnia selber schon viele Jahre verstrichen sind."

Ich verstummte und mir stieg eine peinliche Röte ins Gesicht. Enrico sah mich immer noch mit einer erhobenen Augenbraue an.

„Narnia?", fragte er dann belustigt.

„Komm, vergiss alles wieder", winkte ich ab. Manchmal dachte ich echt nicht darüber nach, was ich sagte. Aber so magisch Narnia nur mal war, so war es auch Sevilla. Enrico musste mich bestimmt für bekloppt halten. Ab und an fragte ich mich ja selber, ob ich nicht mehr alle Tassen im Schrank hatte. Plötzlich prustete Enrico los. Entsetzt sah ich ihn an. Als er dies bemerkte, versuchte er wieder ernst zu werden, doch er schaffte es einfach nicht und lachte weiter. Ich boxte ihm gegen die Schulter und mit einer gespielten Dramatik rutschte er vom Stein hinunter auf das Gras und lachte dort weiter.

„Lachst du mich aus?"

Beleidigt verschränkte ich die Arme, doch ich konnte mich nicht länger zusammenreissen und prustete ebenfalls los. Enricos ehrliches und gelöstes Lachen war unglaublich ansteckend. Nach einer Weile stand Enrico auf, wischte sich die Lachtränen mit seinem Ärmel aus den Augen und trat hinter mich. Er legte mir beide Hände auf die Schulter und drückte leicht zu.

„Ja, Sevilla ist magisch. Aber lass dich davon nicht täuschen, auch Sevilla hat seine dunklen Seiten." Ich erschauerte bei den Worten und der Tonlage, mit denen er sie ausgesprochen hatte. Er liess mich los und trat einen Schritt zurück. Schon wieder wurde ich Zeugin seines schnellen Stimmungswechsels. Gerade eben war er noch ganz gelöst und lachte mit mir, bis ihm die Tränen kamen. Bei seinem letzten Satz schwang aber wieder eine Bedrücktheit mit, die den Zauber des Glücks im Keim erstickte.

„Hier oben hat alles begonnen", sagte Enrico und begann plötzlich mit einer grossen Bereitschaft, mir noch mehr seiner Lebensgeschichte zu offenbaren.

„Hier sass ich zum ersten Mal alleine auf einem Pferd. Ich war etwa drei Jahre alt und mein Vater hat mich damals hier hoch gebracht. Es war so was wie sein Zufluchtsort. Jedenfalls hatte er damals noch seinen pechschwarzen und alten Andalusierhengst Noche de la Victoria, auf dem ich reiten gelernt habe."

Er setzte sich wieder auf den Stein neben mir.

„Ich habe ihm und den Trainern von Anfang an fasziniert zugeschaut, wie sie die Pferde für die Stierkämpfe trainiert haben, aber sobald er mit den Stieren geübt hat, erlosch meine Faszination. Ich liebte die feine Reitweise, in denen die Hilfegebung kaum sichtbar ist und es von Aussen wie ein Tanz von Pferd und Reiter aussieht. Aber später, als mein Vater begonnen hat, mich mit 16 Jahren auf den Stierkampf vorzubereiten, stand ich zum ersten Mal selber einem kleinen Jungbullen gegenüber. Ich sass auf Negro de la Victoria, der hatte genug Erfahrung für einen Neuling wie mich. Das war übrigens das

Seelenpferd meines Vaters. Doch nach dem ersten Stich, den ich dem Stier zugefügt habe, habe ich erkannt, dass dies keine Harmonie ist. Pferd und Reiter harmonieren vielleicht, ja, aber sie kämpfen gegen den Stier. Stell dir vor, du musst das Pferd unter dir noch dazu zwingen, gegen seine Fluchtinstinkte anzukämpfen. In freier Wildbahn siehst du keine Pferde, die freiwillig auf aggressive Stiere zurennen, es ist eher das Gegenteil der Fall. Mein Vater jedoch wollte nie hören, dass ich der jahrhundertalten Tradition nicht folgen möchte. Es ging ihm nicht nur um den Bestand der Ranch und das Geld allein, sondern vor allem um Ansehen, Stolz und Ehre. Bei jedem Stier, den ich tötete, zerriss etwas in mir. Das Publikum jubelte, aber ich blutete gemeinsam mit dem wundervollen Tier. Irgendwann kaufte mein Vater von einer bekannten Rejoneoranch Amira de la Esperanza. Im gleichen Jahr kam auch Fandango zur Welt. Er bestimmte sofort, dass er Dango reiten würde, sobald er eingeritten wurde, Amira war für mich vorgesehen. Doch von Anfang an fühlte ich mich zu dem Hengst meines Vaters hingezogen. Nachts bin ich oft heimlich mit ihm ausgeritten, wir waren eigentlich immer hier auf der Anhöhe. Und dann habe ich immer geträumt von einer Zukunft ohne Verletzungen. Von einer Zukunft ohne Zwang. Von einer Zukunft ohne Erwartungen. Von einer Zukunft in Freiheit und Selbstbestimmung. Ja, der Stierkampf hat Tradition, aber ich möchte diese Tradition nicht in dieser Form weiterführen. Versteh mich nicht falsch, ich bin nicht für oder gegen den Stierkampf. Ich persönlich aber möchte keine Stierkämpfe mehr reiten, keine Tiere für das öffentliche Vergnügen töten. Aber ich habe kein Problem damit, die Pferde, die dafür eingesetzt werden, zu züchten und zu trainieren. Denn die Arbeit mit den Pferden, das ist, was mich erfüllt. Und am Ende des Tages ist der Stierkampf eine spanische Tradition. Eine Tradition meines Landes."

Ich schluckte schwer. Ich konnte nur annähernd fühlen, was Enrico belastete. Ich wusste auf Anhieb nicht, was ich darauf antworten sollte, deswegen entschied ich, vorerst in eine unverfänglichere Richtung zu fragen:

„Noche, Negro und Fandango haben das gleiche Suffix – *de la Victoria*. Sie kommen alle aus der gleichen Zuchtlinie. Wenn doch auch Estrella aus dieser Zuchtlinie stammt, wieso trägt sie kein Suffix?"

„Noch keines", antwortete er. „Die Pferde meines Vaters haben die Suffixe erst erhalten, wenn sie Potenzial zeigten. *De la Victoria* erhielten nur die Pferde bei ihm, die Erfolge bei den Stierkämpfen nach Hause brachten. Bei Estrella war er sich noch nicht sicher, ob sie jemals in die Fussstapfen ihres Vaters treten würde."

Plötzlich lachte Enrico wieder laut los.

„Sie hat zu viel der Gelassenheit von Amira. Sie ist relativ verschlossen und in sich gekehrt in neuen Situationen, das ist ein grosses Hindernis bei den Kämpfen. Und sie sei zu tollpatschig und tapsig, war mein Vater der Meinung. Es fehlen ihr der Biss, der Wille und der Kampfgeist, den Fandango hat."

Ich musste ebenfalls schmunzeln. Ja, Estrella war gelassener, aber gleichzeitig auch unsicherer. Ich wüsste nicht, wie sie mit dem Druck des Stierkampfes umgehen würde. Ich war froh, dass sie das Suffix nicht trug. Für mich kategorisierte das Suffix die Pferde zu sehr in eine erfolgsorientierte Richtung. Ich hatte Estrella wirklich lieb gewonnen und wollte nicht, dass sie nach Leistung schubladisiert wurde. Eine Weile war Stille zwischen uns, in der wir auf Sevilla hinuntersahen.

„Solea, ich muss dir was gestehen."

Ich zuckte erschrocken zusammen und das Herz rutschte mir in die Hosen. Ich wollte nicht hören, was jetzt kam. Überraschenderweise wollte ich das Geständnis, das nun wie eine drückende, schwarze Wolke über uns schwebte, nicht hören. Vermutlich würde ich jetzt eher die ewige Ungewissheit bevorzugen als ein Geständnis, das diese Stimmung in diesen Minuten zerstören würde. Ich wollte einfach in aller Ruhe abreisen und als letzte Erinnerung mit Enrico dieses Bild mitnehmen. Diese Zeit mitten in der Nacht, unter dem strahlenden Mondlicht von Sevilla. Die Minuten, in denen wir so völlig unbeschwert und gelöst miteinander lachen konnten. Trotzdem hörte ich aus meinem Mund: „Was denn?"

„Beim Stierkampf, den du im Fernsehen gesehen hast, das war nicht mein Vater, der geritten ist."

Alles in mir versteifte sich. Mein Bauchgefühl sagte mir schon lange, wer Fandangos Reiter war. Es gab einen kleinen, feinen Unterschied, den ich an dem Tag auf den Fotos im Flur zwischen Enrico und seinem Vater bemerkt hatte. So ähnlich sich Vater und Sohn auch waren, sie unterschieden sich in der Art, wie sie die Zügel der Pferde hielten. Mein Kopf war nur nicht bereit, das anzunehmen und zu realisieren. Bis jetzt. Denn jetzt wurde ich gezwungen, der Tatsache und der Wahrheit ins Auge zu sehen. Ich wollte es so, vom ersten Tag an, an dem ich Fandango kennengelernt hatte. Also musste ich die brutale Realität auch schlucken.

„Du bist Fandango an dem Tag geritten", bemerkte ich völlig kalt und emotionslos.

„Ja, ich bin geritten, verdammt! Es war der Tiefpunkt meiner erfolgreichen Karriere. Das war mein erster und letzter Kampf mit Fandango. Stell dir vor, du sitzt auf einem Pferd, dem du blind vertraust. Der dein Seelenverwandter ist. Mit dem du alle Höhen und Tiefen durchlebt hast. Dein bester Freund. Und dann musst du ihn auf einmal zwingen, gegen seine Fluchtinstinkte zu arbeiten und auf einen Feind loszugehen. Und wenn du einen Degen in das Fell dieses anmutigen Stieres stechen musst, dann ... Es bricht alles. Es hat etwas zwischen mir und Fandango gebrochen. Es entstand eine Härte, eine Kälte, eine Distanz zwischen mir und dem Pferd in der Arena. Ich habe diese Gefühle nicht ausgehalten. Nicht mit Dango. Mit Negro und Amira war es weniger schlimm, zu ihnen hatte ich keine so enge Bindung wie zu Dango. Ich wollte abbrechen und die Arena verlassen, aber es war zu spät. Ich habe einen fatalen Fehler gemacht. Ich habe dem Stier den Rücken gekehrt. Das ist das Erste, was du eigentlich lernst. Kehre dem Stier niemals den Rücken zu, lasse ihn niemals aus den Augen. Und ich habe Fandango ausgeliefert und im Stich gelassen. Das Pferd, dem ich mein Leben anvertraut habe. Das Pferd, das mir sein Leben anvertraut hat. Fandango ist ..."

Seine Stimme brach.

Ich war starr. „Aber du … du lagst regungslos da?"

„Ja, ich war kurz bewusstlos, aber nicht lange. Ich war recht schnell wieder bei Sinnen und auch nicht wirklich verletzt."

„Und dein Vater? Was ist mit ihm passiert?" Nun hatte ich keine Hemmungen mehr. Jetzt, da Enrico mal angefangen hatte zu erzählen, konnte er auch gleich alles sagen.

„Er ist bei einem Reitunfall mit Fandango ums Leben gekommen."

Enrico schluchzte kurz auf und wandte sein Gesicht ab. Dann stand er auf und legte sich einige Meter weiter weg ins dürre Gras. Ich folgte ihm nach kurzem Zögern, setzte mich im Schneidersitz neben ihn und sah ihn an. Er schloss die Augen.

„Es gibt am Fusse dieses Berges einen Feldweg zwischen der Ranch und Sevilla. Er führt direkt zur Arena von Sevilla. Für das Training sind wir immer hingeritten, so waren die Pferde bereits warm, wenn wir bei der Arena ankamen, und wir konnten direkt loslegen. Ausserdem bist du so auch schneller in der Stadt als mit dem Auto, mit dem du die gesamte Stadt umfahren musst, um reinzukommen. Etwa drei Tage, nachdem Fandango aus dem Tierspital wieder nach Hause kam, sattelte mein Vater ihn und wollte in Richtung Stadt davonreiten. Wir haben uns so zerstritten an dem Tag. Er wollte Fandango keine Ruhe gönnen. Ich wollte nur das Beste für mein Seelenpferd und warf meinem Vater vor, dass es ihm nur um sein Ansehen gehe. Es war selbstverständlich nicht immer so, die Pferde hatten auch für ihn eine grosse Bedeutung. Aber weil es um Fandango ging, brannten bei mir einfach die Sicherungen durch. Mein Vater war in dem Moment so besessen von seiner verdammten Karriere und war schon wieder auf dem Weg zum Training. Ich konnte doch nicht ahnen, dass dies sein letzter Ritt sein würde und ich ihn nie mehr wiedersehen würde."

Jetzt weinte er verzweifelt, sein ganzer Körper zitterte und er legte sich einen Arm über die Augen.

„Fandango hatte Panik vor der Arena und er wusste, wohin der Weg führte und was ihn erwarten würde. Mein Vater hat ihn gezwungen, weiterzugehen, doch er hat sich gewehrt. Er stieg steil, mein Vater hatte keinen Halt mehr und stürzte rückwärts aus dem Sattel. Er starb wenig später im Krankenhaus. Seitdem hat niemand mehr Fandango geritten. Bis du gekommen bist."

Er setzte sich abrupt auf und sah mir tief in die Augen. Sie funkelten vor Wut und Schmerz in der Dunkelheit. Ich zuckte zurück.

„Ich bin verdammt wütend und eifersüchtig auf dich, verstehst du das? Du reitest ein Pferd, dem ich blind vertraut habe! Du verstehst ihn und vertraust ihm! Aber du, Solea, du hast dich einfach von einem Tag auf den anderen in unser Leben eingemischt. Und du hast mir das Letzte genommen, was noch übrig war. Ich habe versucht, mich auf dich einzulassen und auf das Training mit Amira. Weil ich keine Zukunft in dem sah, was wir taten. Du plantest, zurück in die Schweiz zu gehen, und ich wusste, dass ich nach einer Woche wieder zurück nach Sevilla gehen würde. Das du mir folgen würdest und dich dann auf meiner Ranch und in meinem Leben einnisten würdest, das konnte ich doch nicht ahnen."

Ich wollte schon den Mund öffnen, um was zu sagen, doch er liess mich nicht zu Wort kommen.

„Weisst du, wie sich das anfühlte, Solea? Als hättest du einen Stein in die Glaskuppe geworfen, die ich über mich und Fandango gestülpt hatte. Und als hätte ich mich an jeder einzelnen Scherbe davon geschnitten und verletzt, während du Fandango da rausgeholt und gerettet hast."

Ich schluckte trocken. Auf der einen Seite war es nie meine Absicht, Enrico einen solchen Schmerz zuzufügen. Auf der anderen Seite musste ich aber sagen, war für mich in den ersten Tagen nicht erkennbar, was Fandango und Enrico für ein tiefes Verhältnis hatten. Ich wusste es ja nur von Joana.

„Ich konnte es nicht ertragen, Fandango so glücklich zu sehen. Ich habe ihn zerstört, ich habe ihn ausgeliefert und allein gelassen. Und was ich in zwei Jahren zu flicken versuchte, machst du in einem Tag! Ich konnte meinen Augen nicht trauen, als ich sah, wie du ihn an dem Tag gestreichelt hast, als wir uns das erste Mal gesehen haben!" Er schrie jetzt richtig und aus der Richtung der Pferde vernahm ich Fandangos warnendes Wiehern. Enrico sprang auf und warf mit aller Wucht einen Stein über die Klippe, bevor er auf alle vier auf den Boden sank und weinte. In mir war alles ganz starr und kalt geworden. Alle Puzzleteile fügten sich jetzt nahtlos zusammen. Ich fragte mich damals in San Javier noch, wo der gemeinsame Punkt in Enricos und Fandangos Leben war. Wo der Punkt war, an dem sich ihre Wege getrennt hatten. Nun wusste ich es. Wo die Punkte waren, an denen das Vertrauen zwischen Enrico, Fandango und seinem Vater gebrochen war. Und Enrico hatte recht. Ich hatte ihm etwas genommen, was mir nicht gehörte. Ich hatte mich in ein Leben eingemischt, das mich nichts anging. Ich hatte mir mit Fandango eine Freiheit genehmigt, die mir nicht zustand. Ich hatte egoistisch gehandelt.

Und trotzdem.

Schon immer fühlte ich mich in Spanien etwas mehr wie ich selber. Und hier in Sevilla fühlte ich Dinge, die ich zuvor noch nie gefühlt hatte. Sevilla war die pulsierende Stadt im Herzen Andalusiens, voller Leben und Glück, Freude und Menschlichkeit, Wärme und Liebe. Und es war Fandango, der meine Seele hierhergeführt hatte. Auch wenn ich wusste, dass das mit uns nichts für die Ewigkeit war. Dango war ein Seelenpferd, aber nicht meines. Er war ein Begleiter auf einem ganz kleinen Stück meines Lebensweges. Er änderte meine Einstellung und meine Ansicht zu meinem Leben. Fandango hat mir geholfen, Teile von mir zu finden, die ich verloren hatte. Dass ich es aber auf eine rücksichtslose Art und Weise getan hatte, zerriss nun alles wieder. Ich fühlte das Brennen in meinen Augen und meiner Kehle. Wortlos stand ich auf, liess Enrico liegen und ging zu den Pferden. Ich lehnte mich an den Stamm des Baumes und weinte los. Alle Hemmungen und Barrieren waren niedergerissen. Ich hatte bisher insbesondere die negativen Ereignisse in meinem Leben verdrängt und einfach funktioniert. Ich hatte bis zu meinen Ferien in San Javier einfach gemacht und geatmet, stets darum bemüht, mich über Wasser zu halten. Und in der Zeit mit Fandango und auf der Ranch in Sevilla fiel es mir noch leichter, alles Negative in den Hintergrund zu drängen. Dafür schlugen die unterdrückten Emotionen und nie verarbeiteten Gedanken und Erlebnisse jetzt gerade wie ein Meteorit ein. Das hatte ich wohl davon, Karma nannte man es. Ich verlor mich in den Geschehnissen und Erkenntnissen der letzten Wochen. Nun fühlte ich am eigenen Leib, was Enrico mit der zerschlagenen Glaskuppe meinte. Mit den letzten Minuten hatte er einen Stein auf meine Glaskuppe geworfen, unter der ich mich versteckt hatte. Unter der ich mich sicher gefühlt hatte. Vor mir lagen nun die Scherben meines Lebens. Hätte ich Enrico und Fandango doch lieber einen Traum sein lassen!

Ich fühlte, wie sich von hinten eine Hand auf meine Schulter legte. Ohne zu überlegen, drehte ich mich um und wollte nach Enrico schlagen. Ich hatte genug von seinem ambivalenten Verhalten, ich hielt es nicht mehr aus. Die Nacht begann so locker und schön, tauchte ab in Zerrissenheit und Schmerz und endete jetzt in seiner Wut und Eifersucht mir gegenüber. Ich wollte jetzt nur noch weg. Ich wollte allein sein. Bevor meine Handfläche auf Enricos Wange klatschte, packte er fest mein Handgelenk und fing den Schlag so ab. Ich schrie vor Schmerz auf und aus mir brachen Wut, pure Verzweiflung, Unsicherheit und Angst. An dem Handgelenk, das Enrico hielt, drehte er mich jetzt um und packte mich von hinten, beide Arme um mich geschlungen. Ich konnte mich nicht aus diesem stählernen Griff lösen und versuchte, nach ihm zu treten. Da kam wieder eine fürsorgliche Seite an Enrico hervor. Wahnsinn, wie schnell das bei ihm ging. Wie bei einem Sommergewitter im Juni.

„Solea, alles gut", hörte ich ihn beruhigend auf mich einreden, weil ich nun immer schneller und oberflächlicher atmete. Ich versteifte mich immer mehr, bohrte meine Fingernägel in meine Handflächen und kniff die Augen fest zusammen. Jetzt ja keine Panikattacke kriegen. Es waren nur die Gedanken an die Vergangenheit, die mich einholten. Nicht die Vergangenheit selber. Ich war nicht an den Orten, wo ich noch vor einigen Monaten und Jahren war. Ich war nicht von den gleichen Menschen umgeben. Und ich war nicht in der gleichen Situation.

„Solea, alles gut", murmelte er erneut. Enricos Griff hatte sich verändert. Es war kein Festhalten mehr. Es war ein Halten. Er stützte mich und fing mich auf. Ironischerweise fing mich genau die Person auf, die mich gerade überhaupt erst in diese Situation gestürzt hatte. Er wiederholte diese drei Worte immer wieder, in einer Tonlage, die ich seit dem ersten Tag mit ihm im Ohr hatte. Die Tonlage, die ich mittlerweile mit ganz viel verband. Die Tonlage, die in mir viele Gefühle und vor allem Gedanken weckte.

An die Sonne und die Wärme von Sevilla.

An die Gastfreundschaft und an das Temperament der Andalusier.

An Familie.

An Heimat.

Und an Freiheit.

Wo die Seele sich frei fühlt

Irgendwann nach meinem emotionalen Ausbruch musste ich in Enricos Arme eingeschlafen sein. Er hatte mich nur kurz losgelassen, um die Pferde abzusatteln und mit ihren Satteldecken ein provisorisches Lager zu errichten. Ich weinte die ganze Zeit über noch, auch als Enrico mich bereits in seine Arme zog und mich ganz fest hielt. Er schenkte mir Geborgenheit und der Aufprall auf den Boden der Tatsachen fühlte sich so nicht mehr allzu hart an. Irgendwie tat es gut, gehalten zu werden und nicht allein mit den Scherben meines Lebens zu sein. Mein Kopf lag auf Enricos Brust, als er zu summen begann. Es war die gleiche Melodie wie immer. Die Vibration der Töne ging durch ihn in mich über und dessen Wärme verteilte sich in meinem Körper. Langsam gab ich den inneren Kampf auf und gab mich dem Klang seiner Stimme hin, als er jetzt zu singen begann. Zum ersten Mal hörte ich die Worte zu dem Lied, das mir vom ersten Tag an so vertraut war. Ich wusste nicht wieso, aber dieser andalusische Dialekt fühlte sich für mich so dermassen nach Heimat an. Meine Seele hüpfte freudig auf, als sie dies hörte, und kam nach Hause.

Ich erwachte durch die Wärme der Sonne Sevillas. Ganz langsam schlug ich die Augen auf und suchte mit meinem Blick Enrico. Sein Gesicht war ganz entspannt, so hatte ich es noch nie gesehen. Es war schmal, die Kieferknochen setzten klare Linien, er hatte dichte Augenbrauen und lange Wimpern, die nun fächerartige Schatten auf seine Wangen warfen. Ganz langsam richtete ich mich auf und schaltete meine Cochlea-Implantate an, doch schnell verstärkte sich Enricos Griff um meine Schultern. Er zog mich wieder dicht an sich. Ich sah ihn erstaunt an, doch sein Gesicht verriet keine Regung.

„Bist du wach?", fragte ich ihn.

„Ich glaube, ich habe gar nicht wirklich geschlafen. Der Blick in die Sterne und der anschliessende Sonnenaufgang müssen mich davon abgehalten haben."

Dann öffnete er auch die Augen. So nahe wie ich ihm jetzt war, erkannte ich im Schein der Morgensonne, dass sie einen leichten grünlichen Schimmer hatten. Sonst wirkten sie immer beinahe schwarz.

„Möchtest du mir was erzählen?", fragte er mich. Ich stutzte. Was sollte ich ihm erzählen? Hatte ich etwas erwähnt?

„Solea. Du hast etwas an dir, was ich nicht einordnen kann. Einerseits wirkst du sehr verkrampft, verschlossen, nachdenklich und in dich gekehrt. Aber in Fandangos Gegenwart bist du ganz anders. Dann machst du deinem Namen alle Ehre und strahlst mit der Sonne um die Wette."

Er machte eine kurze Pause und fügte dann hinzu: „Ausserdem würde mich interessieren, mit welchem Teil ich gestern Abend deine heftige Reaktion provoziert habe. Ich wollte dich nicht persönlich angreifen, aber scheinbar habe ich etwas ausgelöst. Und was es auch ist, es tut mir leid."

Nachdenklich sah ich Enrico an. Dann löste ich mich aus seiner Umarmung, setzte mich auf, ordnete meine Haare und suchte mit meinem Blick die Gegend ab. Auf Fandango blieb er hängen. Er stand neben Amira und döste, einen Hinterhuf angewinkelt und die Augen leicht geschlossen. Ich stand auf, wischte mir das Gemisch aus Gras und Pferdehaaren von der Hose und trat an die Klippe. Das Sevilla, das nun vor mir lag, sah ganz anders aus als in der Nacht. Es war eingebettet und umgeben von viel grüner Natur. Sofort schwirrten meine Gedanken zu dem in meinen Augen nicht kunstvollen Linoleumboden meines ehemaligen Schulhauses. Dieses Grün von und um Sevilla symbolisierte genau das, was ich im Bildnerischen Gestalten über diese Farbe gelernt hatte. Grün als Farbe der Frische, der Vitalität, der Hoffnung, des Glücks und der Zufriedenheit. Ich fühlte, wie die Stadt, trotz des Sonntags, lebte. Ich setzte mich auf den gleichen Stein wie am Abend zuvor und schaute hinunter. Enrico setzte sich neben mich.

„Ich bin doch nicht verschlossen und in mich gekehrt", versuchte ich lahm zu protestieren.

Enrico holte tief Luft, sah kurz auf Sevilla hinunter und wandte sich dann aber wieder mir zu.

„Ich weiss gar nichts von dir. Du erzählst kaum von dir aus. Ich sehe nur, wie du handelst, aber ich weiss nicht, was du fühlst, was du denkst. Deine Augen und deine Haltung erzählen mir keine Geschichten. Das Einzige, was ich aus deinem Verhalten lesen kann, ist, dass es etwas in deiner Vergangenheit gegeben haben muss, was dein leidenschaftliches Lebensfeuer erstickt hat."

Ich erschauerte und schluckte schwer. Ich hatte Enrico mehrheitlich als kalt, distanziert und empathielos wahrgenommen. Ich habe mich schwer in ihm getäuscht. Er war ein extrem guter und feinfühliger Beobachter. Er sah durch die Augen eines Menschen in seine Seele.

„Meine Mutter, Júan und Xavier haben mir von deiner Arbeit mit den Pferden erzählt. Du scheinst das im Blut zu haben. Und du erzähltest mir in San Javier, dass du aus persönlichen und zeitlichen Gründen aufgehört hast, zu reiten. Was ist passiert, was hat dich dazu bewogen, dein Talent und deine Leidenschaft zur Seite zu legen?"

Meine Augen füllten sich wieder ungewollt mit Tränen. Mit dem Thema Pferd hatte er direkt in die Wunde gefasst. Heute war er der Mann, den ich auf dem Foto im Hausflur mit dem zweijährigen Fandango sah. Voller Ruhe und Empathie, Offenheit und Respekt. Er hatte mir seine ganze Geschichte erzählt und erkannt, dass auch ich mit meiner Vergangenheit haderte. Er verdiente es, auch meine zu hören. Also atmete ich ganz tief ein und begann, meinen Blick auf Sevilla gerichtet, zu erzählen:

„Meine Mutter war ganz jung, als mein Bruder zur Welt kam. Sie war erst 19, geheiratet hat sie schon mit 18 Jahren. Mein Vater ist etwa acht Jahre älter als sie. Als ich dann geboren wurde, war sie erst 21. Und wie du bereits weisst, bin ich gehörlos zur Welt gekommen. Versuch, dich in die Situation einer solch jungen Mutter zu versetzen, wenn du mit einem gehörlosen Kind plötzlich eine so grosse, schwierige Lebensaufgabe bekommst.

Meine Eltern mussten sich entscheiden, ob sie mich mit dem Cochlea-Implantat operieren und mit mir den hörenden Weg gehen möchten. Den Weg der Lautsprache und der Integration in die hörende Welt. Oder ob sie mit mir gemeinsam die Gebärdensprache lernen würden. Und ich den Weg der Stille, den Weg der Gehörlosen gehen soll. Long story short, sie haben sich für den lautsprachlichen Weg entschieden. Und damit ich die Sprache so erlernen konnte, wie ich sie jetzt spreche, war eine Sprachtherapie notwendig. Bereits mit zweieinhalb Jahren, kurz nachdem ich mein erstes Cochlea-Implantat erhalten habe, begann diese Therapie. Eigentlich freute ich mich auf jede Therapiestunde, aber..."

Ich stockte und suchte nach den richtigen Worten. Wie konnte ich Enrico in wenigen Sätzen erzählen, was Bestandteil von sechs Jahren Therapie war? Wie konnte ich ihm aufzeigen, wie diese Therapie mein Leben geprägt hatte? Na ja, es war nicht nur die Frage, ob ich es konnte. Es war auch die Frage, ob ich das überhaupt wollte. Unsicher sah ich zu Enrico rüber.

„Ich möchte nicht, dass du mich falsch verstehst, denn dieser Therapie habe ich es zu verdanken, dass ich jetzt stehe, wo ich bin. Dank dieser habe ich einen fast uneingeschränkten Zugang zur hörenden Welt, kann mich selbstständig in dieser bewegen, kommunizieren, was ich brauche, kurzum: Ich kann mein Leben fast ohne fremde Hilfe leben. Aber..."

Ich stockte schon wieder. Enrico merkte, dass ich mit einer Tatsache haderte, die mir einfach nicht über die Lippen kommen wollte. Zärtlich nahm er meine Hand und drückte leicht zu. Aus seiner Berührung schöpfte ich Stärke und Wärme. Ich entschied, mich so kurz wie möglich zu fassen:

„Wenn ich nun als junge Erwachsene auf diese Therapie zurückschaue, bin ich persönlich der Meinung, dass sie aus heutiger Sicht nicht mehr als kindgerecht bezeichnet werden würde. Ausserdem habe ich den Eindruck, dass sie sehr strukturiert und diszipliniert abgelaufen ist und sich an strikten Prinzipien und Regeln orientiert hat. Das kann ich auch verstehen, schliesslich hatte ich einen Sprachrückstand von fast drei Jahren, den ich aufholen musste. Aber Hören ist für mich sehr anstrengend und kräftezehrend, ganz besonders damals als Kind, als ich mitten im Lernprozess von Hören und Verstehen war. Deswegen fehlten mir die Zeit und Energie, den Kontakt zu anderen gehörlosen und schwerhörigen Personen zu suchen. Aber nicht nur dafür, sondern auch um die Gebärdensprache oder das Lippenablesen zu lernen. Die Tatsache, dass ich unter Hörenden aufgewachsen war, führte dazu, dass ich auch diese Identität angenommen habe und meine Behinderung für mich noch so eine Sache ist, die..."

Ich hob die Hände und deutete Anführungszeichen an: „... die einfach nebenbei noch da ist."

Ich liess die Hände wieder sinken und fuhr fort: „Ich bin von Beginn an auch immer integriert zur Schule gegangen, ich war nie an einer Sonderschule. Ich habe einfach mit entsprechenden Hilfsmitteln den Unterricht mitverfolgt, aber es ist für mich unmöglich, alles lückenlos zu verstehen. Die vorhandenen Lücken musste ich dann in meiner Freizeit vor- und nacharbeiten. Und je älter ich wurde, je höher die schulischen Anforderungen wurden, desto mehr Freizeit musste ich dafür opfern. Ich habe dadurch, dass ich mich trotz meiner Behinderung immer in der hörenden Welt bewegt habe, einen sehr disziplinierten und leistungsorientierten Charakter entwickelt, der enorm hohe Ansprüche an sich selbst hat. Vermutlich wurde das auch ein bisschen durch meine Familie, sprich meinen Eltern, geprägt. Vielleicht muss ich dir noch kurz die Geschichte meiner Eltern erzählen. Das spielt alles, neben meiner Behinderung, auch noch eine Rolle. Denke ich zumindest. Denn es ist ja nicht nur ein Tropfen, der ein später überlaufendes Fass füllt. Es sind immer mehrere Tropfen, mehrere Faktoren und Einflüsse. Meine Mutter ist in einem Kinderheim in der Schweiz aufgewachsen, während ihre Eltern im Ausland arbeiteten. Sie sahen sich nur alle zwei Wochen. Als sie als Jugendliche aus dem Heim austrat und wieder zuhause wohnte, musste sie die familiären Bindungen wieder neu aufbauen. Dennoch bin ich der Meinung, dass sie es trotz ihrer einschneidenden Erlebnisse in ihrer Kindheit geschafft hat, eine sehr starke und gesunde Bindung zu meinem Vater und meinem Bruder und mir aufzubauen. Sie hat uns immer unglaublich viel Liebe entgegengebracht. Aber auch viel Halt und Struktur. Vielleicht zu viel. Ich glaube, sie brauchte das, das gab ihr bestimmt die Sicherheit, an der sie sich festhielt. Auch weil mein Vater den ganzen Tag arbeitete und kaum präsent war. Die Eltern meines Vaters sind aus Spanien in die Schweiz gezogen, als er noch ein Baby war. Damals war in Spanien ja die Zeit der Diktatur von Francisco Franco. Deswegen kamen sie in die Schweiz, haben sich dort ein zweites Leben aufgebaut und gearbeitet. Auch mein Vater war so ziemlich auf sich alleine gestellt in der Kindheit und Jugend. Seine Eltern haben viel gearbeitet, sie hatten teilweise mehrere Jobs. Als er im ersten Schuljahr war, erkrankte seine Mutter schwer und ist einige Male dem Tod knapp entkommen. Mein Grossvater war deshalb viel bei ihr im Krankenhaus. Mein Vater scheint diese Zeit anders verarbeitet zu haben. Leistungsorientiert. Leistung zu bringen und Erfolge in Schule und Beruf zu erbringen, waren für ihn vermutlich das, was die Strukturen im Alltag für meine Mutter war. Der Boden unter den Füssen. Und deine Eltern und deren Lebensweisen beeinflussen dich einfach, ob bewusst oder unbewusst. Also war es mir unglaublich wichtig, gute Leistungen zu erlangen, dabei halfen mir die erlernte Disziplin, klare Strukturen und genaue Planungen. Ich glaube, ich wollte auch beweisen, dass ich es trotz meiner Behinderung zu was bringen kann. Alles, was aus dem Rahmen fiel, stresste mich. Alles, was neu war, stresste mich. Neue Mitschüler oder Lehrer in der Klasse stressten mich. Auch Veränderungen in meinem privaten Umfeld lösten grosse Unruhen und Spannungen in mir aus. Ich brauchte meinen gewohnten Rahmen und sehr viel Zeit, mich an Neues zu gewöhnen. Alles, was spontan passierte, brachte mich auf eine Art und Weise durcheinander, mit der ich nicht umgehen konnte. Ich brauchte einfach meine Routinen, um mich wohlzufühlen. Ausserdem gaben mir die Routinen in meinen Unsicherheiten aufgrund der Behinderung auch viel Sicherheit. Und eben, die Schweiz ist eine Leistungsgesellschaft. Das kommt auch noch dazu. Man erwartet nicht nur von Seiten des Elternhauses gute Leistungen, einen Schulabschluss, Lehrabschluss oder wenn du weiterkommen willst, eine Matura und ein Studium. Auch dein Umfeld und die Arbeitswelt trägt es schon früh an dich heran. Für gefühlt alles brauchst du irgendein Papier, das du vorweisen musst. Und: Mit einer Matura stehst du erst am Anfang – damit hast du die Schulzeit hinter dir und die Eintrittskarte in eine akademische Laufbahn. Aber weder einen Lehrabschluss noch einen Studiumsabschluss – so findest du kaum einen Job in der Schweiz, mit dem du dich ernähren und über Wasser halten kannst. Der Gedanke daran, kein Studium zu machen, fühlte sich für mich so falsch an. Und trotzdem wollte ich dem Druck der Schule endlich mal ausweichen. Irgendwann kam der Punkt, an dem ich aus allem ausbrechen wollte, aber ich wusste einfach nicht, wie ich das mit meinen und den gesellschaftlichen Erwartungen vereinbaren konnte.

Nun denn, ich wollte trotzdem schon immer Jura studieren. Das war immer mein Traum. Nicht wegen dem Studium an sich, nicht wegen des Studienalltags, nicht wegen des Diploms oder um jemandem zu beweisen, dass ich gut bin. Recht und Gerechtigkeit und alle Fragen drumherum haben mich immer fasziniert und wenn ich damit sogar noch jemandem hätte helfen können, hätte ich alles erreicht, was ich wollte. Aber der Druck, die Erwartungen, die wurden einfach zu gross. Der Konflikt war immens und zerriss mich je länger, je mehr. Ich verglich mich als gehörlose Person in einem hörenden Umfeld immer mit den falschen Menschen. Ich verstand nie, wieso ich nicht mithalten konnte, fühlte mich minderwertig und dumm. Ich sah nicht ein, wieso ich nicht die gleiche Leistung erbringen konnte wie meine Mitschüler, obwohl ich im gleichen Unterricht sass. Ich erkannte erst viel zu spät, dass ich meinen Nachteil, meine Behinderung, in all dem mitberücksichtigen muss. Ich kann nicht Pferde und Schafe miteinander vergleichen."

Enrico hatte mir eine Hand auf den Rücken gelegt und streichelte mich beruhigend. Ich habe nicht gemerkt, dass ich schon wieder zu weinen begonnen habe. In der Nacht auf heute ist einfach alles aufgebrochen und wieder hochgekommen. Es scheint, als würde ich erst jetzt anfangen, alles zu verarbeiten. Und es tat gut, mich endlich jemandem anzuvertrauen, der kein Teil war in dieser Geschichte und das Ganze neutral betrachtete. Enrico sagte nichts, liess mich aber fühlen, dass ich alle Zeit der Welt bekommen würde, um mich zu fangen und weiterzusprechen. Was ich dann auch tat.

„Ich glaube, ich habe ein Durcheinander gemacht ... jedenfalls kam ich dann ans Gymnasium. Wenn du studieren möchtest, brauchst du eine Matura. Punkt. Aber ich konnte irgendwann nicht mehr mit diesem Druck umgehen. Ich kam an einen Punkt, an dem ich das Gefühl hatte, keine Luft mehr zu bekommen und zu ertrinken. Ich suchte immer wieder Auswege aus dieser Situation, aus diesem Strudel. Ich bin schon immer geritten und Pferde waren mein Zufluchtsort. Das waren die einzigen wenigen Stunden, in denen ich wirklich ich war und zur Ruhe kam. Momente, in denen ich frei und glücklich war. Pferde stellen keine Erwartungen an dich, zumindest nicht in einem gesellschaftlichen, leistungsbezogenen Kontext. Sie spiegeln und nehmen dich, wie du bist. Mit allen deinen Wesenszügen und Emotionen. Mit all deinen Stärken und Schwächen. Ihnen ist es egal, ob du eine Behinderung hast oder nicht. Nebst Reitunterricht, den ich selber nahm, habe ich den Kindern Unterricht gegeben und war viel Ausreiten, um den Kopf frei zu kriegen. Eine Zeit lang hatte ich sogar ein eigenes Pflegepferd auf einem wundervollen Hof. Die Hofbesitzerinnen haben mich immer aufgefangen und mich jederzeit unterstützt. Es war nicht einfach nur ein Ort, an dem ich meine Freizeit verbrachte, nein. Es wurde ein zweites Zuhause, eine zweite Familie. Das alles hat mich lange knapp über Wasser gehalten, aber dann kam die Prüfungsphase am Gymnasium. Ich musste Prioritäten setzen, mir fehlte dann einfach die Zeit für alles andere als Schule. Also gab ich schweren Herzens den Reitsport auf. Aber so bin ich gesunken und ertrunken. Im vierten Jahr also, kurz vor den Prüfungen, hatte ich dann ein Burnout mit Panikattacken. Es war zu viel, dieser Druck und der Stress –

und diesen hatte ich ja von Kind auf. Ausgelöst durch alle Erwartungen, durch den Umgang von mir mit meiner Behinderung, von meinen Bedürfnissen und durch alle Informationen und Inputs, die in der heutigen so schnelldrehenden Welt an einen Menschen herangetragen werden. Mein Schulabschluss stand auf der Kippe."

Ich unterbrach meinen Redeschwall erneut und holte Luft. Sarkastisch sagte ich dann weiter: „Aber man bricht ja nicht die Schule ab, was würde das nur für ein Licht auf dich werfen. Du möchtest doch nicht als eine schwache Person dastehen. Du möchtest doch nicht auf deine Behinderung reduziert werden. Du möchtest doch zeigen, dass auch du es zu was bringen kannst. Was wärst du nur für ein Versager, wenn du kurz vor Schluss aufgibst?"

Ich schüttelte den Kopf und sprach dann wieder ernst weiter: „Irgendwie habe ich dann die Prüfungen geschafft und wollte mich direkt für das Studium anmelden, habe aber den Platz nicht bekommen, weil ich zu lange gewartet hatte und alle Studienplätze dann schon belegt waren."

Ich pausierte wieder, da mir gerade Marielas Worte in den Sinn kamen. *Nichts im Leben passiert ohne Grund.*

„Nichts im Leben passiert ohne Grund", wiederholte ich sie. „Vielleicht war der Grund, dass ich den Studienplatz nicht erhalten habe, dass ich mich zuerst wieder finden muss. Oder überhaupt erst herausfinden muss, wer ich bin."

Ich stockte wieder.

„Ich war so lange gefangen. In mir, in den Strukturen, in einem Leistungssystem. Während meines Burnouts und der Panikattacken merkte ich, dass ich das alles nicht wollte. Dass ich frei sein wollte, dass ich leben wollte, dass ich glücklich sein wollte. Aber ich wusste doch nicht, wie das ging. Ich hatte keine Ahnung, wie ich mich von den Erwartungen der Gesellschaft lösen konnte. Ich wusste nicht, wie ich frei sein konnte und gleichzeitig das tun, was ich möchte. Das Jurastudium zum Beispiel. Das würde ich so gerne machen. Weil es mich vom Inhalt interessiert. Aber es ist eingebettet in Leistung, Druck und Erwartungen. Und das möchte ich nicht. Nicht mehr. Ich kann nicht mit Druck umgehen, ich mag es nicht, durch ein Schulsystem eingeengt zu werden. Ausserdem möchte ich erst mal herausfinden, was meine wahre Identität ist. Wer ich wirklich bin. Ich bin keine Hörende, ich bin eine Gehörlose in einer hörenden Welt. Ich will nur noch leben und wieder atmen können. Verstehst du das?"

Die letzten Sätze schrie ich fast, aber riss mich zusammen und verstummte. Jetzt sah ich Enrico an, den ich nur verschwommen wahrnahm. Meine Augen hatten sich wieder mit Tränen gefüllt.

„Enrico ... Fandango hat in mir mein inneres Kind geweckt, das ich vor lauter Leistung nie wirklich ausgelebt hatte. Er hat mich gelehrt, wie sich Freiheit anfühlen könnte. Wie es sich anfühlt, wenn man mal nicht denkt, sondern einfach fühlt. Und als ich euch hierhin nach Sevilla folgte, war es das erste Mal, dass ich so richtig auf mein Bauchgefühl gehört habe. Zum ersten Mal tat ich etwas, was ich wollte, ohne dieses Bedürfnis zu hinterfragen. Etwas, was spontan, ungeplant und nicht systematisch war. Die Reise nach Sevilla war für mich der Ausbruch aus meinem alten Leben, ein Neubeginn für eine neue Ära. Fandango war ein Geschenk des Himmels. Er hat mich gezwungen, auf mich zu hören. Auf meine innere Stimme, auf mein Bauchgefühl. Er hat mich gelehrt, den Blick und die Aufmerksamkeit nach innen zu richten und mich nicht zu sehr vom Aussen beeinflussen zu lassen. Aber Enrico ... ich weiss, dass Fandango dein Pferd ist. Dein Seelenverwandter. Und das wird er auch für immer sein. Wenn du es wieder zulässt. Wenn du dich ihm wieder öffnest. Wenn du die Blockaden niederreisst zwischen euch".

Ich sah nach hinten über die Schulter zu Amira und Fandango, die noch immer entspannt nebeneinander am Baum standen.

„Du hast recht. Ich habe mich eingemischt. Ja, ich habe aus deiner Sicht egoistisch gehandelt. Aber ich dachte, dass ich auch dir einen Gefallen damit getan habe. Wenn nicht, dann tut es mir leid. Ich respektiere dich und dein Leben und werde heute wieder zurück in die Schweiz reisen. Ich nehme sehr viel mit aus dieser Zeit. Fandango hat einen Stein ins Rollen gebracht und mir aufgezeigt, in welche Richtung ich weitergehen muss. Oder besser gesagt, dass ich einige Schritte zurück muss, eine Pause einlegen und zum Ursprung meines eigenen Seins zurückkehren muss. Ich bin ein grosses Stück weiter. Und dafür danke ich dir und Fandango von ganzem Herzen."

Dicke Tränen kullerten mir über die Wangen, ich zog meine Knie an die Brust und schlang die Arme um mich. Ich sah auf Sevilla hinunter, die Stadt, an die ich mein Herz verloren hatte. Enrico hat mir ohne Unterbrechung aufmerksam zugehört und stiess nun langsam die Luft aus. Auch er sah auf Sevilla hinunter, auf die Stadt, der er sein Leben widmete. Dann stand er auf, kam zu mir rüber, zog mich auf die Füsse und umarmte mich fest. Ich erwiderte seine Umarmung und schluchzte an seiner Schulter weiter.

„Solea, was möchtest du?", fragte er mich.

„Ich weiss es nicht", kam meine Antwort mühsam zwischen ein paar Schluchzern hervor.

„Beantworte mir jetzt einige Fragen, ohne zu überlegen, ja. Kopf aus, Bauch an."

Ich stutzte, trat einen halben Schritt zurück, um Enrico in die Augen sehen zu können.

„Bist du hier glücklich gewesen letzte Woche?"

„Ja", antwortete ich ohne zu zögern. „Sehr."

„Hast du gerne mit Fandango und Estrella gearbeitet?"

Ich nickte erneut bestimmt.

„Möchtest du zurück in die Schweiz?"

Ich zögerte. Und begann zu überlegen. Eigentlich fühlte ich mich ja nicht unwohl in der Schweiz. Es war eine mir bekannte Umgebung, wo ich wusste, wie ich mich bewegen konnte. Ich war in die Kultur der Schweiz hineingeboren worden und bin dort aufgewachsen. Der grösste Teil meiner Familie und meiner Freunde, die ich liebte, waren in der Schweiz. Und doch fühlte ich mich dort, als würde mir etwas fehlen zu der vollständigen Erfüllung. Es fühlte sich an, als wäre ein Loch in meinem Herzen, das ich nicht füllen konnte. Und hier in Sevilla war dieses Loch gefüllt, dafür fehlten mir die Sicherheiten aus der Schweiz. Für mich war die Schweiz doch das, was Spanien für Enrico war. Oder nicht?

„Solea", hörte ich Enricos Stimme, ein warnender Unterton lag in ihr.

„Nein", antwortete ich reflexartig aus dem Herzen, bevor mein Kopf mich von der gegenteiligen Antwort überzeugte.

„Möchtest du hierbleiben?"

Schon wieder kam ich ins Straucheln und sah weg. Wieder hinunter auf Sevilla. Ja, eigentlich schon. Irgendwie fühlte ich mich hier auch wie zuhause. Und vor allem hatte ich hier genügend Luft zum Atmen.

„Sol...", setzte Enrico wieder warnend an und aus mir platzte die Antwort heraus wie aus einem Vulkan, der zu lange unterschwellig brodelte.

„Ja, verdammt!", schrie ich ihn an. „Aber ich habe keinen Grund, hier zu sein, ich habe kein Recht, hier zu sein!"

Enrico blieb ruhig und liess sich von meinem Ausbruch nicht beirren.

„Nichts im Leben passiert ohne Grund", zitierte er seine Mutter und betrachtete mich eine Weile stumm. In seinen Augen lag eine leichte Unsicherheit, er schien über etwas nachzudenken und innerlich mit sich zu ringen. Diese Nacht und diese letzte Stunde, die offenbarte mir der wahre Enrico. Es war eine ganz andere Person, die da vor mir stand, als die, die in San Javier auf dem weissen Pferd sass. Der Mann, der jetzt vor mir stand, strahlte so viel Ruhe aus. So viel Empathie und Wärme. Er glich so seiner Mutter, wie er sich jetzt zeigte.

„Ich werde dich jetzt nicht fragen, sondern um etwas bitten", er seufzte tief und zog mich wieder in seine Arme. „Auch ich muss nach dem Unfall lernen, wieder auf mein Bauchgefühl zu hören. Und jetzt werde ich den ersten Schritt machen. Ich bitte dich darum, hier auf der Rancho Ventura zu bleiben."

Ich erstarrte emotional und trat wieder einen halben Schritt zurück. Ich wollte ihm in die Augen sehen können. Und schüttelte langsam den Kopf.

„Wie gesagt, ich habe keinen Grund zu bleiben, also wird es besser sein, heute abzureisen Ob das richtig oder falsch ist, können wir immer noch in ein paar Wochen diskutieren", sagte ich kühl und trocken.

Enrico sah mich an. Eine Entschlossenheit lag nun in seinen Gesichtszügen.

„Ich gebe dir einige gute Gründe, um zu bleiben. Ich habe schon verstanden, was in dir vorgeht."

Ich sah ihn herausfordernd an.

„Du brauchst noch Zeit, Ruhe und Abstand von allem, um dich selbst zu finden und die Geschehnisse der Vergangenheit zu verarbeiten. Du brauchst den Raum, um dich zu erholen und wieder zu deiner alten Stärke zu finden. Du brauchst die Freiheit, um in dir das zu finden, was deine Seele gemeinsam mit deinem Mund und deinen Augen lächeln lässt."

Er hob langsam die Hand und legte sie auf meine Brust, direkt über mein pulsierendes Herz. Mir stockte der Atem. Langsam und jedes Wort einzeln betonend sprach er weiter:

„Ausserdem: In deinen Adern fliesst spanisches Blut. In deinem Wesen spiegelt sich Andalusien wider. Dein Herz schlägt für Sevilla. Dein Geist ist hier zuhause. Deine Intuition fühlt, dass das hier dein Leben ist. Deine Seele ist hier frei"

Ich schluckte schwer. Meine Kehle war trocken. Dafür traten wieder Tränen in meine Augen. Enrico hatte ins Schwarze getroffen und in Worte gefasst, was ich bisher nur fühlte. Er bemerkte mein Zögern und meinte dann:

„Ich kann dir einen weiteren Grund geben, zu bleiben."

Ohne meine Reaktion abzuwarten, nahm er seine Hand von meiner Brust und umfasste mit beiden Händen mein Gesicht. Leicht hob er mein Kinn an, so dass ich ihn ansehen musste. Ich sah so viele Fragen und so viel Hoffnung in seinen Augen. Als Enrico sich sicher war, dass ich nicht zurückweichen würde, beugte er sich langsam vor, bis seine Lippen auf meinen lagen. Ich erwiderte seinen Kuss nur einen Sekundenbruchteil des Zögerns später und verlor mich in der Explosion unserer Emotionen. Ganz langsam teilte Enrico mit seiner Zunge meine Lippen. Ich stöhnte leise auf und drängte mich an seinen starken Körper. Seine Hände wanderten ganz langsam an meinem Rücken hinunter. Eine Hand umfasste meinen Po und die andere schlich sich unter mein T-Shirt. Enricos Fingerspitzen auf der nackten Haut meines Rückens liessen mein Verlangen noch heisser auflodern. Ganz langsam strich er über meinen Rücken, nach vorne zu meinem Bauch. Meine Muskeln zuckten unter dieser federleichten Berührung. Was passierte hier? Gestern sah er den blonden Gast an, als würde er ihn verschlingen wollen. Heute verschlang er mich. Aber irgendwas in mir sagte mir, dass das mit mir von Bedeutung war. Dass hier echte Emotionen im Spiel waren. Niemand konnte eine ganze Nacht und einen ganzen Morgen lang so gut schauspielern. Indem ich seinen Kuss erwiderte, gab ich ihm bereits eine stumme Antwort auf seine Bitte. Ja, ich würde bleiben. Ich wusste noch nicht wie lange, aber ich würde bleiben. Nicht für ihn, sondern für mich.

Nach dieser kräftezehrenden, emotionalen Nacht war ich todmüde und extrem hungrig, als wir gegen Mittag wieder auf die Ranch zurückkamen. Júan und Xavier sattelten für uns die Pferde ab und Enrico brachte mit Mariela mein Mietauto nach Sevilla zurück. Nachdem ich etwas Kleines gegessen hatte, legte ich mich sofort schlafen und wachte erst kurz vor dem Abendessen wieder auf. Ich brauchte Zeit für mich, um zu sortieren und zu verarbeiten, was passiert war. Die Nacht mit Enrico hat uns beiden gutgetan, sowohl für uns selber als auch für unsere Freundschaft zueinander. Wir haben uns gegenseitig alle Gefühle und Gedanken offenbart und wussten, wo wir beim anderen standen. Wir kannten unsere gegenseitigen Beweggründe für unser Verhalten. Während ich an dem Abend auf den Weiden den Sonnenuntergang verfolgte, rief ich meine Mutter an, die mich ja eigentlich zurück in der Schweiz erwartete. Wir hatten zwar regelmässigen Austausch die ganze letzte Woche über, doch ich hielt die Gespräche immer oberflächlich. Jetzt aber war ich fast gezwungen, ihr alles zu offenbaren. Und auf mein Geständnis hin folgte auch die Botschaft, dass ich sicher bis zu Weihnachten auf der Rancho Ventura bleiben würde.

„Du meintest ja, ich solle mir einen Studentenjob suchen. Das hier ist wie einer, gemischt mit Sprachaufenthalt", war dann am Schluss das Argument, mit dem ich die aufgebrachten Wogen meiner Mutter wieder glätten konnte. Als ich auflegte, begann ich zu lächeln. Als Estrella den Kopf hob, pfiff ich leise. Sie kam gemächlich auf mich zu und senkte den Kopf. Ich kraulte ihre Stirn und sie schnaubte mich sanft an. Endlich fühlte ich, wie der Strudel meines Lebens sich langsam entschleunigte und ich immer mehr zu Atem kam.

Kurs auf die Meere der Welt

Am nächsten Tag lief ich morgens mit Estrellas Halfter rüber zu den Weiden. Ich hüpfte leicht auf und ab und an der Weide angekommen, schloss ich erst mal die Augen und streckte meine Nase in die frische Morgenluft. Eigentlich stand Training mit Estrella auf dem Plan, aber wie ich so dastand, merkte ich, dass ich andere Pläne schmiedete. Ich öffnete die Augen und kletterte auf die oberste Stange des Weidenzaunes. Ich fühlte nach. Eigentlich hatte ich momentan gar nicht das Bedürfnis, mit Estrella zu trainieren. Sondern einfach nur zu sein. Einfach zu geniessen. Einfach mal nichts zu tun. Ich legte mir das Halfter über mein Knie, schirmte mit meiner Hand meine Augen vor der Sonne ab und suchte Estrella auf der grossen Weide. Als ich sie sah, pfiff ich leise. Sie hob den Kopf und hielt kurz inne. Nach einem kurzen Blickwechsel mit mir steckte sie den Kopf zurück ins Gras und machte keine Anstalten, ihre Weide und ihre Herde zu verlassen.

„Wenigstens sind wir gleicher Meinung", murmelte ich und erschrak, als hinter mir ein helles Lachen ertönte. Ich drehte mich um.

„Wird wohl nichts mit Training", bemerkte Joana, Xaviers Freundin, und kam auf mich zu. Mit einem breiten Lachen beugte ich mich vom Zaun runter und umarmte sie herzlich.

„Schön, dich zu sehen", sagte ich aufrichtig. Bisher waren wir uns noch nicht über den Weg gelaufen, seit ich in Sevilla war. Joana hatte ein ordentliches Pensum zu stemmen mit ihrem Medizinstudium und ihrer parallelen Tätigkeit als Rettungssanitäterin.

„Holst du Xavier ab?", fragte ich sie, nachdem wir uns kurz ausgetauscht hatten. Sie nickte und stemmte sich mit verschränkten Armen an den Zaun, den Blick auf den Innenhof gerichtet. Dort wuselten die Jungs, Enrico, Xavier und Júan, herum und bereiteten alles für die Abreise der Feriengäste vor.

„Ich habe es vor. Aber wir kennen Xavier, es könnte länger dauern", meinte sie lachend und wandte sich mir zu.

„Aber in der Zeit, Solea, könntest du mir was erzählen."

Gespannt sah sie zu mir hoch und ich sah sie stirnrunzelnd an.

„Deine Behinderung ...", setzte sie an, stiess sich ab und kletterte neben mich auf den Zaun, „... wir hatten es gerade letztens in der Uni angeschnitten. Du trägst Cochlea-Implantate, oder?"

Ich nickte lächelnd.

„Genau. Ich habe ein Gerät hinter dem Ohr, den sogenannten Sprachprozessor. Der wandelt das Gehörte in elektrische Impulse um, die über einen Magneten aussen am Kopf an den implantierten Magneten unter der Haut gelangen. Dieser Magnet unter der Haut leitet die Impulse dann an die 22 Elektroden in der Hörschnecke weiter, die auf dem Hörnerv liegen. Sobald der Hörnerv von diesen Impulsen stimuliert wird, entsteht ein Höreindruck."

Joana hörte interessiert zu und nickte anerkennend.

„Faszinierend, was mit der heutigen Technik alles möglich ist."

Ich stimmte ihr zu.

„Es wird aber nie annähernd ein gesundes Gehör ersetzen können."

„Wie hast du denn gelernt, zu sprechen?"

„Ich habe eine Sprachtherapie besucht."

Mir war bewusst, dass diese Antwort knapp ausfiel. Ich hatte kein Problem damit, Joanas Fragen zu beantworten, da diese ehrlich interessiert und vollkommen wertfrei waren. Aber Details über meine Therapie brauchte sie nicht zu wissen. Ich habe bereits Enrico in der Nacht zuvor mehr darüber erzählt, als mir lieb war.

„Und deine Schulzeit?", fragte sie unbekümmert weiter. „Die war bestimmt nicht einfach, oder?"

Ich musste lächeln. Nicht der Frage wegen, sondern weil ich die offene Art der Spanier einfach liebte. Sie sprachen einfach ehrlich aus, was sie dachten. Ich schüttelte den Kopf.

„Nein, war sie nicht. Vor allem, weil ich immer unter Hörenden war. Sowohl in der Familie als auch in der Schule und in der Freizeit. Es ist unglaublich anstrengend, sich als Gehörlose in der hörenden Welt zu bewegen, einfach weil Hören und Verstehen unglaublich anstrengend sind. Und dabei liegt die Erfolgsquote vom Verstehen nie bei 100 %. Vieles muss ich mir zusammenreimen oder anhand des Kontextes erraten. Das passiert fast automatisch, deswegen nehme ich die Anstrengungen selten bewusst wahr. Ausserdem passiert unausweichlich was ganz Ungesundes: Du beginnst dich mit Hörenden zu vergleichen. Ist ja logisch, wenn du dich den ganzen Tag in diesem Umfeld bewegst. Ich hatte ja auch eine hörende Identität angenommen und meine Behinderung gar nicht als solche angesehen. Sie war nie ein Teil von mir."

„Und wie ist es heute?", hörte ich Joana behutsam fragen.

Ich zuckte mit den Schultern. „Ich weiss, dass ich gehörlos bin. Aber ich fühle es nicht. Ich fühle mich eher hin- und hergerissen zwischen meinen zwei Welten, ich gehöre weder komplett in die hörende, noch komplett in die gehörlose. Ich kann ja auch keine Gebärdensprache. In beiden Welten bin ich irgendwie fehl am Platz."

„Es kann ja auch Vorteile haben, oder? Du kannst entscheiden, wann du dich in welcher Welt bewegen willst, nicht?"

Ich nickte nachdenklich. „Schon ..."

„Aber?"

Ein ganz komisches Gefühl machte sich in meiner Brust bemerkbar und sogleich schoss mir kaltes Blut durch meine Adern. Der Beginn einer Panikattacke. Ich atmete tief ein und suchte auf der Weide erneut nach Estrella. Sie stand näher bei uns als zuvor.

„Wie hast du denn deine Schulzeit geschafft? Bei diesem ganzen Mehraufwand?"

Erleichtert um die Frage plapperte ich sofort drauf los. Reden half mir, mich nicht auf die Symptome in meinem Körper zu konzentrieren, sondern im Kopf und somit in der Realität zu bleiben.

„Ich weiss es ehrlich gesagt nicht", sagte ich und lachte dabei halb hysterisch.

„Ich habe meine Schulzeit ja mit Panikattacken und einem Burnout beendet."

„Weisst du, was die Auslöser sind?", fragte sie weiter. Typisch Medizinstudentin, das waren natürlich Sachen, die sie brennend interessierten. Ich nickte und antwortete ihrer stummen Frage, die in ihrem Blick lag.

„Druck. Wenn ich merke, dass ich nicht genügend Pausen einlege. Wenn ich meine Bedürfnisse zurückstelle, um die Leistung zu erbringen, von der ich das Gefühl habe, dass man sie von mir erwartet. Wenn ich Angst habe, etwas nicht zu schaffen und zu versagen. Wenn ich mich in ein Schema drücke, weil ich das Gefühl habe, dass es das ist, was andere von mir sehen wollen. Und dann, wenn ich mich mit mir auseinandersetzen muss und mir meine Schwächen eingestehen muss."

Ich schnappte nach Luft. Joana öffnete den Mund und schloss ihn sogleich wieder. Ihre Augen hatten sich zu leichten Schlitzen verengt und ihr Blick war analysierend geworden. Sie schien bemerkt zu haben, dass es mir nicht mehr gut ging. Ich wich ihrem Blick aus und heftete ihn auf Estrella. Ich versuchte, meine Gedanken nicht analysierend auf die Vorgänge zu lenken, die gerade in meinem Körper abgingen. Krampfhaft analysierte ich Estrella. Sie hatte keine weissen Abzeichen, das ganze haselnussfarbene Fell glänzte wunderschön in der Morgensonne. Ich gab mir jede Mühe, im Kopf zu bleiben und meine Umgebung weiterhin bewusst wahrzunehmen. Aber diese Anstrengung flitschte plötzlich wie ein angezogener Gummi zurück zu mir. Und ich fühlte die Enge in meiner Brust, meine nassen Hände, das Kribbeln in meinen Beinen und das leicht verschwommene Sichtfeld.

„Solea!"

Kräftig, warnend und bestimmt schnitt Joanas Stimme durch die Luft.

„Nein", murmelte ich. Mein Atem wurde immer schneller und ein leichter Schwindel setzte ein.

Joana sprang von der obersten Stange, stellte sich vor mich und fasste mich bei den Händen.

„Komm da runter", befahl sie mir sanft. Ich gehorchte ihr, liess mich von der Stange gleiten und direkt in das Gras sinken. Ich keuchte, schnappte nach Luft, aber es ging nicht mehr, ich war auf bestem Weg, zu hyperventilieren.

„Mund zu", wies mich Joana an. „Durch die Nase atmen." Ich gehorchte und presste die Lippen fest aufeinander. Joana schien noch nicht zufrieden zu sein, mein Atem war nach wie vor zu schnell. Sie legte mir eine Hand auf den Brustkorb.

„Langsamer", flüsterte sie.

„Ganz ruhig. Dir passiert nichts. Ich bin bei dir, du bist nicht allein." Ihre andere Hand tastete nach meinem Puls am Handgelenk. Joanas ruhige und besonnene Energie strömte in mich ein. Und langsam beruhigte ich mich. Ich öffnete meine Augen und sah sie dankbar an. Sie neigte lächelnd den Kopf.

„Hör auf, vor dir davonzurennen."

Ich zuckte zusammen, so als hätte mich die Ehrlichkeit ihrer Worte geschlagen.

„Du bist so unsicher und hast ständig Angst, etwas nicht zu schaffen und Fehler zu machen. Aber hey, schau mal in den Spiegel. Und schau mal, was du alles schon geschafft hast. Du bist so eine mutige, starke, wunderschöne Frau. Du hast einen ungebändigten Willen und einen unglaublichen Kampfgeist."

Sie schwieg kurz.

„Setzt das nicht gegen dich ein", fügte sie sanft hinzu. „Sondern für dich. Steh für dich ein."

Ich neigte fragend den Kopf.

„Solea, nun ist deine Zeit gekommen. Lerne dich neu kennen. Fühle nach, was dir guttut, wo deine Grenzen sind und fordere diese ein. Du hältst dich noch an etwas fest, was für dich im Moment nicht stimmt. Was es ist, musst du allerdings selber herausfinden. Aber hey ..."

Sie hob den Zeigefinger.

„Setz dich nicht unter Druck! Du wirst es schon fühlen, wenn es das Richtige ist. Und dann, nicht hinterfragen, sondern annehmen und leben."

Sie stand auf und zog mich ebenfalls mit auf die Füsse.

„Es wird nicht alles von heute auf morgen gehen. Es wird Zeit brauchen. Es wird Rückschläge und Tiefpunkte geben. Und du wirst dich auch mal verlaufen. Aber irgendwann wirst du gelernt haben, wer du bist, wo deine Grenzen sind und wie du mit denen umgehen kannst. Du wirst ein starkes Vertrauen zu dir und deinen Fähigkeiten aufbauen. Ein Beispiel: Du möchtest studieren, aber nicht mehr in diesem Setting von Vorlesungen und den ganzen Tag zuhören. Es gibt andere Möglichkeiten – hybride Veranstaltungen oder sogar Selbststudien. Wenn Weg A nicht passt, das Alphabet hat noch viele andere Buchstaben. Viele Wege führen nach Rom.“

„Oder nach Sevilla“, murmelte ich. Joana lachte los und nickte. „Oder nach Sevilla“, bestätigte sie.

„Danke“, sagte ich verdattert und sah sie an. „Woher ...?“, setzte ich an, doch sie unterbrach mich.

„Auch ich habe meine Erfahrungen im Leben gemacht“. Sie lächelte mich warm an. Sie war so zentriert im Leben, so fröhlich und positiv. Sie war eine gestandene, selbstbewusste Frau. Ob ich auch mal so werden würde wie sie?

„Das wirst du“, beantwortete sie meine Frage, die ich ungewollt laut ausgesprochen hatte.

„Denn tief in dir bist du es bereits. Sonst wärst du nicht hier. Du hast die Werkzeuge und den Willen bereits. Deine Taue sind aber zu sehr verknüpft im sicheren und beständigen Hafen. Aber nur, wenn du an deine Fähigkeiten glaubst, ihnen vertraust und den Mut zu Neuem aufbringst, kannst du die Segel hissen, den Anker lösen und lossegeln. Lossegeln in die wundervollen Weltmeere mit allem, was sie dir bringen. Sturm und Ruhe, Höhen und Tiefen, Fremde und Nähe, Unbekanntes und Vertrautes.“

Sie hielt mir Estrellas Halfter hin, das sie vom Boden aufgehoben hatte. Ich nahm es stumm entgegen und holte die Stute von der Weide. Joana wartete am Tor, das sie mir aufhielt, und lief mit mir und dem Pferd zusammen in den Innenhof. Da war der Abschied von den Reitgästen schon voll im Gang. Ich suchte Enrico in diesem Getümmel und erblickte ihn – natürlich – neben der blonden Frau, die sich ganz nahe zu ihm gestellt und ihm eine Hand auf die Schulter gelegt hatte. Ich hielt an und sah die beiden an. Enrico hatte die Hände abweisend vor seiner Brust verschränkt und drehte nun seine Schulter ab. Höflich, aber distanziert verabschiedete er sich von ihr und lief auf Xavier zu, um mit ihm was zu besprechen. Ich blickte zu Joana, die mich überrascht ansah. Dann seufzte sie und meinte: „Wenn ich dir noch was mit auf den Weg geben darf: Eure Begegnung hat etwas in Enrico ausgelöst. Ich glaube, ihm liegt was an dir. Und zwar mehr als einfach nur Freundschaft."

Ich schüttelte den Kopf und lachte auf.

„Vergiss es Joana, das wird nicht passieren."

Auch sie stimmte in mein Lachen mit ein und ich führte Estrella an den Putzplatz. Ich entschied mich, auf das Training zu verzichten und einen Ausritt zu machen. Ich hatte das Gefühl, dass ich die Gedanken nicht beieinander haben würde für das Training, aber ein Ausritt in der beruhigenden Natur Andalusiens würde bestimmt sehr guttun. Ich hielt inne. Hörte ich da etwa gerade bewusst auf mein Bauchgefühl?

Die Universität von Sevilla

Es waren bereits wieder drei Wochen rum und der September war im Anmarsch. Hier auf der Ranch verging die Zeit mit einer beängstigten Schnelligkeit. Ich fügte mich aber immer mehr in den Tagesablauf und deren Arbeiten ein und konnte mir schon bald nicht mehr vorstellen, jemals etwas anderes getan zu haben. Mein Leben in der Schweiz kam mir so fremd vor, jedes Mal, wenn ich daran dachte. Ja, ich vermisste meine Familie und meine Freunde, aber es war nie so extrem, dass ich den Wunsch verspürte, sofort zurückkehren zu müssen. Enrico und ich sprachen nie mehr über unseren Kuss oben auf der Klippe über Sevilla, wiederholten diesen nie und auch die beiläufigen Berührungen von seiner Seite ignorierte ich gekonnt. Ich war nicht vom Typ „Freundin mit gewissen Vorzügen". So anziehend ich diesen Andalusier auch fand, so sehr hielt ich mich zurück. Enrico und ich hätten keine gemeinsame Zukunft, wenn ich wieder zurück in der Schweiz war. Dafür hing er zu sehr an der Ranch, seinen Pferden und seiner Mutter. Er hatte seine Bestimmung gefunden und würde dieses Leben nie gegen ein anderes austauschen. Und ob ich überhaupt bereit wäre, mein aufgebautes Leben in der Schweiz aufzugeben und in Spanien neu zu starten, stand auch in den Sternen. Deswegen wollte ich nichts anreissen, was keine Zukunft haben würde. Dennoch entstand zwischen Enrico und mir eine starke Freundschaft. Und wir beschlossen, zusammen den Neuanfang mit Fandango zu wagen. Den Bereich auf dem Reitplatz, wo Enrico damals noch mit Amira arbeitete, steckte ich extra grösser ab, damit Enrico und Dango genug Platz hatten, um sich zu bewegen. Das sandfarbene Pferd war in den ersten Einheiten unruhig, sehr sogar und drehte Enrico bei den Wendungen immer wieder die Hinterhand zu. Er war nicht aggressiv, auch Fandango hatte Angst, wie ich bei den Übungen feststellen musste. Aber mit jeder Einheit wurden Pferd und Reiter wieder vertrauter miteinander. Und das besondere Band zwischen Enrico und Fandango wurde immer sichtbarer. Ans Reiten wagten die beiden sich noch nicht, da der Vertrauensbruch während einer gerittenen Tätigkeit geschah. Und Enrico selber wollte sich und Fandango nicht unter Druck setzen. Er erwähnte sogar, dass er für immer auf das Reiten mit Dango verzichten würde, wenn er dafür wieder das fühlen konnte, was er seit seiner Geburt mit ihm aufgebaut hatte. Aber ihre Trainings wurden immer spielerischer und auch deren Umgang miteinander lockerer und entspannter. Ich versuchte zudem auch, mich selbst noch mehr von Dango zu lösen, und arbeitete fast nur noch mit Estrella. Die Beziehung zwischen Estrella und mir konnte ich kaum in Worte fassen. Es war ein blindes Verständnis, das zwischen uns entstand, eine tiefe Verbundenheit bildete sich. Das mit Fandango damals war etwas, was sich enorm schnell gebildet hatte, innerhalb von Minuten, Stunden und Tagen. Das mit Estrella kam mir vor, als wäre es der Beginn eines Bandes, das ein Leben lang halten würde. Und das war gefährlich, denn jedes Band mehr, das ich in Sevilla knüpfte, war ein Band weniger, das mich in die Schweiz zurückholte. Ich versuchte drum, sie nicht allzu nahe an mein Herz zu lassen, damit unser Abschied nicht zu schwer sein würde. Während ich so darüber nachdachte und auf meiner Lippe kaute, sass ich auf der obersten Stange des Reitplatzes und sah Enrico zu bei seiner Arbeit mit Fandango. Gedankenverloren registrierte ich, wie Xavier vorbeilief und mir eine Broschüre in die Hand drückte. Abwesend bedankte ich mich bei ihm, doch als ich einen Blick auf das Titelbild warf, war ich wieder mit allen Sinnen da und rief ihm empört hinterher:

„Xavier, was soll das?"

Er hob verteidigend die Hände in die Luft, seinen Mund zu einem Lachen verzogen.

„Im Auftrag", rief er mir zu, machte auf dem Absatz kehrt und verschwand in den Stall. Bevor er aber ganz aus meinem Sichtfeld verschwand, drehte er sich um und schrie über den Platz: „Joana ist übrigens auch dort!"

Mit offenem Mund sah ich zu Enrico und Fandango rüber. Enrico lehnte sich gerade lässig an sein Pferd, die Arme verschränkt. Als unsere Blicke sich trafen, zwinkerte er mir zu, erlaubte aber keine Gegenreaktion von mir, drehte sich um und verliess mit Dango den Reitplatz. Zweifelsohne hatte er die Szene zwischen mir und seinem guten Freund mitbekommen. Im Auftrag, sagte Xavier … Bestimmt war der Auftraggeber Enrico.

„Was soll das?", schrie ich empört über die Ranch, doch das Einzige, was mir entgegenkam, waren Enricos und Xaviers Lachen aus zwei verschiedenen Richtungen. Ich schnaubte, sprang vom Zaun und lief mit der Broschüre ins Haus, wo ich die Türe fest hinter mir zuschlug, in der Hoffnung, dass die beiden Männer das hörten.

Ich blätterte zum dritten Mal in der Broschüre rum, die mir Xavier in die Hand gedrückt hatte. Auch wenn ich nicht wusste, worauf sie hinauswollten, ich las mir alle Informationen über die Universität von Sevilla genau durch. Mehrmals. Als Mariela hereinkam und mich am Küchentisch mit meinem Müsli sitzen sah, kam sie her und setzte sich mir gegenüber. Wir grüssten uns und sie meinte:

„Enrico hat mir erzählt, dass du voraussichtlich bis Weihnachten bleibst?"

Ich nickte zustimmend.

„Du darfst übrigens so lange bleiben, wie du möchtest."

Ihre Mundwinkel zuckten. Ich stellte meine Müslischale auf den Tisch und dankte ihr.

„Ich weiss es sehr zu schätzen, aber irgendwann muss ich wieder zurück."

„Wieso?", fragte sie mich direkt und forsch. „Wieso musst du?"

„Weil ich neben allen Bauchentscheidungen auch die Vernunft walten lassen muss. Ich bin in der Schweiz geboren und aufgewachsen, habe dort die Schule gemacht, habe Familie und fast alle Freunde dort. So gesehen ist es eigentlich mein Lebensmittelpunkt."

„Und das bedeutet, dass du deswegen dazu bestimmt bist, dein gesamtes Leben in der Schweiz zu leben? Nur weil du dort geboren und aufgewachsen bist? Bindet dich der Geburtsort oder das Geburtsland ein Leben lang? Die Antworten auf diese Fragen sind alles ungeschriebene Gesetze der Gesellschaft."

Ich überlegte einen Moment. Um die Antwort darauf hinauszuzögern, steckte ich meinen Löffel ins Müesli und wollte es mir gerade in den Mund schieben, als Mariela weitersprach:

„Solea, diese Vernunft ist der seidene Faden, der dich davon abhält, loszufliegen und frei zu sein."

Ich hielt auf halbem Weg zum Mund inne und erstarrte in meiner Bewegung. Von so vielen Seiten hörte ich im Moment ähnliche Dinge. Von Enrico, Joana und jetzt auch von Mariela. Hatten sie sich abgesprochen? Oder war es so offensichtlich? Mariela drückte kurz meine Hand, stand dann auf und verliess die Küche. Mich liess sie genauso verwirrt zurück wie Xavier und Enrico etwa eine Stunde zuvor. Frustriert steckte ich den Löffel in das Müsli und schob die Schale schwungvoll von mir. Leider etwas zu schwungvoll, sie rutschte auf der anderen Seite vom Tisch und landete mit einem Klirren und Platschen auf dem Steinboden. Ich stöhnte genervt auf und sah wieder auf die Broschüre hinunter. Die drei heckten einen Plan aus. Und ich vermutete mittlerweile, dass Joana ebenfalls ihre Finger im Spiel hatte. Aber Marielas Worte liessen mich nicht los. Wieso musste ich zurück? Wo ich doch hier innerhalb von zwei Monaten so viel mehr gefunden hatte als in den letzten Jahren in der Schweiz. Ich holte mein Handy aus der Hosentasche und wählte die Nummer auf der Rückseite des Heftchens. Für den Folgetag vereinbarte ich einen Termin mit der Studienberatung der Universität von Sevilla. Danach stand ich auf und begann, meine Sauerei vom Boden aufzuwischen. Meine Gedanken kreisten ununterbrochen um die Universität. Aber ich würde mir nur unverbindliche Informationen holen, ein Gespräch würde nicht schaden. Auch Dinge, die man ausschliessen konnte, bringen einen ein Stück weiter auf seinem Weg.

Das Hauptgebäude der Universität von Sevilla lag in der Stadtmitte, unweit vom berühmten Plaza de España. Hinter den grossen, imposanten Eisentoren erhob sich das Bauwerk, das früher mal eine Tabakfabrik war. Über allem schwebte eine Statue der Göttin Fama, die auch im Logo der Universität wiederzufinden war. In der römischen Mythologie war sie die Gottheit des Ruhmes und der Gerüchte. Im Inneren der drittgrössten Universität Spaniens fanden sich helle Flure mit hohen Decken aus einem Baustil des 18. Jahrhunderts. Gerade war Pause und die Studenten tummelten sich in den Gängen oder den schönen Innenhöfen mit Brunnen. Die Atmosphäre hier war eine ganz andere, als ich es von der Schweiz gewohnt war. Es lag ein Gemeinschaftsgefühl in der Luft, ein Zusammenhalt aller Studenten. Und sie waren sehr aufmerksam und zuvorkommend, mehrmals wurde ich gefragt, ob man mir helfen könne und woher ich käme. Eine Gruppe von Medizinstudenten begleitete mich sogar bis vor das Büro der Studienberatung. Wo ich dann sage und schreibe zwei Stunden verbrachte. Als ich wieder draussen stand, fühlte ich mich unglaublich bereichert von dem Gespräch, aber auch genauso leer und ratlos. Da ich in diesen Gedanken verloren noch nicht auf die Ranch zurückkehren wollte, nutzte ich meinen ohnehin freien Nachmittag und schlenderte durch die Strassen von Sevilla. Ich kam zum Schluss, dass ich einen Rat brauchte, einen Rat meiner besten Freundin Ylenia. Sie und ich hatten in den letzten Wochen kaum Kontakt, wir waren beide in den Ferien und während sich bei mir dann die Ereignisse überschlagen hatten, hat sie zu studieren begonnen. Bei uns beiden war die Zeit knapp und die Tagesabläufe verschoben. Bei mir begann der Tag jeweils um zehn Uhr morgens und endete nicht vor Mitternacht, während ihrer bereits gegen sieben begann und um zehn Uhr abends sein Ende fand. Jetzt aber setzte ich mich in ein Café, loggte mich in das gratis W-Lan ein, verband mein Handy per Bluetooth mit meinen Cochlea-Implantaten und versuchte mein Glück, Ylenia per Videotelefon zu erreichen. Zu meiner Überraschung erwischte ich sie sofort. Sie begrüsste mich überschwänglich. Nachdem sie mir kurz von ihrem Studienbeginn erzählt hatte, stellte sie die Frage, die ihr auf der Zunge brannte:

„Na, und was machst du noch in San Javier? Noch nicht genug von Spanien?"

Ich schüttelte den Kopf.

„Ich bin nicht mehr in San Javier. Ich bin in Sevilla."

Erstaunt und fragend sah mich Ylenia durch das Display an. „Was? Wieso Sevilla?"

„Ich habe dir doch kurz geschrieben von Enrico und Fandango." Sie nickte.

„Nun ja, ich bin bei ihnen. Auf der Ranch von Enrico und seiner Familie. Und ich werde voraussichtlich bis Weihnachten bleiben."

Ylenia flippte aus und kriegte sich fast nicht mehr ein nach meiner Botschaft. Nachdem ich alles erzählte, kam ich schnell auf den Punkt, weswegen ich sie hauptsächlich angerufen hatte.

„Ich war heute in der Studienberatung der Universität von Sevilla. Ich dachte, ich informiere mich einfach mal unverbindlich. Meine Matura wäre hier anerkannt, der Studiengang der Rechtswissenschaften wird zwar in Spanisch durchgeführt, aber meine Sprachkenntnisse würden dafür ausreichen. Ausserdem gibt es in Sevilla auch hybride Studienmodelle oder Fernstudien an anderen Schulen. Durch meinen spanischen Pass wäre der Eintrittsprozess auch einfacher, da ich nicht als ausländische Studentin gelten würde. Auch meine Behinderung wäre hier kein Problem, ich könnte mit Hilfe meiner technischen Hilfsmitteln studieren, das würde die Universität alles unterstützen. Das Einzige, was mir die Studiengangsleitung nicht beantworten konnte, ist, ob mein Abschluss hier in Sevilla auch in der Schweiz anerkannt wäre."

Ylenia schwieg einen Moment.

„Das mit dem Abschluss, das kann ich für dich herausfinden. Aber Solea, worauf möchtest du genau hinaus?"

Ich rieb mir das Gesicht.

„Ich weiss es nicht, ich weiss es einfach nicht. Xavier und Enrico haben mich auf diese Idee gebracht und Enricos Mutter

Mariela meinte gestern, dass ich die Vernunft mal beiseitelegen muss. Ich spiele immer mehr mit dem Gedanken, das Studium hier in Spanien zu beginnen."

Ylenia nickte, überlegte einen Moment und sprach dann etwas aus, woran ich noch nie gedacht habe:

„Ich glaube, Enrico sucht für sich und sein Leben einen Kompromiss, um wirklich glücklich zu werden. Er selbst bestreitet keine Stierkämpfe mehr, dadurch, dass seine Familie aber Pferde dafür weiterzüchtet, bleibt er mit einem Standbein in der Tradition. In der Tradition seines Landes, seiner Stadt, wofür sein Herz zu schlagen scheint. Vielleicht möchte er dir aufzeigen, dass es solche Kompromisse auch für dich und dein Leben geben kann. Ein Studium, das du wolltest, aber in einem anderen Umfeld und unter anderen Umständen."

Ich kaute auf meiner Unterlippe. Das war eine Frage, die ich mir tatsächlich stellen musste. Sollte ich es wagen und das Studium hier machen oder zumindest mal beginnen? Aber dann standen da auch die Überlegungen im Raum, ob ich auf der Ranch bleiben würde, wie es mit Enrico und mir weitergeht, ob ich in Sevilla selber in einer Studentenunterkunft wohnen sollte … oder ob ich zurück in die Schweiz sollte, in ein Land, in dem ich viele Sicherheiten hatte. Ausserdem, wie würde ich mir das Ganze finanzieren, die Studiengebühren und meinen Lebensunterhalt? Fragen über Fragen, die auch noch in meinem Kopf rumschwirrten, nachdem ich nach dem Gespräch mit Ylenia das Café verliess und auf dem Weg zurück zur Ranch war.

Verzerrtes Herz

Ich beschloss für mich relativ schnell, keine Entscheidung vor dem Frühling im kommenden Jahr zu treffen und Schritt für Schritt zu schauen. Ich hatte entschieden, sicher bis Weihnachten meine Zeit auf der Ranch in mich aufzusaugen. Über das mögliche Studium würde ich mir erst im neuen Jahr Gedanken machen. Deswegen mied ich das Gespräch über dieses Thema mit Enrico. Mein Motto war, einfach zu leben, zu geniessen und glücklich zu sein. Eines Montagmorgens bat Mariela Enrico und mich, dem Nachbarshof zu helfen, ihre Rinderherde zusammenzutreiben und auf eine andere Weide zu führen. Während ich nach dem ausgiebigen Frühstück mit Enrico zum Stall lief, besprachen wir, welche Pferde wir dafür am besten einsetzten. Estrella hatte zwar keine Erfahrung, genauso wenig wie ich in dieser Materie. Dennoch entschieden wir, dass ich die Fuchsstute nehmen sollte, da ich mit ihr am vertrautesten war. Und Fandango wollten wir diese Tiere nicht zumuten, dieser Schuss könnte klar nach hinten losgehen. Für Enrico war klar, dass er Amira dafür verwenden würde. Beim Rindertreiben hatte Estrella wieder ihre spielerische und zickige Phase und gebärdete sich wild. Ich hatte alle Mühe, sie zu halten und dabei noch meine Aufgabe richtig zu erfüllen. Im Minutentakt buckelte sie oder legte sich auf den Zügel, was es für mich schwerer machte, sie zu kontrollieren. Ich versuchte, nicht gegen sie zu arbeiten und zu verstehen, wie ich zu ihr durchdringen konnte. Ich begann auch, selber in mir nachzufühlen, ob ich im Ungleichgewicht mit mir war, was Estrella mit ihrem Verhalten zu spiegeln versuchte. Doch hier bei dieser Aufgabe ging es um Sicherheit und das Erfüllen von Anforderungen, da fehlten mir die Zeit und der Raum, um mich intensiv damit zu beschäftigen. Estrella musste noch lernen, Kompromisse einzugehen, es konnte auch nicht immer alles nach ihrem Kopf gehen. Irgendwann breitete sich ein Frust in mir aus, meine Hände begannen zu schmerzen vom Gegenhalten der Zügel. Die Rinder waren besonders träge, was dazu führte, dass wir noch in der prallen Nachmittagssonne arbeiteten. Der Schweiss lief mir den Rücken hinunter und Estrella schwitzte und schnaubte, aber sie war dennoch voller Energie. Als wir gegen fünf Uhr zur Ranch zurückkritten, bahnten sich Kopfschmerzen an und meine Finger waren taub. Würde bestimmt Blasen geben. Als Enrico und ich abstiegen, rannte sofort Mariela auf uns zu und redete auf Enrico ein, während ich Estrella absattelte. Die Kopfschmerzen breiteten sich aus und ich sehnte mich nach einem kühlen Getränk und einem Liegestuhl im Schatten. Enrico kam zu mir, legte mir einen Arm um die Schulter und sagte:

„Solea, meine Mutter braucht dringend noch ein Einschreiben aus Sevilla. Bei uns kommen aber gleich die Gäste für die Reittour, die morgen beginnt, manche sind auch schon da. Würdest du uns den Gefallen tun, und den Brief abholen?"

Unsicher und zerknirscht sah er auf mich hinab und streckte mir den Abholschein sowie eine Vollmacht hin. Ich atmete tief durch, nickte dann aber. Also sattelte ich Estrella fertig ab, während Xavier sich um Amira kümmerte und Enrico ins Haus lief, um die Teilnehmer zu begrüssen und mit der Einführung zu beginnen. Dann machte ich einen fliegenden Pferdewechsel und sattelte Fandango. Ich brauchte eine Pause von Estrella und da kam mir Fandangos unkomplizierte Art gerade gelegen. Nur zehn Minuten später ritt ich langsam und entspannt in das etwa dreissig Minuten entfernte Sevilla. Ich liess Dangos Zügel locker auf dem langen Hals baumeln und schloss kurz die Augen. Nach etwa zwanzig Minuten machte sich ein ungutes Gefühl in mir breit, ich begann innerlich zu zittern und auch Fandango spannte sich leicht an. Wir hatten vor einigen Minuten die Stadtgrenze passiert und waren mitten in Sevilla. Ich konnte mir nicht erklären, warum wir beide so unruhig waren. Ich liess Fandango halten. Sollte ich absteigen oder besser noch – wieder zurück? Was wollte mir dieses Bauchgefühl sagen? Ich sah nach rechts und links, vernahm aber nichts Ungewöhnliches, deswegen trieb ich Fandango wieder weiter. Ich wollte nicht ohne das Einschreiben zurück zur Ranch. Doch anstatt nach vorne zu gehen, trat Fandango zwei Schritte zurück. Ich wurde bestimmter, presste meine Schenkel zusammen und schnalzte, bevor ich nach vorne sah. Und komplett erstarrte.

Da war ein riesiges, ovales Gebäude vor uns, die Wände waren schneeweiss, die Türen und Tore alle blutrot. Sie waren alle eingebettet in einem sonnengelben Rahmen. Architektonisch war das Bauwerk eine Meisterleistung, wunderschön und ästhetisch, die kunstvollen Rundbögen und schnörkelhaften Verzierungen verliehen ihm etwas Verspieltes und Leichtes. Aus meinem Ausflug nach Sevilla wusste ich, was es für ein Gebäude war:

La Plaza de Toros de la Real Maestranza de Caballería de Sevilla.

Zu Deutsch: die Stierkampfarena von Sevilla.

Ich wollte sofort wenden, doch es war zu spät.

Fandango zitterte schon am ganzen Leibe unter mir.

Und ohne Vorwarnung und Rücksicht auf mich stieg er mit einem schrillen Wiehern steil in die Höhe.

Ich wollte noch seine Mähne ergreifen, doch sie entglitt meinen schwachen Fingern.

Meine Füsse glitten aus den Steigbügeln und ich fiel rückwärts von Fandangos bisher so sicherem Rücken. Im Fall, der mir unendlich erschien, schossen mir viele Gedanken durch den Kopf. Instinktiv wusste ich, dass ich hier gerade eine Geschichte wiederholte. Instinktiv wusste ich, dass ich mich am Unfallort von Lucio Venutra befand. Instinktiv wusste ich, dass ich Fandango innerhalb der nächsten Minuten verlieren würde. Ich schlug hart auf dem Asphalt auf. Ein Schmerz schoss mir von der linken Hand in den Unterarm. Ich sah Fandango, der abermals über mir stieg. Reflexartig hielt ich mir die Arme vor das Gesicht und wollte mich von dem Pferdekörper wegdrehen, doch es war zu spät. Fandango knallte auf den Boden neben mich, einer seiner schweren Hufe streifte meine Hüfte und ich wurde dadurch wieder auf den Rücken gedreht. Vor meinen Augen tanzten Sterne und die Welt drehte sich schneller als gewohnt. Ich spürte noch kurz Fandangos Nüstern an meiner Wange,

doch dann vernahm ich nur noch das Geräusch seiner galoppie-
renden Hufe, die sich immer weiter entfernten. Ich war allein.

*Während Enrico die Teilnehmer der Reitferien im Aufenthaltsraum
begrüsste und mit der Vorstellungsrunde und Einführungspräsenta-
tion begann, machte sich ein unruhiges Gefühl in ihm breit. Er kannte das, es bedeutete, dass etwas nicht stimmte. Weil das Gefühl immer schlimmer wurde, machte er eine Pause und bat seine Mutter,
zu übernehmen. Dann ging er nach draussen und holte erst mal tief
Luft. Langsam lief er zu den Weiden, weiterhin auf seine Atmung
konzentriert. Doch dann erstarrte er plötzlich.*

Estrella war da.

Amira war da. Fandango war es nicht.

*„Xavier!", schrie er mit ganzer Kraft über die Ranch, während er
zu den Stallungen rannte, wo er den Stallhilfen antraf.*

„Wo ist Fandango?"

*„Solea ist mit ihm nach …" Xavier brach mitten im Satz ab, als
ihm dämmerte, was das bedeutete. Enrico holte schnell sein Handy aus der Tasche und wählte Soleas Nummer. Er hoffte inständig,
dass sie noch nicht allzu weit gekommen war, dass er sie noch war-
nen konnte. Während er auf das Freizeichen wartete, wies er Xavier hektisch an, ihm ein Pferd zu satteln. Plötzlich klingelte Soleas
Handy. Im Stall, in der Satteltasche von Estrella, wo sie es vergessen hatte. Enrico fluchte laut, steckte sich das Handy wieder in die
Tasche, half Xavier, den Andalusier Nieblo zu satteln, und zog das
Pferd hinter sich aus dem Stall. Er sprang auf und galoppierte zum
Tor hinaus. Auf halbem Weg nach Sevilla hörte er ein zweites Pferd
galoppieren und liess Nieblo abrupt halten. Es war Fandango, der ihnen da entgegenkam. Ohne seine Reiterin. Enrico lief es kalt den Rücken hinunter, er stieg ab und packte Fandango am Zügel. Er steckte
in einem Konflikt. Brachte er nun Fandango zurück zur Ranch oder
nahm er ihn als Handpferd mit nach Sevilla, wohl wissend, was das
für ein Risiko war?*

*Er hatte nicht lange Zeit zu überlegen und entschied dann nach
Gefühl. Er würde es probieren. Wenn es nicht ging, könne er immer
noch umdrehen. Oder in Sevilla um Hilfe bitten. Also stieg er wie-*

der auf Nieblo und ritt im Trab, Fandango zu seiner rechten Seite, weiter nach Sevilla.

Es war alles verschwommen und ich fühlte mich zerschunden. Mein Kopf dröhnte und mein Becken schmerzte. Meine Finger pochten noch von der harten Arbeit des Tages und meine Hüfte, die Opfer von Dangos Hufen wurde, fühlte sich taub an. Aber ich fühlte mich vor allem alleine gelassen, obwohl sich schon einige Menschen um mich versammelt hatten. Ich hörte, wie jemand mich darüber informierte, dass der Krankenwagen auf dem Weg war. Jemand anders wies mich an, mich ja nicht zu bewegen. Noch eine dritte Person fragte, was passiert sei. Ich wollte alle anschreien, alle Stimmen zum Schweigen bringen, doch ich brachte keinen Ton heraus. Nur wenige Minuten später kamen die Sanitäter und brachten endlich etwas Ruhe in meine aufgewühlte Welt. Sie wiesen alle Personen an, sich zu entfernen. Ich bekam nicht wirklich mit, was sie taten, ich versuchte nur, nicht vor lauter Schmerzen das Bewusstsein zu verlieren. Als ich in der Ferne den Hufschlag zweier Pferde hörte und Enrico, der laut meinen Namen rief, zuckte ich zusammen. Ich mobilisierte meine letzten Kräfte und suchte den Blickkontakt mit der Sanitäterin, die mir am nächsten war. Ich hatte den Eindruck, ihr Gesicht schon mal gesehen zu haben, sie kam mir sehr bekannt vor. Ich blinzelte noch ein paar Mal, und dann erkannte ich sie. Es war das mitfühlende, weiche, vertraute Gesicht von Joana.

„Joana", wollte ich bestimmt sagen, doch es kam nur ein Flüstern raus. „Enrico sagen, dass alles gut ist", stammelte ich. Joana sah mich verständnisvoll an und versuchte, mich zu beruhigen. Sie tastete ganz vorsichtig an meinen Kopf und hinter meine Ohren. Beim Sturz war der linke Magnet meines Cochlea-Implantats abgefallen, den sie mir nun wieder an die richtige Position rückte. Sofort wurde die Welt wieder lauter und ich kniff die Augen fest zusammen. Danach tastete sie nach dem Rechten, doch dieser sass genau dort, wo er sollte. Ich wollte den Kopf schütteln, doch das ging nicht mehr, ich hatte eine Halskrause bekommen.

„Enrico … bitte", flehte ich weiter. „Ihm sagen …"

Joana unterbrach mich mit einem Nicken.

„Ich kümmere mich darum", versprach sie mir.

Das war alles, was ich brauchte. Jetzt konnte ich loslassen. Und gab mich der Ohnmacht hin, die mich überrollte.

„Solea", schrie Enrico mit ganzer Kraft, als er von Weitem den Rettungsdienst sah, der sich um die am Boden liegende Person scharrte. Das Szenario hier auf der Strasse, unweit der Stierkampfarena von Sevilla, war zu bizarr. Zwei Personen rannten auf ihn zu, während er von Nieblo sprang. „Was ist passiert?", fragte er sie hektisch. Der eine erklärte sofort, wie er die ganze Szene mitbekommen hatte, wie Fandango gestiegen war, Solea gestürzt war und das Pferd anschliessend die Flucht ergriffen hatte. Enrico drückte jedem Mann die Zügel eines Pferdes in die Hand und bat sie, diese etwas abseits in eine Seitengasse zu bringen, während er zu den Sanitätern rannte. Auf halbem Weg wurde er von einer dritten Person zurückgehalten. Er versuchte zu erklären, in welcher Beziehung er zum Unfallopfer stand, doch ihm wurde der Kontakt mit ihr verwehrt. Er blickte suchend zwischen den Sanitätern hin und her. „Joana", schrie er dann. Er war unglaublich erleichtert, dass Joana per Zufall Dienst hatte. Das würde die Sache wesentlich erleichtern. Joana folgte dem Ruf, verteilte ihren Kollegen Anweisungen, stand dann auf und joggte auf Enrico zu. Sie umarmten sich, doch Enrico stiess sie schnell wieder weg.

„Sag mir, was ist mit ihr!"

Joana zögerte. „Enrico … sie lebt."

„Aber?" Enrico hielt es nicht aus, er musste Gewissheit haben.

„Sie ist derzeit nicht bei Bewusstsein. Und wir können noch nicht abschätzen, wie schlimm die Verletzungen und ihre Folgen sind, das müssen wir im Krankenhaus untersuchen. Aber Dango hat sie wohl mit seinen Hufen erwischt", rutschte ihr ungewollt heraus.

Joana strich sich nervös durchs Haar und sah betreten zu Boden. Enrico zitterte und Tränen liefen ihm über die Wangen. Während im Hintergrund Solea in den Rettungswagen geladen wurde, packte Enrico sie bei den Schultern.

„Joana, bitte versprich mir eins. Mach alles in deiner Macht Stehende, um sie zu retten. Ich kann sie nicht auch noch verlieren. Ich brauche sie."

Auch in Joanas Augen glitzerten Tränen. Sie verstand sofort, welchen Bezug Enrico zu Solea hatte. Xavier hatte ihr alles erzählt, und auch Joana hatte es mit eigenen Augen gesehen, was Soleas Anwesenheit mit Enrico machte. Joana und Xavier begleiteten ihn eng in der Zeit, als sein Vater starb. Damals, vor zwei Jahren, war Joana ebenfalls im Rettungsteam, als sich der tödliche Unfall von Lucio Ventura am gleichen Ort ereignete. Soleas Schicksal und Enricos Verzweiflung gingen ihr sehr nah. Dann schluckte sie ihre Tränen hinunter, umarmte Enrico fest und nannte ihm das Krankenhaus, das sie anfahren würden: „Verlang nach mir, sobald du kommst. Ich muss jetzt gehen."

Enrico sah den Krankenwagen mit Blaulicht davondüsen. Ab dann befand er sich in einem Tunnel und agierte nur noch wie ferngesteuert. Er lief zu der Gasse, wo die beiden Männern mit seinen Pferden standen. Sobald er Fandangos Blick traf, blieb er stehen. Der Hengst stand mit gesenktem Kopf da, er wirkte kleiner und wie in sich zusammengefallen. Aber er war erstaunlich ruhig für den Ort, an dem sie sich befanden, für das Geschehen, dass sich hier zum zweiten Mal ereignet hatte. Langsam zog Enrico sein Handy aus der Tasche und rief seine Mutter an. Er erzählte ihr kurz, was geschehen war, und dass er sofort zu Solea ins Krankenhaus fahren würde. Enrico bat sie, die Präsentation zu Ende zu führen und danach nachzukommen. Und sie solle bitte Xavier mit dem Pferdeanhänger schicken, um die beiden Pferde aufzuladen und zur Ranch zurückzubringen. Bevor er sich aber von den Männern verabschiedete und ins Krankenhaus nachfuhr, folgte er seinem Bauchgefühl. Solea war für den Moment versorgt, er konnte nichts tun. Was er aber tun konnte, war für Fandango da zu sein. Er würde sein Pferd jetzt nicht im Stich lassen. Also gesellte er sich zu den Pferden und setzte sich zu ihnen, an eine Hausmauer gelehnt, und wartete auf Xavier.

Xavier tauchte etwa eine Stunde später mit dem Anhänger auf, in einem zweiten Auto hielt auch Mariela neben dem Gespann des Stallgehilfen. Enrico lief mit den beiden Pferden auf sie zu und fragte seine Mutter: „Schon fertig mit der Einführung?"

Sie schüttelte den Kopf. „Ich nicht", meinte sie. „Aber ich habe es Júan überlassen. Du weisst ja, wie gut er improvisieren kann. Komm, gib mir Nieblo, bringen wir es schnell hinter uns."

Gemeinsam mit seiner Mutter verlud Enrico die Pferde und setzte sich dann zu ihr ins Auto. Während Xavier zurück zur Ranch fuhr, steuerte Mariela das Krankenhaus an. Am Empfang in der Notaufnahme verlangte er nach Joana, wie sie ihn angewiesen hatte. Nach einem kurzen Telefonat in die Station wies die Dame am Empfang Enrico und seine Mutter an, im Wartezimmer Platz zu nehmen, Joana würde kommen. Nach einer halben Stunde betrat die gute Freundin der Familie das Wartezimmer, gefolgt vom diensthabenden Arzt, und grüsste zunächst Mariela. Dann zog sie sich einen Stuhl heran, während der Arzt stehen blieb, und setzte sich ihnen gegenüber. Sie stützte ihre Ellenbogen auf die Knie und holte Luft. Enrico hielt es nicht aus.

„Sag schon, Joana", drängte er sie. Beruhigend tätschelte Mariela den Arm ihres aufgebrachten Sohnes. Joana sah erwartungsvoll zum Arzt hoch, der sagte:

„Solea hatte riesiges Glück und einige Schutzengel. Sie ist wieder wach, aber noch geschwächt, auch von den starken Schmerzmitteln. Das Handgelenk ist gebrochen, wir vermuten, sie versuchte, mit diesem den Sturz aufzufangen. Und die Hüfte ist stark geprellt, das Pferd hat sie dort gestreift. Hirnblutungen oder dergleichen hat sie keine, wir behalten sie aber für ein bis zwei Nächte bestimmt auf Intensiv, um zu beobachten, ob sie nicht doch noch Anzeichen einer Gehirnerschütterung zeigt. Sie kann nicht mehr sagen, ob sie auf den Kopf gefallen ist. Generell kann sie sich nur dunkel an den Unfall erinnern, aber das ist normal."

Enrico sank in seinem Stuhl zurück und schloss die Augen. Mariela drückte seine Hand und flüsterte: „Lucio und Negro waren bei Solea und Fandango."

Dann sah sie Joana an. „Können wir zu ihr?" Sie nickte und stand auf.

„Ihr könnt kurz rein, ja. Kommt mit, ich bringe euch."

Es roch nach starkem Desinfektionsmittel und sterilen Bettlaken. Von irgendwo vernahm ich das Piepen und Surren von Maschinen. Etwas strich mir vorsichtig über die Wangen und ich kniff zuerst die Augen zusammen, bevor ich sie langsam öffnete. Und Enricos unsicheres Gesicht vor mir sah.

„Enrico ... was ...?", brachte ich mühsam hervor. Er schüttelte den Kopf.

„Ganz ruhig. Du hattest einen Reitunfall. Aber es wird alles wieder gut, versprochen."

Blitzartig schossen mir Bilder durch den Kopf.

Fandango.

Sevilla.

Stierkampfarena.

Ich schnappte nach Luft und schloss die Augen wieder. Enrico tätschelte leicht meine Hand, die nicht in einem Gips steckte.

„Solea ...", hörte ich ihn wieder sagen. Dieser Klang fesselte mich. Der Klang, der mich immer nach Hause bringen würde. Moment ... was dachte ich da eigentlich? Nach Hause? Wo ist denn Heimat für mich?

„Solea", hörte ich nun auch eine zweite Stimme. Ich schlug langsam wieder die Augen auf. Diesmal blickte ich in Marielas Gesicht. Das Gesicht, in dem ich die Besorgnis einer liebenden Mutter erkannte. Und das weckte ein Gefühl in mir, das mich jetzt überforderte. Die Sehnsucht danach, nach Hause zu kommen. Mich fallen lassen zu können. Anzukommen. Einen Platz im Leben zu haben.

„Fandango?", fragte ich stattdessen. Enrico antwortete, dass es ihm gut ginge, er unversehrt sei und wieder zurück auf der Ranch war. Ich drehte meinen Kopf und sah ihn an.

„Wusstest du, dass Dango einen Fleck am Bauch hat, der aussieht wie ein verzerrtes Herz?", fragte ich. Enrico sah mich ungläubig und mit offenem Mund an. „Ja, das wusste ich. Aber wie kommst du jetzt darauf?"

„Wenn ich doch schon mal die Möglichkeit habe, dein Pferd von unten zu sehen ..."

Ich beendete den Satz nicht. Mein Herz fühlte sich momentan genauso an wie das an Dangos Bauch. Verzerrt, von vielen Faktoren und Emotionen in unterschiedliche Richtungen gezogen, schmerzhaft. Über Enricos Gesicht huschte ein Lächeln. Dann sah er betreten zu Boden und murmelte vor sich hin.

„Ich sollte morgen eigentlich abreisen mit der Gruppe."

Ich schüttelte den Kopf, ächzte aber wegen der Schmerzen, die durch diese Bewegung ausgelöst wurden.

„Du solltest nicht. Du wirst."

„Aber du …", wollte er widersprechen, doch ich liess ihn nicht. „Mariela ist auch noch da."

Meine Kräfte schwanden bereits wieder und die Ränder meines Sichtfeldes verdunkelten sich. Ich wollte wieder schlafen und mich in der Dunkelheit verlieren.

Aufflammende Liebe
und verlorene Vernunft

Heute, eine Woche nach dem Sturz von Fandango, wurde ich endlich entlassen. Da Enrico erst im Laufe des Nachmittags wieder zurückkehren würde, holte mich Mariela aus dem Krankenhaus ab. Diese Woche hier hatte mich extrem nachdenklich gemacht, genau wie der Unfall. Ich musste noch tiefer in mich hineinfühlen. Noch mehr auf mich hören. Da war noch etwas, was tiefer sass. Was ich mit meiner Vernunft zudeckte. Momentan dachte ich noch zu sehr in die Zukunft. Bis Weihnachten. Bis Frühling. Ich setzte mir Deadlines. Deadlines, um unabdingbare Entscheidungen noch weiter aufzuschieben. Um den Grundsatzentscheidungen meines Lebens aus dem Weg zu gehen. Wer war ich eigentlich? Wo war ich zuhause? Und was war meine Bestimmung im Leben? Kopf und Herz steckten in einem Konflikt miteinander, in einem ewigen Kampf. Der Kopf sagte Schweiz, das Herz Spanien. Der Kopf sagte Studium, das Herz sagte Arbeit. Der Kopf sagte Planung, das Herz sagte Leben. Ich fand keine Kompromisse. Ich fand keinen dritten Faktor, der diese Entscheidung treffen würde. Ein leises Klopfen an der Türe durchbrach mein Gedankenkarussell. Ich drehte mich um, Mariela stand im Türrahmen. Ich ging zu ihr rüber und umarmte sie.

„Danke, dass du mich abholst."

„Gerne", antwortete sie. „Du wirst auf der Ranch vermisst."

Ihre Aussage berührte mich. Ich schnappte mir meine Tasche und folgte Mariela zum Auto. Während der Fahrt sprachen wir nicht viel. Aber es war keine unangenehme Stille zwischen uns. Sie brachte Ruhe in meine wirren Gedanken dieser Woche. Auf der Ranch angekommen, stiegen wir aus und Mariela lief direkt auf das Haus zu, doch ich zögerte. Sie drehte sich nach mir um und sah mich fragend an.

„Ich sehe mal nach Dango", sagte ich. Mariela räusperte sich.

„Ähm, Dango ist nicht da", meinte sie verlegen. Mir rutschte das Herz in die Hose. „Was hat Enrico mit ihm gemacht?", flüsterte ich.

„Er hat Fandango als Handpferd mit auf die Reise genommen."

„Er hat was?", kreischte ich.

„Es war eine spontane Aktion von Enrico. Es war eigentlich alles schon bereit, die Gruppe war gerade dran, loszureiten. Aber Enrico ist dann nochmals abgestiegen und hat Fandango geholt. Ich glaube, er wollte ihn nach diesem Ereignis auch nicht alleine lassen. Sie waren doch eigentlich immer füreinander da. Vermutlich wollte er Dango zu spüren geben, dass er nicht alleine gelassen wird. Dass sie doch zusammen durch alle Stürme gingen und es jetzt auch wieder tun würden."

Fassungslos schüttelte ich den Kopf. Fandango und Enrico. Enrico und Fandango.

„Dann gehe ich mal zu Estrella, ich bin dann zum Mittagessen im Haus."

Mariela nickte zustimmend und verschwand mit meiner Tasche im Haus.

Am frühen Abend bei der Fütterung bestand ich darauf, zu helfen. Doch ich merkte schnell, wie sehr mein Gips mich behinderte, ich konnte nicht gleichzeitig Eimer und Futterbecher halten und für die Möhren und Äpfel musste ich noch extra laufen. Beim Auffüllen von Amiras Trog ging die Hälfte daneben und ich stampfte wütend auf den Boden. Júan beobachtete die Szene.

„Lass es, Solea, Amira ist unkompliziert. Sie wird das Futter auch so fressen, wenn sie in paar Minuten zurückkommt. Kein Stress, ja?"

Ich schnaubte, liess das kommentarlos stehen und begab mich zu Fandangos Box am anderen Ende der Stallgasse. Auch bei Fandango ging die Hälfte daneben und ich warf wütend und enttäuscht den Eimer an die Wand. Der Frust in mir wuchs ins Unermessliche. Eine heisse Träne rollte mir über die Wange und ich hätte mich am liebsten mit Dango ins Stroh gekuschelt. Aber er war nun mal nicht da. Als ich einige Minuten später Pferdehufe in der Einfahrt hörte, verliess ich die Box und stellte mich in den Eingang des Stallgebäudes, um das Geschehen draussen zu beobachten. Ich ignorierte die Feriengäste und suchte mit meinem Blick Enrico, Amira und Fandango. Als ich die drei erblickte, bot sich mir ein Bild, das sich vermutlich für immer in meinen Kopf einbrennen würde. Amira war in diesem Bild das Handpferd, Enrico sass auf Fandango. Auf einem völlig in sich ruhenden Fandango. Pferd und Reiter bildeten gemeinsam eine Einheit, sie waren eins, sie waren ein Team. Es war sofort ersichtlich, was sie füreinander waren. Enrico war Fandangos Mensch und Fandango war Enricos Pferd. Sie waren vom Schicksal füreinander erwählt worden. Das so zu sehen, rührte mich zutiefst und ich zog mich wieder in die Stallgasse zurück. Ich fühlte mich schon wieder fehl am Platz. Plötzlich erschien ein Schatten auf dem Boden und Enrico kam in die Box, gefolgt von seinem müden, aber völlig entspannten Fandango. Beim Anblick des Pferdes vergass ich meine Tränen und starrte ihn mit offenem Mund an. Enrico sah mich und warf die Zügel schnell über Dangos Hals. Dann kam er auf mich zu und umarmte mich stürmisch.

„Au!", quietschte ich vor Schmerzen und er zog sich sofort entschuldigend zurück. Er strich langsam über meine Schulter an meinem Arm hinunter über meine aufgeschürfte Haut und blieb an meinem Gips stehen.

„Es tut mir so leid, dass das passiert ist. Es war meine Schuld, ich hätte früher merken müssen, was Sevilla und Fandango für eine Kombination sein würden", sagte Enrico ohne Begrüssung. Ich schüttelte den Kopf. Wahrscheinlich war auch er müde von der Arbeit gewesen und hatte nicht bewusst wahrgenommen, dass ich das Pferd gewechselt hatte. Ich sah zu den Reitern hinüber, die nach und nach die abgesattelten Pferde in die Boxen führten, wo diese genüsslich und zufrieden zu fressen begannen. Dann lenkte ich meinen Blick wieder auf Fandango.

„Vergiss das und mach es wie Fandango. Lass die Vergangenheit ruhen und leb einfach im Hier und Jetzt."

„Du verzeihst mir also?"

„Nein. Weil es nichts zu verzeihen gibt. Weder dir noch Fandango. Euch beide trifft keine Schuld. Fandango ist ein ehrliches Pferd. Er hat mich mehrmals gewarnt, genau wie meine Intuition. Ich habe beides nicht wahrgenommen, weil ich nicht bei mir und ihm war. Es ist also einzig und allein mein Fehler."

Auf einmal nahm Enrico mein Gesicht zwischen seine Hände und blickte mir so tief und bestimmt wie noch nie zuvor in die Augen. Es war mir schon fast zu intim, aber zurückweisen wollte ich ihn auch nicht.

„Solea. Als du regungslos auf der Strasse lagst, hatte ich schreckliche Angst um dich. Und da wurde mir wirklich klar, wie viel du mir bedeutest. Und dass ich dich nicht verlieren möchte. Dass ich dich brauche."

Er machte eine Pause.

„Te amo", brachte er dann flüsternd heraus.

Mein Atem kam unregelmässig und in meinem Kopf hallten nur seine letzten beiden Worte nach. Dann ging mir alles zu schnell. Er beugte sich vor, doch bevor er mich küssen konnte, drehte ich mein Gesicht weg.

„Nein, Enrico, das ..."

Ich brach ab. Meine Faust lag auf seiner Brust, um den Abstand zu bewahren. Es ging nicht, ich konnte mich doch nicht darauf einlassen. Mein Herz sagte das Gleiche wie seines, doch mit meinem Kopf konnte es das nicht vereinbaren. Ausserdem, was war mit all den Frauen, die er auf seinen Reisen durch Andalusien kennenlernte?

„Enrico, das geht nicht, wir können uns doch nicht darauf einlassen. Wir würden keine gemeinsame Zukunft haben. Wir könnten höchstens noch ein paar Monate zusammen verbringen, aber wir können nicht in Jahren denken."

Er machte einen Schritt zurück und wandte den Blick ab. Dennoch merkte ich, wie sehr meine Worte ihn verletzten.

„Und was ist mit all den anderen Frauen? Diejenigen, die du auf deiner Reise kennengelernt hast?"

Er schüttelte energisch den Kopf.

„Egal, was da auch immer gewesen sein mag und mit wem. Ich versichere dir, mit keiner war es von Bedeutung. Mit keiner habe ich das gefühlt, was ich mit dir fühle. Keine hat durch meine Augen in meine Seele gesehen, keine ist geblieben, als sie mich langsam kennenlernte. Du, Solea, du hast mich von Beginn an so genommen und akzeptiert, wie ich war. Du hast mich berührt, wie niemand vor dir. Ich weiss, dass es schwierig wird. Aber ich bin bereit, diesen Weg mit dir zusammen zu gehen."

Enrico sah mir tief in die Augen. Ich erwiderte seinen intensiven Blick nur kurz und schaute aber schnell zu Boden. Irgendwas in mir blockierte und baute eine Schutzmauer auf. Konnte ich diesen Mann, diesen Andalusier, der mich mittlerweile besser kannte als manch andere, noch weiter in mein Leben lassen? Konnte ich mit Enrico Ventura gemeinsam eine Zukunft aufbauen, ohne dass wir uns einander im Weg standen oder uns einengen würden?

„Du kannst nicht behaupten, dass du gar nichts für mich empfindest, oder?", fragte Enrico dann vorsichtig. Ich schüttelte den Kopf. Seine Fingerspitzen glitten sanft von meiner Schulter und strichen langsam meinen Hals hinauf. Die Spur, welche Enricos Finger zeichnete, schien sich tief in meine Haut zu brennen. Seine Hand kam meinem Gesicht immer näher, bis sein Daumen meine Unterlippe erreichte und darüber strich. Ich keuchte, mein Atem wurde schneller und mein ganzes Innere begann zu brennen. Es wollte sich dieser feurigen Leidenschaft hingeben und sich in ihr verlieren. Aber ich riss mich zusammen. Ich wollte vernünftig bleiben ... ich wollte nicht, dass dies alles in gebrochenen Herzen und salzigen Tränen endete, weil wir keine gemeinsame Zukunft haben würden.

„Ich habe dich mehr als nur gern, Enrico. Und glaub mir, da war von Anfang an etwas, was mich ebenfalls zu dir hingezogen hat. Ja, ich gebe es zu, ich bin nicht nur wegen mir oder Fandango, sondern auch deinetwegen nach Sevilla gekommen. Aber ..."

Ich konnte nicht weitersprechen, weil Enrico seinen Daumen durch den Zeigefinger ersetzte, mir diesen über die Lippen legte und mich so zum Verstummen brachte. Meine ganzen Emotionen bäumten sich auf, loderten, verlangten, dass ich endlich nachgab. Konnte doch nicht sein, dass diese kleine Berührung mir so komplett den Verstand raubte. Nein, es war nicht nur diese Berührung. Es war alles. Es war mein Ausbruch und meine Reise nach Sevilla, es war Spanien, es war Andalusien. Es waren Fandango und Estrella und es war vor allem Enrico. Allen voran Enrico. Immer nur Enrico. Ich realisierte gerade, wie sehr ich mich zurückgenommen und in den letzten Wochen all meine Emotionen schön unterdrückt hatte. Ich hatte einmal mehr meine Bedürfnisse und meinen Willen unter meinen Gedanken und meiner Vernunft begraben. Dabei hatte mein Herz bereits ein Machtwort gesprochen. Meine Intuition wusste schon, welches der richtige Weg für mich war. Mein Verstand war aber immer stärker – bis jetzt. Denn jetzt durchbohrte Enrico gerade meine Vernunft und landete genau dort, wo ich eigentlich sein sollte. Zentriert in meiner eigenen Mitte. Bei dem, was ich wollte, bei meinen Bedürfnissen, bei meinen Emotionen, bei meiner Intuition, bei dem was ich brauchte. Enrico sah mir eindringlich in die Augen und erlaubte nicht, dass ich den Blickkontakt unterbrach. In seiner dunklen Iris sah ich das Funkeln der Leidenschaft wie die Sterne am Nachthimmel über Andalusien. Er war es dann, der meinem Blick in die Sternennacht ein Ende setzte. Er sah zu Fandango rüber. Und holte dann tief Luft.

„Solea. Du hängst mit deinen Gedanken ständig an einem Ort, den es nicht gibt."

Ich runzelte die Stirn und sah ihn überrascht an.

„Du bist immer in der Zukunft. Du denkst immer an morgen, übermorgen, an nächste Woche oder was auch immer. Hey …"

Er schnippte mit seinen Fingern und sein Tonfall wurde bestimmter: „Damit verbaust du dir deine gesamte Gegenwart! So kannst du sie nicht geniessen. Das Leben ist heute, hier und jetzt. Es will jetzt gelebt werden, nicht morgen."

Er hielt inne, runzelte ebenfalls die Stirn und meinte dann provokativ: „Na ja, morgen würdest du es auch nicht geniessen, weil du ja bereits wieder im morgen von morgen festhängst."

Jetzt war ich diejenige, welche einen Finger hob und ihm auf die Lippen legte. Er sog scharf die Luft ein, verstummte aber. Wider Erwarten musste ich lächeln bei seinen Worten. Ironischerweise hatte doch ich ihm vor einigen Minuten selber gesagt, er solle, wie sein Pferd, im Hier und Jetzt leben. Trotzdem schüttelte ich weiterhin den Kopf. Nur weil ich anderen diesen Tipp gab, bedeutete das nicht, dass ich das auch für mich selber verinnerlichte. Es war wie früher in der Schule, als ich meinen Freundinnen Beziehungstipps gegeben hatte, obwohl ich selber noch nie in einer war. Schliesslich war alles einfacher gesagt als getan. Frustriert sah Enrico mich an, die Augen leicht zusammengekniffen. Und da passierte was in mir, als ich diesen Frust sah. Diese Emotion war es, die meinen Gedanken einen Riegel schob. Mit diesem Frust sagte Enrico so viel mehr aus, als er je hätte in Worte fassen können. Er wollte mir helfen, er wollte mir nur begreiflich machen, dass ich mich geradewegs in die nächste Krise stürzen würde, wenn ich jetzt nicht endlich auf meine innere Stimme hören würde. Wenn ich ständig zwischen Vergangenheit und Zukunft pendelte, ohne der Solea der Gegenwart Beachtung zu schenken, würde ich mich irgendwann vollends vergessen und verlieren. Ich musste beginnen, zu leben. Bewusst zu leben. Mit meinen Gedanken im Moment. Aber trotzdem musste ich ja auch vorausschauen in die Zukunft, nicht? Anders funktionierte es nicht in der heutigen Welt. Aber was wäre, wenn ich diesen Gefühlen, die Enrico in mir auslöste, mal nachgeben würde? Und in diesem Punkt einfach mal das Hier und Jetzt geniessen würde?

Enrico umfasste mein Handgelenk und zog meine Hand sachte von seinem Gesicht. Er legte meine flache Hand an seine Brust und legte beide seine Hände über meine. Ich fühlte das Pochen seines Herzen unter meinen Fingern und zwischen uns knisterte es unheimlich. Und dann gaben wir unseren Kampf auf. Besonders ich den meinen.

Die Hitze zwischen uns, die Leidenschaft, die Sehnsucht und die aufflammende Liebe besiegten meinen kalten Verstand endgültig, rissen die Schutzmauern nieder und brannten sich direkt einen Weg in mein Herz.

„Ach, ist doch jetzt egal", sagte ich mir auf Deutsch. Er hatte recht. Enrico hatte so recht. Und egal, wie das zwischen uns ausgehen würde, ich würde ihm auf ewig dankbar sein für seine ehrlichen Worte. Denn diese waren es, die mich aus der Zukunft zurück in die Gegenwart holten. Die mich aus den Erwartungen von anderen in meine eigenen zurückholte. Ich warf mich ihm stürmisch entgegen und drückte meine Lippen auf seine. Tief aus Enricos Brust klang ein triumphierendes Grollen und er erwiderte den Kuss genauso schnell. Seine Lippen waren warm und weich und der Kuss genauso sanft wie wild. Meine Hand war wieder zur Faust geballt und krallte sich in sein Hemd am Rücken. Ich wollte mich an seinen starken Körper drängen, ihm noch näher sein, ihn noch besser fühlen, doch Enrico übernahm den Lead und stiess mich sanft rückwärts, bis ich die angenehm kühle Boxenwand im Rücken fühlte. Gleichzeitig wanderte eine seiner Hände an meinem Hals hinunter, über mein Dekolleté, zwischen meinen Brüsten hindurch und über meinen Bauch. Dort fing ich sie auf, ehe sie sich ihren Weg unter mein Top bahnen würden. Ich löste mich aus dem Kuss und der Umarmung und sah verlegen zu Boden. Ein ganz komisches Gefühl durchzuckte mich. Leicht benommen sah ich vom goldenen Stroh zu Fandango hinüber, der nun sein Fressen unterbrochen hatte und uns aus seinen dunkelbraunen Augen ansah. Wenn Pferde sprechen könnten, würde er uns bestimmt empört aber dennoch höflich anweisen, jetzt seine Box zu verlassen. Ich lächelte wehmütig und da fühlte ich es.

Die Scherben meines Lebens fügten sich langsam wieder zusammen. Ich fühlte, wie die Risse heilten, die Wunden versiegten.

Man kann es als Wunder oder Schicksal sehen. Hier auf der Rancho Ventura, im Süden Spaniens nahe der märchenhaften Stadt Sevilla, in einer Box mit Fandango und einem Mann, den ich auf besondere Weise liebte, erhaschte ich hinter den Nebelschwaden einen Blick auf den Weg, der vor mir liegen könnte. War das mein Leben, die Richtung meines neuen Weges? Konnte ich auf diesen Pfaden weitergehen? Ich wusste es nicht. Diese Unsicherheit und Ungewissheit machten mir

Angst. Unter meiner Haut begann es wie Ameisen zu kribbeln, doch dieses Mal war es nicht das Feuer der Leidenschaft. Es war die Kälte der Panik. Ich schluckte und sah zu Enrico hoch. Er sah mich besorgt an.

„Alles in Ordnung?"

Ich nickte und umarmte ihn ganz fest, um den Blickkontakt zu lösen. Er war zuerst etwas überrascht, doch er erwiderte meine Umarmung schnell und eine Weile standen wir so in der Box. In seinen Armen fühlte ich zum ersten Mal seit langem Geborgenheit. Ruhe. Friede. Wärme. Und eine besondere Form der Sicherheit. Widerwillig löste sich Enrico von mir, um Dango das Zaumzeug abzunehmen. Er hängte es vor der Box an den Hacken mit dem Halfter. Dann ergriff er meine unversehrte Hand und wir liefen in Richtung Wohnhaus, wo uns das Abendessen erwartete.

Es war eine federleichte Berührung warmer Lippen. Der Schauer aus dem Nacken erwärmte meinen kühlen Körper in dieser lauen Septembernacht. Die Steine reflektierten noch die Hitze des Tages, während sich eine erfrischende Decke aus kühler Spätsommerluft über Sevilla absenkte. Über uns leuchteten die Sterne, unter uns das Herz Andalusiens. Enricos starke Arme umschlangen mich von hinten und hielten mich fest, während er sein Gesicht im lockigen Haar an meinem Nacken vergrub. Ich lehnte mich mit einem tiefen, befreiten Seufzer an ihn und schloss die Augen. Während über uns die Vögel leise zwitscherten und hinter uns das Kauen und Schnauben unserer Reittiere zu hören waren, fingen Enricos Hände an, sich zu bewegen. Ganz langsam wanderte eine Hand an meinem Top hoch bis zu meiner Brust und umschlang diese sanft. Die andere kroch nach unten, bis sie den Bund meiner Reithosen erreichte. Ich versuchte, ein Stöhnen zu unterdrücken. So sanft die Berührungen auch waren, sie lösten eine Explosion in mir aus. Enrico öffnete geschickt den Knopf und den Reissverschluss meiner Hose und schob seinen Zeigefinger unter den Bund meiner Unterhose. Ich kniff die Augen zusammen und biss mir auf die

Lippen. Ich fühlte die lodernde Hitze in meinem Unterleib, das Kribbeln in meinen Brüsten und das Verlangen tief in mir. Ich drückte mich fest an Enrico, um jeden Zentimeter zwischen uns auszufüllen, und konnte das Stöhnen nicht zurückhalten, als ich an meinem Poansatz seine Härte fühlte. Ich drehte mich um und sah ihn kurz an. Seine Augen funkelten mit den Sternen über uns um die Wette. Ich warf mich ihm entgegen und begann ihn wild zu küssen. Für mich gab es kein Halten mehr. Seit ich ihn zum ersten Mal gesehen hatte, musste ich mich zusammenreissen. Um ehrlich zu sein, fühlte ich mich zu ihm hingezogen, seit er an diesem ersten Tag mit Amira vor mir gestanden hatte. Ich öffnete mit einer Hand langsam von oben jeden Knopf seines Hemdes, bis sein Oberkörper frei lag. Behutsam strich ich über seinen nackten, muskulösen Bauch. Nun konnte auch Enrico sich ein Stöhnen nicht mehr verkneifen, biss mir neckisch in meine Unterlippe und drückte mich sanft zu Boden. Ich lag auf dem Rücken, während er sich zwischen meine Beine drängte und mir mein Top hochschob. Langsam verteilte er federleichte Küsse auf meinem Bauch, bis ich nicht mehr anders konnte, meinen Rücken durchstreckte und mich im entgegenreckte. Geschickt zog er mir meine Hose zusammen mit meiner Unterhose aus, gleichzeitig nestelte ich am Knopf seiner scharfen Vaquero-Hose herum.

„Verhütest du?", fragte er mich keuchend zwischen den Küssen. Ich nickte.

„Perfekt", flüsterte er und griff in die Hosentasche. Ich hörte das Kondompäckchen rascheln und schmunzelte. Auf alles vorbereitet, dieser Andalusier. Wir setzten unsere Küsse fort. Enrico hatte noch viel zu viel an, also schob ich ihm die Hosen runter und streifte ihm sein Hemd von den Schultern. Wir sprachen kein Wort mehr. Wir unterbrachen unseren Kuss kaum. Als Enrico sanft in mich drang, erzitterte mein gesamter Körper vor Erregung. Ich krallte mich in seine Schulter und schlang meine Beine um seine Hüfte, um ihn noch tiefer in mir zu fühlen. Nach diesen paar Wochen, die sich für uns eher nach Kampf und Unverständnis anfühlten, war der Moment gekommen, in dem wir uns beiden stumm eingestanden, dass wir ohne einander eigentlich gar nicht konnten. Dass wir uns gefunden haben, ohne uns gesucht zu haben. Und während ich mit Enrico auf den Höhepunkt zusteuerte, fühlte ich, wie aus zwei eins wurde.

Die Sonne des Lebens

Enrico und Fandango gaben zusammen ein Paar ab, das in unglaublicher Harmonie und Leichtigkeit agierte. Ich fühlte mich geehrt, ein Teil ihres Weges sein zu dürfen und eine so wunderbare Bindung erleben zu dürfen. Ich sah den beiden gerade bei ihrer Reiteinheit zu und stellte fest, dass die Dressurlektionen, die ich mit Fandango selber geritten bin, nichts waren im Gegensatz zu dem, was Dango unter Enrico zeigte. Da war er ein ganz anderes Pferd. Fandango de la Victoria hatte zweifelsohne Rejoneoblut in sich. Und mit dem richtigen Reiter konnte er das auch voll ausleben. Ich war eine Freizeitreiterin, die ein paar wenige Dressurlektionen reiten konnte. Enrico aber war praktisch im Sattel aufgewachsen, hat schon von klein auf mit Pferden trainiert und diese unglaubliche Reitweise gelernt. Er konnte es einfach, er war ein Naturtalent, was das anging. Mariela gesellte sich zu mir.

„Wahnsinn, nicht?", kommentierte sie mit einem Lächeln die Szenen auf dem Reitplatz. Ich fühlte den mütterlichen Stolz in ihrer Stimme mitschwingen. Ich nickte voller Ehrfurcht. Dann legte sie mir eine Hand auf den Rücken.

„Wie geht es dir, Solea?"

Ich fühlte, dass dies keine Frage war, die ich mit „gut" oder „nicht gut" beantworten sollte. Es war eine Frage, die von Herzen kam und eine emotionale Tiefe erlaubte.

„Ich weiss es nicht, ich kann so schlecht in Worte fassen, was in mir vorgeht. Manchmal habe ich das Gefühl, dass ich ein Loch in meinem Herzen habe, das ich nicht füllen kann. Und ich bin ständig auf der Suche nach dem, was mich erfüllt und mir das Gefühl gibt, vollständig zu sein. Ich fühle mich in einem Konflikt gefangen. Hier in Sevilla fühle ich mich eigentlich fast wie ich selber. Ich kann es nicht beschreiben, aber es fühlt sich an, als wären meine Lungen frei zum Atmen, mein Herz frei zum Lieben und mein Kopf frei zum Leben."

Ich seufzte tief und sah Mariela an.

„Aber ich bin nicht alleine auf dieser Welt. Ich habe Familie und Freunde in der Schweiz, eigentlich ist dort mein Lebensmittelpunkt. Und dann habe ich jetzt auch Enrico, in den ich mich verliebt habe. Ich fühle mich ihnen allen auf unterschiedliche Weise verpflichtet. Hinzu kommt auch noch, dass ich mich in der Schweiz nun entscheiden muss, ob ich mit einem Studium starten soll oder mit einer Lehre. Nur mit einer Matura kommst du nicht weiter. Du wirst kaum einen Job finden, von dem du dich ernähren kannst. Andererseits habe ich mir überlegt, in der Schweiz alles über den Haufen zu werfen und das Studium hier zu beginnen. Allerdings weiss ich nicht, ob es in der Schweiz anerkannt ist, falls ich jemals doch die Entscheidung treffen sollte, zurückzukehren. Ich fühle mich von all diesen Gedanken und Erwartungen so unglaublich erdrückt, weiss aber nicht, wo ich anfangen soll zu priorisieren und zu entscheiden. Ich würde gerne in dieser unbeschwerten Freiheit leben, wie ich es hier ab und an fühle. Aber ich weiss auch nicht, ob ich bereit bin, all das, was ich mir in der Schweiz aufgebaut habe, dafür aufzugeben. Denn das ist mein Fangnetz, meine Sicherheit. Eigentlich ist die Schweiz mein Zuhause, aber hier in Spanien fühle ich mich auch wie zuhause. Und jetzt frage ich mich, wo ich mich mehr zuhause fühle. Hier fühle ich mich frei, in der Schweiz fühle ich mich sicher. Und zu guter Letzt frage ich mich, wer ich mit meiner Gehörlosigkeit wirklich bin. Wo ich hingehöre, in welche Welt. Ich möchte mich nicht mehr anpassen müssen, sondern einfach nur ich sein und leben. Aber wer bin ich eigentlich, verdammt?"

Die letzten Worte schrie ich beinahe aus mir heraus. Ich hatte das Gefühl, dass mein Körper ein Käfig wurde, meine Haut die Gitterstäbe und meine kochenden Emotionen darin gefangen waren. Ich wollte am liebsten schreien, toben, auf irgendwas einschlagen, die Emotionen befreien.

„Solea ...", Mariela unterbrach meinen verwirrten Redeschwall sanft. „Benjamin Franklin erwähnte mal: Wer die

Freiheit aufgibt, um Sicherheit zu gewinnen, wird am Ende beides verlieren."

Sie hielt inne und ich liess ihre Worte auf mich wirken. Versuchte, mich zu beruhigen. Versuchte, regelmässig und tief zu atmen. Ich sah zu Enrico und Fandango rüber, die immer noch auf dem Reitplatz trainierten. Sie wirkten beide so glücklich und gelöst.

„Eins nach dem anderen, lass uns deine Gedanken erst mal sortieren und in eine Reihenfolge bringen", meinte sie. Dann hob sie die Hand und begann, an den Fingern, abzuzählen: „Erstens: Du steckst in einem Konflikt zwischen den zwei Kulturen in deinem Blut. Du weisst nicht, ob du dich für die Schweiz oder für Spanien entscheiden sollst. Zweitens: Du weisst nicht, wo du dein Studium machen sollst. So wie ich dich und Enrico nämlich verstanden habe, möchtest du das Studium machen und hast dich dafür entschieden. Deine Frage ist nur noch, wo, wann und unter welchen Umständen. Drittens: Du hängst an den Erwartungen deiner Eltern fest. Oder an den vermeintlichen Erwartungen, die du dir selber interpretierst, aufgrund ihrer Lebenslaufbahn. Viertens: Du hängst an deinen, zugegebenermassen extrem hohen, Erwartungen fest. Fünftens: Du hast Angst, dich ins Leben zu stürzen, weil du dafür eine Sicherheit nach der anderen vorübergehend aufgeben musst und du mit dieser Ungewissheit nicht umgehen kannst. Sechstens: Du möchtest nach Hause kommen. Du suchst einen Ort, an dem du ankommen und dich fallen lassen kannst. Und zu guter Letzt, siebtens: die Suche nach deiner Identität als Gehörlose in einer hörenden Welt."

Mit offenem Mund starrte ich Mariela an, die mich ruhig und fragend ansah. Sie hatte exakt zusammengefasst und sortiert, was mich im Moment beschäftigte.

„Ganz schön viel Last für die Schultern eines einzelnen Menschen, findest du nicht, Solea?"

Dieser Satz brach eine Mauer. Ich war sehr gut darin, meine Emotionen zu verbergen und zu überspielen. Aber mit diesem Satz versetzte Mariela mich in eine Situation, in der ich über mein Leben und die Art, wie ich es lebte, nachdenken musste. Und es rührte das hilflose, innere Kind in mir, das sich nicht anders zu helfen wusste, als leise Tränen purer Überforderung zu vergiessen. Ich wollte mich nicht zu verletzlich zeigen und suchte nach einem Rettungsanker, um diesen Gefühlen zu entfliehen. Fandangos Schnauben drang zu mir und ich hielt ihn mit meinem Blick fest. Doch es sprang zum ersten Mal kein Funke von dem Pferd auf mich hinüber. Zum ersten Mal, seit ich Fandango kannte, half es mir nicht, den Kontakt zu ihm zu suchen. Vermutlich lag das daran, dass er zum einen nicht mein Seelenpferd war und zum anderen momentan gerade voll und ganz mit Enrico beschäftigt war.

„Solea!"

Mariela räusperte sich und zwang mich damit, meine Gedanken wieder zum Ursprungspunkt zurückzulenken. Dann stupste sie mich an und wies auf die Bank im Schatten. Auf dem Weg dorthin sagte sie: „Eigentlich sind es gar nicht sieben Punkte, die du auf einmal anschauen musst. Eigentlich musst du nur einen einzigen Punkt anschauen. Dich selber. Und nur dich allein. Was du dir gibst, was du möchtest und was du für dich tust. Du als alleiniger Mittelpunkt deines Lebens. Und betreffend deiner Gehörlosigkeit, versuch mal, diese nicht als eine Schwäche zu sehen. Mach aus dieser eine Stärke."

Wir setzten uns auf die Bank und sofort kam auch die grosse Schäferhündin Rumba zu uns und rollte sich zu unseren Füssen zusammen.

„Solea, du musst deine Sicherheiten nicht an einem Ort oder an einem Land festmachen. Nicht an Systemen, Strukturen und Abläufen. Nicht an den Erwartungen von dir, anderen Personen oder der Gesellschaft, nein. Niemand aus deinem Umfeld kann dir eine vollständige Sicherheit bieten. Du musst diese in einer einzigen Person finden. In dir selber. Und wenn du das geschafft hast, kannst du dich überall auf dieser Welt sicher fühlen. Weil du dann einen Weg kennst, mit dem du Sicherheit ein Leben lang mittragen wirst. Weil du dann das Wichtigste stets bei dir trägst. Dich selber und deinen Sonnenschein, der dich immer begleitet."

Sie machte eine Pause. Ich wollte widersprechen, aber ich wusste, dass ich keine Argumente dagegen finden würde. Meine Kehle war staubtrocken, ich war total blockiert. Mein Blick lag nach wie vor auf Enrico und Fandango, die nun langsam an die Seite des Reitplatzes kamen, wo ich mit Mariela unter dem Baum auf der Bank sass.

„Zuhause muss nicht immer ein konkreter Ort sein. Zuhause kann auch sein, wo dein Herz ist und deine Seele sich frei fühlt. Wenn dein Herz jetzt sagt, dass es sich in Sevilla wohlfühlt, dann ist das jetzt dein Zuhause. Wenn dein Herz in einem Jahr sagt, dass es sich in der Schweiz wohlfühlt, dann ist das dein Zuhause. Du hast es mit deinen zwei Pässen sehr einfach, du kannst genauso in Spanien wie in der Schweiz leben, studieren oder arbeiten ohne grosse Hürden. Du bist privilegiert, dir stehen alle Türen offen, du hast unglaublich viele Freiheiten. Aber ich glaube, genau diese Multikulturalität und deren Möglichkeiten stehen dir jetzt eher im Weg, weil du dich allen verpflichtet fühlst und überall Lücken füllen möchtest. Aber wo bist du selber im Ganzen? Solea, zuhause ist nicht, wo Enrico ist, nicht wo Fandango oder Estrella sind. Nicht wo deine Mutter oder dein Vater sind, nicht dein Bruder oder deine besten Freunde. Auch wenn du sie alle liebst, sie einen wichtigen Teil in deinem Leben einnehmen und dich zu dem Menschen gemacht haben, der du heute bist. Zuhause ist, wo du bist, Solea."

Während Mariela gesprochen hatte, haben meine Hände und Knie unkontrolliert zu zittern begonnen. Ihre Worte triggerten mich und brachten auf den Punkt, was ich nie wahrhaben wollte. Bisher habe ich mich zu sehr nach dem gerichtet, was von mir erwartet wurde. Nach dem, was ich tun sollte oder eben nicht. Ich vernachlässigte aber mich selber, kein Wunder, dass ich nicht wusste, wer ich wirklich war. Kein Wunder, dass ich das Gefühl hatte, dass etwas fehlte. Konnte es sein, dass ich mir selber fehlte? Dass dies das Loch in meinem Herzen war? Ein fehlender Teil meiner selbst? Meine Kehle fühlte sich wie zugeschnürt an und mein Herz begann wie wild zu flattern. Ich rutschte auf der Bank etwas nach vorne und umklammerte mit einer Hand das Holz der Sitzfläche. Ich kniff die Augen zusammen, um den Schwindel loszuwerden, der sich in mir breitmachte. Alles um mich herum fühlte sich wattig und realitätsfremd an, alles, was ich hörte, war gedämpft und ich verstand nicht, was so hektisch um mich herum gesprochen wurde. Ich spürte den Schweiss den Rücken hinunterlaufen und mein Atem wurde schneller und oberflächlicher. Ich hatte komplett die Kontrolle verloren und das machte die Situation noch schlimmer. Wer holte mich aus diesem Strudel, aus diesem Loch? Wer würde endlich den Schleudergang meines Lebens abstellen? Wer half mir? Vermutlich war die Antwort auf alle Fragen immer die gleiche: ich, ich und nochmals ich. Ich keuchte, versuchte, die Augen zu öffnen und meinen Blick zu klären, aber die Welt drehte sich immer noch zu schnell und in meinen Ohren rauschte das Blut. Ich hörte Stimmen, aber verstand nichts. Waren diese im Aussen oder nur in meinem Kopf? Plötzlich wurde ich ruckartig von der Bank gezerrt, aber meine Beine fühlten sich wie Wackelpudding an. Ich wusste nicht, wie mir geschah, wo ich war, was passierte, wie ich da wieder rauskam. Ich verlor das Gefühl für Zeit und Raum. „Nur nicht ohnmächtig werden, nur nicht ohnmächtig werden ...", wiederholte ich stumm wie ein Mantra in meinem Kopf. Ich sah nur noch Sterne vor meinen Augen blitzen. Ich konnte nicht mehr richtig einatmen und schnappte nach Luft, doch diese füllte meine Lungen nicht vollständig. Da kippte die ganze Welt und ich fiel. Doch ich landete nicht so unsanft, wie ich erwartet hatte. Ich wurde von starken Armen aufgefangen und auf einen weichen Untergrund gesetzt. Ich blinzelte, versuchte, meinen Blick zu klären. Und blieb an zwei wunderschönen, dunklen Augen hängen. Sie strahlten eine unglaubliche Ruhe und dennoch Lebendigkeit aus, jugendliche Energie gemischt mit Weisheit. Diese Augen und deren Ausstrahlung waren, woran ich nun hängen blieb. Sie wurden zu meiner Sonne in der Kälte, zu meinem Wasser in der Hitze. Zu meinem ruhigen Pol in meinem aufgewühlten Ich. Zu meinem Anker im Sturm, zu meinem Mond in der Nacht. Estrella stand ganz nahe bei mir, ich fühlte die Wärme, die von ihr ausging, sog sie in mich auf und hielt mich daran fest. Langsam kehrte die Realität zurück. Die Stute vor mir schnaubte leise und senkte den Kopf leicht, um ihn dann an meinen Oberkörper zu drücken. Ich schlang meine Arme um den anmutigen Kopf dieser Fuchsstute und schloss die Augen wieder. Estrella holte mich einmal mehr aus meinem Kopf, zurück in meinen Körper. Einmal mehr unterbrach sie meine Gedanken und aktivierte meine Gefühle. Ich löste mich langsam von ihr, kraulte aber ihre Stirn, um den Kontakt nicht vollends abzubrechen. Dann realisierte ich, wo ich sass. In ihrer Box.

„Wie bin ich hergekommen?", murmelte ich leise vor mich hin.

„Solea?", flüsterte Enrico hinter mir. Und mit diesem Wort, gepaart mit dem Klang meiner Heimat, war ich endgültig zurück in der Realität. Ich drehte mich langsam zu ihm um. Er kauerte näher bei mir im Stroh, als ich angenommen hatte. Seine Augen waren gefüllt von Besorgnis, seine Stirn leicht gerunzelt.

„Das war gerade eine heftige Panikattacke, was?"

Ich nickte und lehnte mich an ihn. Er schlang seine Arme um mich und hielt mich fest.

„Wie bin ich in Estrellas Box gekommen?", fragte ich und sah ihn an. Er neigte den Kopf, eine Strähne fiel ihm ins Gesicht.

„Vielleicht habe ich dich hergebracht", meinte er mit einem verschmitzten Unterton.

„Wieso?", wollte ich wissen.

„Keine Ahnung, das war so ein Gefühl. Ich wusste nicht, wie wir dir sonst helfen könnten. Dango war schon immer mein Anker im Sturm. Und irgendwie hatte ich das Gefühl, dass es Estrella für dich ist. Ihr habt eine Bindung zueinander, die man leider viel zu selten zwischen euch sieht. Ich glaube, du verschliesst dich noch zu sehr vor ihr. Aber ich finde es schön, dass du es jetzt gerade zugelassen hast. Und ich wünschte mir, du könntest euch beide mal von aussen betrachten. Dann würdest du den braunen Stern nie mehr loslassen."

Enrico sah wehmütig auf die Stute vor mir.

„Solea, du bist gerade auf der Suche nach deinem Platz im Leben", hörte ich nun Mariela sagen. Ich blickte hoch, sie stand auf der Stallgasse, einen Arm auf die Boxentüre gestützt. Neben ihr stand Fandango. Verdutzt sah ich ihn an. Und fühlte nochmals nichts mehr zwischen uns. Die Verbindung zwischen dem Hengst und mir war gekappt. „Du darfst dich einfach nicht unter Druck setzen und dich von den Erwartungen deines Umfeldes leiten lassen. Ja, dein Umfeld ist wichtig und du darfst es nie vernachlässigen. Menschen sind keine Einzelgänger. Aber du fällst deine Entscheidungen in die falsche Richtung. Du schaust an, was von dir erwartet wird, stellst dann noch eigene Erwartungen an dich und formst dein Wesen dann nach dem. Aber das bist nicht du. Du musst zuerst herausfinden, wer du bist, was du möchtest, was du brauchst und was dir guttut. Wenn du das weisst, baust du die anderen Faktoren mit ein, die aus deinem Umfeld an dich herangetragen werden. Aber bleib dir selber immer treu, hör auf dich selber und tu, was du für richtig hältst. Und dann wird sich bestimmt auch das Loch in deinem Herzen mit Selbstliebe füllen."

Enrico stimmte seiner Mutter mit einem Nicken zu und ergänzte:

„Du weisst ja, dass dein Name von ‚Sonne' abgeleitet wird. Sei du die Sonne deines Lebens, deines Universums. Lass dir dein Strahlen nicht nehmen. Und dann bestimmst du, welche Planeten um dich kreisen."

Verschmitzt sah er mich an.

„Und ich hoffe doch, dass ich Merkur bin, derjenige, welcher der Sonne am nächsten ist."

Jetzt musste ich laut loslachen und die Anspannung meiner Panikattacke verflog. In meinem Kopf wurde es ruhiger und sortierter. Enrico und Mariela stimmten in mein Lachen mit ein. Dankbar sah ich die beiden an. Es war ein wunderschönes Bild. Ich bin die Sonne meines Lebens.

Estrella de la Luz

Als Kind durfte ich mir ein Haustier aussuchen. Ich wünschte mir ein Pferd. Natürlich bekam ich kein Pferd. Es wurden am Ende zwei Meerschweinchen. Aber der Wunsch nach dem grossen, vierbeinigen Haustier blieb, und so schuf ich in meiner Fantasie eines, das ich imaginär überallhin mitnahm. Es war ein pechschwarzer Hengst mit dem Namen Blitz. Ich sprach immer von Blitz und hatte ihn überall mit dabei. Meine Mutter hielt das irgendwann nicht mehr aus und brachte mich auf einen Ponyhof für eine Probereitstunde. An dem Tag war definitiv meine Liebe zu Pferden geboren. Trotz einer Reitbeteiligung, die ich später mal hatte, blieb ein eigenes Pferd zu besitzen immer ein Traum von mir, der vor einigen Tagen erst Realität wurde.

Es war ein ungewöhnlich ruhiger Morgen, als ich gerade mit Estrella im Stall stand und die Zweisamkeit mit ihr genoss. Ich putzte sie ausgiebig, so gut es nun mal mit einer Hand ging. Nach dem Putzen lehnte ich mich an sie, schloss die Augen und nahm ihre Ruhe in mich auf. Estrella war so speziell und ich liebte sie sehr. Einem Pferd wie ihr würde ich kein zweites Mal im Leben begegnen. Dafür, dass sie erst knapp vier Jahre alt war und seit einem Jahr unter dem Sattel lief, war sie erstaunlich gelassen. Ich mochte ihre Art sehr, wie sie mit ihren so unterschiedlichen Charakterzügen umgehen konnte, und nahm sie als Vorbild für mich selber. Ich würde sie als eine sehr hitzige und temperamentvolle Stute mit einem eigensinnigen Schädel bezeichnen, die gleichzeitig eine bewundernswerte Weisheit und Ruhe an den Tag legen konnte. Estrella und ich waren wie die beiden Pole einer Batterie. War ich aufgedreht und verstrickte mich wieder in meinen Gedanken, war sie diejenige, die mich mit ihrer Gelassenheit ansteckte. War ich geknickt und in mich gekehrt, war sie diejenige, die genau dann Grenzen austestete und mich aus der Reserve lockte. Ich liebte sie einfach und konnte mir nicht vorstellen, was ich ohne sie tun würde. Unter meinem Brustkorb hob sich derjenige von Estrella stärker als zuvor und unter meinen Händen spannten sich ihre Muskeln an. Es war eine sanfte Warnung von ihr, dass jemand auf den Stall zukam. Als ich aufsah und die Augen öffnete, betraten Enrico und Mariela gerade das Stallgebäude. Beide warfen sich einen verschmitzten Blick zu und grinsten mich dann breit an. Ich sah zwischen den beiden hin und her. Was heckten sie aus?

„Du oder ich?", fragte Mariela Enrico. Er griff, immer noch breit grinsend, hinter Marielas Rücken und nahm ihr etwas ab, was sie dort versteckt hatte, und verbarg es nun hinter seinem eigenen.

„Ich werde es ihr sagen."

Dann kam Enrico auf Estrella und mich zu. Ich lehnte mich noch immer an die Stute und sah über ihren Rücken hinweg weiter verwirrt zwischen Enrico und Mariela hin und her. Mein Freund stützte sich mit einem Arm lässig von der anderen Seite auf den Rücken des Pferdes und gab mir einen raschen Kuss. Dann holte er seinen anderen Arm hinter seinem Rücken hervor und streckte mir ein Büchlein entgegen. Es war Estrellas Pferdepass. Völlig perplex sah ich zu Mariela, die an Estrellas Kopf stand und der Fuchsstute die Stirn kraulte.

„Was soll ich mit Estrellas Pferdepass?", fragte ich unschlüssig.

„Hmmm. Du könntest ihn vielleicht in der Schublade aufbewahren, in der du deine eigenen Pässe aufbewahrst", meinte Enrico.

„Wieso sollte ich Estrellas Pass …", begann ich, doch Mariela unterbrach mich sogleich.

„Mach den Pass mal auf, Solea."

Ich runzelte die Stirn und öffnete die erste Seite des Pferdepasses. Unter ‚Besitzer' war der Text ‚Ranco Ventura' von Hand mit einem Kugelschreiber durchgestrichen worden. Dafür stand dahinter, ebenfalls von Hand geschrieben, ‚Solea Moreno'.

Wie bitte? Solea Moreno? Das war mein Name.

„Was läuft hier?", fragte ich komplett überfordert.

„Im Namen der Rancho Ventura würden wir für Estrella gerne einen Besitzerwechsel machen und sie in deinen alleinigen Besitz übergeben", sagte Mariela.

„Aber ...", setzte ich an, doch Enrico unterbrach mich.

„Es ist ein Geschenk. Geschenke nimmt man dankbar an und fragt nicht nach."

Ich konnte nichts mehr sagen. Ich wusste gar nicht, wie ich darauf reagieren sollte. Man bekommt ja nicht alle Tage ein Pferd geschenkt. Sagte man dann einfach danke? Ausserdem überforderte es mich völlig, dass ich nun Pferdebesitzerin sein würde. Einerseits hatte ich in all meinen Gedanken doch keinen Platz, auch noch für ein Pferd mitplanen zu müssen. Andererseits jauchzte mein inneres Kind, die damalige Besitzerin vom imaginären Pferd Blitz, fröhlich auf. Endlich war ihr Traum vom eigenen Pferd in Erfüllung gegangen.

„Wieso?", war das Einzige, das ich in dem Moment herausbrachte.

„Wenn das Schicksal zwischen einem Pferd und einem Menschen ein so aussergewöhnliches Band knüpft wie zwischen Negro und Lucio oder Fandango und Enrico, so sollen Pferd und Reiter für immer zusammengehören und erst durch einen würdevollen Tod voneinander getrennt werden."

Ich fühlte aus Marielas Worten, dass die Pferde ihr Leben waren. Genauso war es auch für meinen Freund. Für ihre Tiere wollten sie nur das Beste und behandelten sie wie ebenbürtige Freunde. Und dann klappte endlich der Schalter und ich befreite mich aus meiner Starre. Ich kreischte los, hüpfte auf und ab und fiel als erstes Mariela dankend um den Hals. Als Nächstes überfiel ich Enrico und drückte ihm einen dicken Kuss auf die Lippen.

„Weisst du, was damit für ein Traum für mich in Erfüllung geht?", fragte ich ihn strahlend. Er nickte wissend.

„Solea. Wir würden uns der Tradition wegen einfach wünschen, dass Estrella noch mit einem Suffix in ein Pferdestammbuch von Andalusien eingetragen wird. Mein Mann hat dies nicht mehr gemacht und wir haben uns nach seinem Tod auch nicht mehr weiter darum gekümmert. Wenn wir jetzt aber den Pass sowieso abändern müssen mit deinem Namen, können wir ihren Namen und die Eintragung auch gleich damit verbinden."

Ich biss mir auf die Lippen.

„Für Estrella möchte ich aber nicht *de la Victoria* als Suffix haben."

„Das ist kein Problem", sagte Mariela schnell. „Es ist deine Stute und deine Entscheidung, welches Suffix du ihr anhängen möchtest. Falls sie aber mal Nachkommen haben würde, wäre es schön, wenn diese ebenfalls ihr Suffix erhalten könnten."

„Wie sieht es aus mit *de la Libertad?*", fragte ich. Enrico schüttelte daraufhin den Kopf.

„Bei dem weiss ich per Zufall, dass es bereits vergeben ist."

„Dann werde ich etwas Zeit brauchen, um mir Gedanken zu machen."

Marielas Handy klingelte in dem Moment, sie holte es aus der Tasche und verschwand sogleich mit einem kurzen Nicken aus dem Stall, um den Anruf entgegenzunehmen. Enrico grinste noch immer. Ich boxte ihm in die Seite.

„Was soll das eigentlich?", zischte ich.

„Was wäre, wenn ich wieder zurück in die Schweiz ginge? Was soll ich mit Estrella machen?"

„Solea", gab Enrico genervt zurück und verdrehte die Augen. „Kannst du bitte mal damit aufhören?"

Die Strenge in seiner Stimme liess mich zusammenzucken. So mochte ich den andalusischen Dialekt überhaupt nicht. Und auch wenn er und ich uns über Sevilla ausgesprochen hatten und mittlerweile ein Paar waren, Enricos Stimmungswechsel waren in gewissen Situationen nach wie vor extrem. So wie jetzt, wo er von schelmisch grinsend sofort zu genervt und streng umschaltete. Aber das war Enrico, seine Persönlichkeit. Er war nun mal ein temperamentvoller, stolzer Spanier. Ich sah betreten zu Boden.

„Tut mir leid", sagte Enrico, nun wieder ganz sanft. Er legte mir eine Hand auf die Schulter, mit der anderen hob er mein Kinn an, so dass wir uns ansahen.

„Merkst du eigentlich, wie oft du im Konjunktiv sprichst, geschweige denn denkst? Merkst du, wie sehr du dich auf die Zukunft fokussierst und dir über Situationen Gedanken machst, die noch nicht mal annähernd konkret sind? So kannst du doch gar nie richtig leben. Weil du einfach nicht im Hier und Jetzt bist, du bist nicht geerdet in der Gegenwart."

Ich schluckte. Wo Enrico recht hatte, hatte er recht. Ich dachte wirklich oft über die ‚Was wäre, wenn?‘-Frage nach. Ich sah auf Estrella. Aber wenn sie jetzt mein Pferd war, dann wollte ich auch nur das Beste für sie und ihr gerecht werden. Dazu gehörte nun mal, dass ich sie auch in meinem Leben miteinbinden würde.

„Stopp, Solea, deine Gedanken sind ein offenes Buch." Enrico rüttelte mich leicht an den Schultern und erwartete, dass ich diesem Strudel ein Ende setzte. Dann atmete er tief ein.

„Du hast, im Falle, dass du wirklich zurück in die Schweiz gehst, zwei Möglichkeiten. Entweder, du nimmst sie mit in dein Land. Oder du lässt sie hier bei uns, was aber schade wäre, wenn ihr euch trennen würdet. Aber als Tochter von Amira und Fandango hat sie hier einen Platz auf Lebzeiten. Jederzeit."

Er runzelte die Stirn und blickte mich fragend an. „Reicht das für den Moment, um die Zukunft einfach mal Zukunft sein zu lassen?"

Ich nickte und schenkte Enrico ein breites Lächeln. Ich würde mir erst Gedanken um Estrellas und meine gemeinsame Zukunft machen, wenn vorher andere Entscheidungen getroffen wurden.

In den folgenden Tagen zerbrach ich mir den Kopf über das Suffix von Estrella. Nach einer weiteren Absprache mit Mariela und Enrico sollte es sogar das neue Züchtersuffix der Rancho Ventura werden – als Zeichen eines Neubeginns. Es war dann Enrico, der die zündende Idee für ein neues Suffix hatte. Mariela und ich waren gerade dran, im Büro wieder etwas Ordnung reinzubringen, als Enrico plötzlich mit verschränkten Armen in der Türe stand. Wir sahen ihn beide fragend an und hielten in unseren Arbeiten inne.

„Estrella de la Luz", sagte er nur.

„Wie bitte?", fragten Mariela und ich fast gleichzeitig.

„Estrella de la Luz", wiederholte er.

Mariela und ich sahen uns wortlos an und liessen Enricos Worte auf uns wirken. Das Suffix war nicht spektakulär, es war einfach, kurz und klar, nicht besonders kraftvoll. Ich beobachtete dann Enrico eine Weile und fühlte tief im Inneren, dass viel mehr hinter dem Suffix stecken würde als drei kurze Worte. Und hatte bereits vor seiner Erklärung entschieden, dass es das Suffix für meine Stute werden würde. Mariela fragte dann, wie er darauf gekommen sei:

„Es ist ja … wie soll ich sagen? Kurz. Einfach. Unspektakulär."

„Genau das ist es, Mama", erwiderte er.

„Es soll ja ein Spiegel unserer Arbeitsweise sein. Bodenständig. Realistisch. Nicht erfolgsbezogen und konkurrenzorientiert."

Dann zeigte er auf mich.

„Ihre Stute wird die Erste sein, die das Suffix tragen wird. Estrella ist ein Stern, der in der Dunkelheit leuchtet. Mit Solea ist die Sonne auf der Ranch wieder aufgegangen. Und das Licht ist doch ein Symbol für die Quelle des Lebens, Wärme und Orientierung. Ein Wegweiser, der uns in Zukunft den Pfad erleuchten soll. Es geht doch einfach darum, was das Suffix für uns bedeutet und wie wir es interpretieren. Wir müssen nach aussen nichts mehr unter Beweis stellen."

Mariela hielt inne und legte ihren Stapel Papier auf den Tisch zurück. Ich hatte die Luft angehalten, doch jetzt stiess ich sie langsam aus.

„Es ist perfekt", hatte ich in die Stille des Raumes geflüstert. Enricos Mutter nickte mit Tränen in den Augen und umarmte ihren Sohn fest.

„Es ist perfekt", war auch ihre Antwort.

Wir gingen noch am gleichen Tag zum entsprechenden Zuchtverband in Sevilla, da ich ohnehin noch einen Arzttermin in der Stadt hatte, um endlich meinen Gips zu entfernen. Dort liessen wir den Namen des Besitzers und Estrellas im Pass abändern und meldeten auch gleich das neue Suffix an.

Und jetzt hielt ich überglücklich den Equidenpass meines ersten eigenen Pferdes in der Hand, wo ich schwarz auf weiss als Eigentümerin eingetragen war. Eigentümerin einer Pura Raza Española-Fuchsstute ohne weisse Abzeichen, Stockmass 162 cm, bald fünf Jahre alt, von Fandango de la Victoria aus Amira de la Esperanza.

Estrella de la Luz.

Frohe Weihnachten auf Spanisch

Stunde um Stunde, Tag um Tag, Woche um Woche vergingen rasend schnell in der Stadt im Herzen Andalusiens. Mittlerweile fand ich immer mehr mein inneres Gleichgewicht. Ich sortierte destruktive Gedanken Stück für Stück aus und grenzte mich immer mehr ab von Dingen, von denen ich fühlte, dass sie mich unter Druck setzen würden. Ich suchte mir meine eigenen Wege und bewegte mich nur noch auf Pfaden, auf denen ich mich frei fühlte. Wo ich mich vorher noch gefühlt habe, als würde ich in der Luft hängen und im Wind flattern, so kam ich immer mehr auf festem Grund an. Ich hatte meinen Platz in den Arbeiten auf der Ranch gefunden genauso auch in der Beziehung zu Enrico. Die Beziehung zu ihm war aufgebaut auf einem starken Fundament von Vertrauen, Liebe und viel Freiheit. Oftmals verstanden wir uns ohne Worte, wir ergänzten uns immer mehr, nicht nur persönlich, auch im Arbeitsalltag. Ich fühlte mich nie eingeengt, auch weil ich wusste, dass ich ein mögliches Unwohlsein sofort ansprechen konnte. Enrico war kein nachtragender Mensch. Temperamentvoll ja, aber er liess mir jederzeit meinen Raum. Darin war er sehr feinfühlig. Wollte ich mal alleine einen Ausritt machen oder allein in die Stadt, war das nie ein Problem, es führte nie zu Diskussionen. Und Estrella, das war eine Beziehung, die ich nun endlich vollkommen und ohne Hintergedanken zuliess, seit sie mir gehörte. Ich habe etwas losgelassen. Die enormen Zweifel und Unsicherheiten im Bezug auf sie. Ich realisierte, dass es nichts brachte. Ich könnte die gegenwärtige Zeit mit Estrella ohnehin nicht geniessen, wenn ich ständig in die Zukunft dachte. Und ich wollte Erinnerungen mit ihr schaffen, an die ich später mit einem aufrichtig lächelnden Herzen zurückdenken konnte. Estrella ist und bleibt einfach mein Fels in der Brandung, mein Anker im Sturm. Meine bessere Hälfte. Diejenige, die mich daran erinnerte, wo meine innere Mitte war.

Sie war aber auch diejenige, die mich herausforderte und mich an meine Grenzen brachte, in der Erwartung, auch mal ausserhalb meines noch engen Rahmens zu denken. Sie brachte mich immer wieder dazu, mich selbst zu reflektieren und meine Arbeits- und Denkweisen zu hinterfragen. Ich lernte unglaublich viel von ihr. Nicht nur über die feine Arbeit mit den Pferden, auch über mich selbst.

Fandango rutschte in den letzten Wochen immer mehr in den Hintergrund für mich. Aber darauf war ich vorbereitet. Ich wusste, dass unsere Wege sich irgendwann trennen würden. Es gab Momente, in denen ich ihn gelegentlich noch ritt. Es war nach wie vor ein freundlicher, respektvoller Umgang, aber es war nicht mehr die Tiefe und Vertrautheit, wie ich es mit Estrella hatte. Trotzdem empfand ich eine grosse Dankbarkeit für diesen unglaublich klugen sandfarbenen Hengst. Ohne ihn würden weder Enrico noch ich an dem Punkt stehen, wo wir jetzt waren. Fandango hat uns geleitet und geführt, auf eine Art und Weise, die von Ehrlichkeit, Respekt, Weisheit, Ruhe und unglaublichem Feingefühl geprägt war. Auch wenn er nicht mein Seelenpferd war, er würde für immer einen besonderen Platz in meinem Herzen und meinem Leben einnehmen. Und ein Teil von ihm leuchtete ohnehin immer in Estrella.

Mariela hatte begonnen, die Ranch weihnachtlich zu schmücken. Aber ich kam hier in Andalusien gar nicht wirklich in Weihnachtsstimmung, die Temperaturen lagen bei etwas über zehn Grad und von Schnee war weit und breit nichts zu sehen. Das ganze Leben auf der Rancho Ventura wurde während der Adventszeit langsamer. Im Dezember wurden keine Reitferien mehr angeboten, Gäste kamen weniger aufgrund der vorstehenden Weihnachtszeit, die Fohlenzeit war vorbei und die Trainings mit den Pferden wurden heruntergefahren oder sogar ganz pausiert, da auch die Stierkampfsaison seit September zu Ende war und erst im April wieder beginnen würde. Auch Júan und Xavier würden über die Weihnachtstage frei haben, um das Fest im Kreise der Familie zu feiern. Je näher Weihnachten kam, desto mehr merkte ich, dass ich das Fest nicht mit Enrico und Mariela feiern wollte. Selbst wenn ich fester Bestandteil ihres Lebens geworden war, es fühlte sich für mich nicht richtig an. Auf der Rancho Ventura wurde gross gefeiert, gemeinsam mit Nachbarn, Freunden und Geschäftspartnern. Mir würde es zu viel sein, das wusste ich genau. Es war ein ereignisreiches Jahr, mit vielen Höhen und Tiefen. Und ich brauchte etwas Pause und Zeit für mich allein, um alles zu verarbeiten. Auch wenn ich langsam auf den richtigen Weg kam und immer mehr auf mich fokussiert war, so war ich noch lange nicht am Ziel. Ich wollte über die Feiertage bei meiner eigenen Familie sein, war aber nicht bereit, zurück in die Schweiz zu gehen. Ich wollte mich noch nicht mit dem konfrontieren, was dort auf mich warten würde. Also entschied ich, über Weihnachten bei meinen Grosseltern in San Javier zu sein. Diese Entscheidung fühlte sich vollkommen richtig an. Zurück an den Punkt, an dem die ganze Geschichte seinen Lauf genommen hatte. So würde sich der Kreis der Ereignisse zu Jahresende schliessen.

Ich hatte gerade meine Tasche fertig gepackt, als Enrico zu mir ins Zimmer kam. Inzwischen war ich aus dem Gästezimmer ausgezogen und wohnte mit Enrico zusammen in seinem Apartment hinter dem Hauptgebäude. Die letzten Tage waren komisch zwischen uns. Wir suchten viel mehr die Freiräume als die gemeinsame Zeit. Ich schottete mich unbewusst emotional etwas ab, wie immer in der Vorweihnachtszeit, wo ich begann, das gesamte Jahr Revue passieren zu lassen. Meine Gedanken über die Vergangenheit nahmen so kurz vor dem neuen Jahr wieder einen zu grossen Teil ein. Bis kurz vor der Adventszeit hatte ich die Vergangenheit und die Zukunft etwas verdrängt und mich auf die Gegenwart fokussiert. Ich hatte viel an mir selber und meinen Ansichten gearbeitet und vermehrt probiert, im Moment zu leben. Das brauchte aber so unglaublich viel Kraft, die mir nun vor Weihnachten ausging. Deswegen hatte ich vermehrt das Gefühl, mich einigeln und allein sein zu wollen. Auch Enrico hatte sich sehr zurückgezogen und ich hatte immer wieder Flashbacks an die Zeit in San Javier mit ihm. Ich wusste jedoch nicht, wie ich das ansprechen sollte. Auf der einen Seite hatte ich das Gefühl, dass ihn etwas bedrückte, auf der anderen Seite traute ich mich nicht, ihn darauf anzusprechen. Ich wusste, wie aufbrausend er reagieren konnte, wenn er gestresst oder in Emotionen gefangen war. Jetzt aber klappte er meinen Koffer zu, stellte ihn auf dem Boden, drückte mich aufs Bett und legte sich halb auf mich. Er umarmte mich fest und vergrub sein Gesicht an meinem Hals. Trotz meines Bedürfnisses nach emotionalem Rückzug schrie mein Körper jetzt nach Zuneigung und Umarmungen. Deswegen erwiderte ich den Kontakt ohne zu zögern und liess mich fallen in die Arme des Menschen, den ich liebte. Ich fühlte die enorme Ambivalenz von Enrico. Ich wusste aber nach wie vor nicht, wie ich damit umgehen sollte. Weder damals in San Javier noch heute in Sevilla. Zumal er ein Mann war, der seine eigenen Gefühle nicht gut in Worte fassen konnte. Er war unglaublich feinfühlig anderen gegenüber, Menschen und Tieren, und registrierte ihre Gefühlswelt. Aber über sich selber zu sprechen, fiel ihm schwer. Er schützte sich dann damit, dass er sich zurückzog. Jetzt aber fühlte ich, dass ihn etwas enorm bedrückte, und er selber auch nicht wusste, wie er damit umgehen soll. Ich hatte den Eindruck, dass ihm etwas auf dem Herzen lag, was er aussprechen wollte.

„Was ist los, Enrico?", fragte ich leise. Das letzte Mal, als ich ihn in einer solchen gefesselten Stimmung erlebte, war in unserer ersten Nacht auf der Kuppe, hoch über Sevilla. Damals, als er mir von seinem Unfall mit Fandango erzählte. Ich streichelte seinen Rücken und liess ihm die Zeit, die er brauchte. Drängen wollte ich ihn nicht. Bis er bereit war, wollte ich ihn spüren lassen, dass ich da war. Dass ich zuhören würde. Dass ich ihn auffangen würde, wenn es nötig war.

„Ich vermisse meinen Vater", brachte er dann mit zitternder Stimme hervor. Ich konnte nicht anders, in mir stiegen sofort die Tränen hoch. Ich versuchte, stark zu bleiben, und schluckte sie hinunter, unendlich froh, dass ich gerade keinen Blickkontakt mit Enrico hatte.

„Wir waren selten einer Meinung. Aber wir teilten eine Leidenschaft. Wir konnten stundenlang stumm zusammen ausreiten. Wir haben gemeinsam die Pferde trainiert. Wir haben die Zucht gemeinsam betrieben. Seit er nicht mehr ist, ist da ein Loch in meinem Herzen. Er fehlt mir."

Ich schluckte schwer. Auch wenn Enrico und ich uns sehr gut ergänzten, wir teilten seine angesprochene Leidenschaft nicht auf die gleiche Art und Weise. Ich liebte die Pferde und die momentanen Arbeiten auf der Ranch. Aber es war nicht das Leben, das ich mir für immer vorstellen konnte. Ich wollte noch nie mein Hobby zum Beruf machen. Und irgendwie sehnte ich mich doch auch danach, meine Nase wieder in Schulbücher vergraben und mir neues Wissen anzueignen. Und Estrella und die Ranch waren für mich ein Ort, an dem ich zur Ruhe kam und mich wieder erden konnte. Für Enrico aber waren die Pferde sein gesamtes Leben. Die Ranch, die Trainings und die Reittouren waren kein Beruf für ihn, sondern seine Berufung. So sehr die Wahrheit auch schmerzte, es würde nie wieder jemanden geben, der dieses Loch in seinem Herzen füllen würde. Niemand würde jemals in der Lage sein, ihm seinen geliebten Vater zu ersetzen.

„Ich habe mich die letzten Tage oft gefragt, was er über mich denken würde. Ob er stolz auf mich wäre, auch wenn ich seit seinem Tod keine Wettkämpfe mehr geritten bin. Ich sehne mich nach den Abenden mit ihm über Sevilla, zusammen mit Negro und Amira. Ich sehne mich nach den stundenlangen Gesprächen. Ja, ich sehne mich sogar nach den Diskussionen und Meinungsverschiedenheiten mit ihm."

Ich konnte nicht mehr anders, seine Worte trafen mich mitten im Herz und eine Träne nach der anderen rollte mir aus den Augen, als ich die Qualen und den Schmerz in Enricos Worten fühlte. Ich wusste nicht, was ich erwidern sollte, irgendwie hatte ich das Gefühl, dass unüberlegte Worte jetzt eher destruktiv sein könnten. Enrico kämpfte gerade ebenfalls mit den Dämonen seiner Vergangenheit. Mit dem Konflikt zwischen dem, was er wollte, und den Erwartungen seines Vaters und der Gesellschaft an ihn. Auf der einen Seite wollte er die spanischen Traditionen leben, auf der anderen Seite war es für ihn moralisch nicht vertretbar, dafür zu töten. Und tief drinnen war er auch ein kleiner Junge, der zu seinem Vater aufsah und sich immer gewünscht hatte, von ihm geliebt, geschätzt und angenommen zu werden. Ich kannte Lucio nicht persönlich, deswegen fühlte es sich für mich nicht richtig an, etwas über ihn zu sagen.

„Weisst du noch, was du mir damals nach meiner Panikattacke in Estrellas Box gesagt hast?", fragte ich ihn stattdessen. Ich spürte an meinem Hals, wie er den Kopf schüttelte. „Du sagtest mir, dass ich die Sonne meines Lebens, meines Universums sei."

Ein Lächeln brach aus seiner Brust heraus.

„Und du, Enrico, du bist die Sonne deines Lebens, deines Universums. Wichtig ist, dass du das tust, was dich erfüllt. Und nicht die Dinge, um die Erwartungen anderer zu erfüllen."

Gerade kam mir Ylenia in den Sinn.

„Du lebst die Traditionen ja indirekt immer noch weiter, indem du die Pferde für den Stierkampf züchtest und trainierst. Und du meintest ja, dass du damit kein Problem hast. Ich finde das einen guten Kompromiss, wenn du das mit deinen Werten vereinbaren kannst. Aber mir ist bewusst, dass die Narbe vom Verlust deines Vaters immer wieder schmerzen und nie vollständig verheilen wird." Jetzt hob Enrico den Kopf und sah mich zum ersten Mal direkt an, seit er das Zimmer betreten hatte. Auch in seinen Augen waren Tränen. Er schwieg und schien meine Worte zu verarbeiten. Dann sah er wieder weg.

„Da ist noch was. Nicht nur, dass ich meinen Vater gerade so sehr vermisse."

„Was denn?", fragte ich behutsam. Er löste sich von mir und setzte sich auf.

„Ich vermisse den Wettkampf", gestand er dann. Mir stockte der Atem.

„Welchen Wettkampf? Den Stierkampf?", flüsterte ich.

Er strich sich nervös durch die Haare und über das Gesicht.

„Ich weiss es nicht, Solea, ich fühle mich hin- und hergerissen. Ich hasste es, Tiere für den Erfolg töten zu müssen. Aber ich mochte das Wettkampfgefühl irgendwie, dass ich mich an und mit anderen messen konnte. Im Mittelpunkt des Publikums zu sein. Und ich vermisse es, als Team mit einem Pferd etwas zu erreichen. Die Reittouren sind ja schön und gut, aber mir fehlt dieses gemeinsame Kämpfen für etwas. Ein Ziel vor den Augen, auf das ich hinarbeiten oder hintrainieren kann."

Ich schwieg. Ich wusste nicht, was ich darauf antworten sollte. Enrico musste selber herausfinden, was sich für ihn richtig anfühlte. Ich hatte mit vielem gerechnet, aber nicht mit dem. Nicht damit, dass er mit dem Gedanken spielte, in den Stierkampf zurückzukehren. Er suchte erneut meinen Blick und sah mich fragend an.

„Was soll ich tun?", fragte er verzweifelt.

„Hast du den Wunsch nach Wettbewerben und die erfolgsbezogenen Erwartungen deines Vaters an dich differenziert betrachtet?"

„Ja", sagte er wie aus der Pistole geschossen.

„Das eine hat mit dem anderen nichts zu tun. Ich mochte es nicht, zu etwas gedrängt zu werden. Aber ich mochte die Wettkampfatmosphäre."

Ich hatte sofort eine Antwort auf seine Frage, als er mich fragte, was er tun sollte. Aber ich zerkaute diese noch in meinen Gedanken, da ich mir nicht sicher war, ob ich sie laut aussprechen sollte. Enrico merkte das.

„Was denkst du gerade?", fragte er mich.

„Vielleicht musst du es einfach mal versuchen. Vielleicht musst du dich einfach mal darauf einlassen und schauen, was es jetzt nach fast drei Jahren in dir auslöst."

Er sah mich mit offenem Mund an. Betreten wich ich seinem Blick aus und war selber überrascht über meinen Vorschlag. Aber ich hatte plötzlich wieder mein Gespräch mit Xavier im Kopf. Xavier und Enrico, gebürtige Andalusier aus Familien, die mit der Tradition des Stierkampfes gross geworden sind. Sie hatten einen ganz anderen Bezug zu diesem Thema und ich versuchte, diesen zu verstehen.

„Du hast recht", sagte er dann erstaunt.

„Vielleicht muss ich es wirklich einfach nochmals ausprobieren, um mir meine Fragen zu beantworten."

Ich nickte, aber verriet ihm nicht, dass ich bereits jetzt Angst um ihn und die Pferde hatte, die er mit in die Arena nehmen würde. Ich verdrängte diese Gedanken sofort wieder und rutschte nahe an Enrico. Er umarmte mich ganz fest und so genossen wir noch einige Minuten der Zweisamkeit, bevor ich mit Marielas Auto nach San Javier abfuhr.

¡Anímate!

In San Javier blieb ich etwas mehr als eine Woche. Ich verbrachte Weihnachten und Silvester gemeinsam mit meinen Grosseltern. Den Rest der Zeit zog ich mich zurück und nahm mir viel Zeit für mich allein. Entweder am Strand auf den Bänken am Meer oder in einem nahen Café. Oder beim Stall, wo ich Fandango, Amira und Enrico das erste Mal angetroffen hatte. Ein Tag nach Silvester, als ich eines meiner letzten Frühstücke in meinem Lieblingscafé zu mir nahm und meine Agenda öffnete, um mir einige Notizen zu machen, flatterte die Broschüre der Universität von Sevilla heraus und landete in meinem Schoss. Ich starrte sie an. Nun hatte ich dieses Thema wirklich lange verdrängt, ich habe Tag für Tag gelebt, Moment für Moment. Ich war fast ausschliesslich in der nahen Vergangenheit und in der Gegenwart, aber nicht mehr in der Zukunft. Ich fischte die Broschüre aus dem Schoss und legte sie auf den Tisch. Ganz plan- und konzeptlos konnte ich mein Leben ja auch nicht führen. Eine solche Lebensweise, wie ich sie jetzt verfolgte, war super für einige Wochen und Monate, aber irgendwann brauchte auch ich ein festes Standbein im Leben. Ich musste mein eigenes Geld verdienen und selbst für mich sorgen können. So wie Enrico und Mariela mit ihrer Ranch. So wie meine Eltern und mein Bruder mit ihrer Arbeit. So wie Ylenia mit ihrem Studium. Ich seufzte tief. Ich hasste es, solche Entscheidungen zu treffen, wo so viel Herz und Gefühl mitspielten. Für mich war mittlerweile klar, dass ich das Studium machen würde. Mariela hatte es schon richtig interpretiert, dass diese Entscheidung schon tief in meinem Inneren gefallen war. Damit war ein Punkt mal abgehakt. Doch die Fragen nach dem wie, wann und wo waren noch nicht geklärt. Ich war der Überzeugung, dass es zwei Möglichkeiten gab.

Möglichkeit 1: Ich kehrte zurück in die Schweiz. Ich würde Enrico, und schweren Herzens auch Estrella, zurücklassen. Sie gehörten beide nach Andalusien. Es war ihre Heimat. Ich würde mich in der Schweiz entweder für ein Studium anmelden oder zunächst eine Ausbildung beginnen. Und somit also zum Ursprung meines Lebens zurückkehren. Sollte ich mich für diese Möglichkeit entscheiden, würden natürlich lange Gespräche mit Enrico über unseren weiteren Weg anstehen. Den gemeinsamen Erlebnissen und die Liebe konnte man schliesslich nicht einfach begraben, sobald man die Pyrenäen überquert hatte.

Möglichkeit 2: Ich bliebe vorerst in Spanien. Ich würde vorläufig einen Abschluss finden mit meinen Zukunftsvisionen in der Schweiz. Ich würde meinen Wohnsitz nach Sevilla verlegen und dort mein Jurastudium beginnen. Und mein momentanes Leben mit Enrico, Mariela und den Pferden weiterführen. Sollte ich mich für diese zweite Möglichkeit entscheiden, müsste ich das Gespräch mit meinen Eltern suchen. Mir war es wichtig, nach wie vor ihre Unterstützung zugesichert zu haben und zu wissen, dass ich jederzeit vorurteilsfrei und ohne Wertung zurückkehren könnte.

Ich fluchte leise vor mich hin. Es war einmal mehr eine Entscheidung, in der Kopf und Herz im Konflikt miteinander standen. Ich kratzte an den kleinen Klebern auf der Tischplatte herum und überlegte fieberhaft, wie ich mir meine Entscheidung erleichtern könnte. Dann durchzuckte mich ein Gedanke. Meine Grosseltern! Sie waren doch genau in der gleichen Situation wie ich vor vielen Jahren. Zwar aus einem anderen Grund, bei ihnen ging es um die Sicherung ihrer Existenz in einer Zeit, die von Krieg, Gewalt, Hunger und Tod geprägt war. Und trotzdem mussten sie eine Entscheidung treffen. Vielleicht würden mir ihre Gedankengänge damals ebenfalls helfen oder sie hatten einen guten Rat für mich. Ich bezahlte schnell mein Frühstück, stopfte dann meinen Kalender und die Broschüre achtlos in meinen Rucksack und schaute, dass ich auf schnellstem Weg nach Hause kam.

Als ich ausser Atem ins Wohnzimmer der kleinen Wohnung platzte, traf ich meine Grossmutter beim Nähen an.

„Hija, was ist los?", fragte sie mich sofort.

„Ich brauche einen Rat von dir. Einen richtig dringenden Rat. Ich stehe vor einer Entscheidung, die mein Leben verändern könnte."

Erstaunt und überrascht sah sie mich an.

„Ich mach mir mal einen Tee, während du zu Atem kommst, und dann erzählst du mir alles, ja?"

Ich nickte und sie verschwand in der Küche. Schwer liess ich mich auf die Couch plumpsen. Sie hatte mich zwar nicht gefragt, kam aber mit zwei Teetassen zurück und stellte mir eine hin. Ich nahm einen Schluck vom Tee, der mich von innen angenehm wärmte und etwas beruhigte. Dann erzählte ich ihr alles. Von meinem Schulabschluss, meinem verpassten Studium, vom Kennenlernen mit Enrico, von meiner Reise nach Sevilla und meinen Erlebnissen dort und allen Gedanken, die mich seither begleiten. Und von meinem momentanen Entscheidungskonflikt.

„Jetzt habe ich zwei Möglichkeiten. Entweder ich gehe zurück in die Schweiz und mache das Studium da. Dafür müsste ich aber Enrico und Estrella zurücklassen und der Teil von mir, der hier zuhause ist. Die zweite Möglichkeit ist, dass ich hier in Spanien bleibe. Aber dafür müsste ich alles, was ich mir in der Schweiz aufgebaut habe, zurücklassen. Ich habe Angst, meine Bezugspersonen in der Schweiz zu verlieren, oder dass unser Verhältnis distanzierter und oberflächlicher wird. Ich frage mich gerade, welcher Verlust für mich grösser und einschneidender wäre."

Nachdem ich geendet hatte, war erst mal Stille im Raum. Man hätte eine Stecknadel fallen hören können. Plötzlich fragte meine Grossmutter:

„Warum sprichst du immer von Verlust? Und nicht von Gewinn?"

Dann stand sie auf und verschwand mit ihrer Teetasse erst mal wortlos in der Küche. Ich sass wie versteinert auf der Couch und liess meinen Blick über all die Bilder wandern, die meine Grossmutter selber gemalt hatte. Stiere, wohin das Auge reichte. Friedliche, glückliche und gesunde Stiere auf den Weiten ihrer sattgrünen Weiden in den Naturschutzgebieten von Andalusien und Extremadura. Sie stellte diese Stiere immer als ein anmutiges Geschöpf dar, als ein Geschenk von Mutter Erde. Meine Grossmutter war so weise, so optimistisch und lebensfroh. Sie sah immer die zweite Seite einer Medaille, sie sah immer das Licht in der Dunkelheit. Was war denn der Gewinn für mich, wenn ich in Spanien bleiben würde? Ich würde weiterhin meine Freiheiten geniessen, mich selber weiter, besser und von einer anderen Seite kennenlernen und mir ein Leben mit meinem Freund aufbauen, der Teil meiner Zukunft geworden war. Ich könnte das Studium in einem Land absolvieren, in denen die Lernmentalität und die Ansichten von Leistungen sich mit den meinen deckten. Und wo ich Studium und die nötigen Auszeiten mit den Pferden unter einen Hut bringen könnte. Apropos Pferde, die Zeit auf der Ranch und der Kontakt mit diesen Tieren erfüllten mein Herz. Der Gedanke, dass ich in Sevilla studieren würde und auf der Ranch leben und ab und an helfen würde, entsprach genau dem, wovon ich immer träumte. Was war der Gewinn, wenn ich zurück in die Schweiz kehren würde? Bei diesen Gedanken blockierte etwas in mir. Ich dachte gegen eine Wand. Weiter ging es nicht. Das, was ich in der Schweiz hatte, das hatte ich bereits. Ich würde nicht mehr dazubekommen, wenn ich zurück würde. Meine Grossmutter kam aus der Küche, strich mir im Vorbeigehen über die Wange und sagte: „Anímate, hija. Trau dich, du selbst zu sein", bevor sie sich wieder auf den Stuhl setzte.

„Was …?", setzte ich verwirrt an.

„Solea, du hast tief in dir drin rebellische, selbstständige und eigensinnige Charakterzüge. Aber nicht auf negative Art und Weise, du versuchst dich nur zu wehren gegen gewisse ungeschriebene Regeln der Gesellschaft, die du auch ständig hinterfragst. Früher war das Erbringen von Leistung überlebensnotwendig und es gab meistens nur eine Möglichkeit, um ein Ziel zu erreichen. Heute ist das anders. Heute hast du ganz viele Alternativen, um an das gleiche Ziel zu kommen. Wenn du schon das Privileg hast, diese Möglichkeiten zu haben und auszusuchen, nutze es. Es ist das Geschenk an deine Generation. Du hängst aber noch zu sehr an der Denkweise der Generation deiner Eltern und Grosseltern. Inzwischen hat sich die Welt jedoch um zwei bis drei Generationen weitergedreht. Du musst dich von diesen Gedanken lösen und in der Gegenwart ankommen. In deiner eigenen Generation. Nutze die Möglichkeiten, die sie dir bietet. Du wirst nur ein erfülltes und glückliches Leben führen können, wenn du dein wahres Wesen auslebst. Dein Geburtsort bestimmt nicht den Ort, an dem du dein gesamtes Leben sein musst. Dort beginnt dein Weg, doch welche Abzweigungen dieser nehmen wird, entscheiden das Leben, die Umstände, die Personen, denen du begegnest, und nicht zuletzt dein Herz. Was du vor einigen Monaten getan hast, ist völlig legitim. Du bist ausgebrochen und dem Ruf deines Ursprunges gefolgt. Und ich bin stolz auf dich, dass du dich das getraut hast."

Sie stand auf, setzte sich neben mich auf die Couch und drückte meine Hand.

„Du hast mal die Angst angesprochen, die Entscheidung zu treffen, weil alle deine nächsten Bezugspersonen in der Schweiz sind und dir Sicherheit geben."

Ich nickte.

„Du wirst im Leben nie alleine sein, Solea. Du hast Enrico, Mariela und Estrella. In ein paar Stunden Entfernung hast du deine Grosseltern. Und falls du dich wirklich für das Studium in Sevilla entscheiden solltest, wird es nicht lange gehen, und du hast dir einen weiteren Freundeskreis aufgebaut. Und du hast dich selber, das ist das Allerwichtigste. Was deine Vertrauten in der Schweiz angeht – Menschen, die dir am Herzen liegen, überwinden Zeiten und Distanzen und werden dich jederzeit und immer in deinem Leben begleiten."

Sie lächelte mich an.

„Wo ist der Gewinn für dich persönlich grösser?", fragte sie. Ich senkte den Blick, ich traute mich kaum, meine Gedanken laut auszusprechen.

„In der Schweiz wirst du nichts verlieren. Alles, was du dort hast, das war da, das bleibt da und wird für immer da sein. Das kann dir niemand nehmen. Aber hier in Spanien wirst du viel gewinnen."

Kurz hielt meine Grossmutter inne, stand auf, lief zum Tisch, holte dort einen kleinen Zettel aus ihrem Buch und reichte ihn mir. Es war ein von ihr geschriebenes Gedicht auf Spanisch. Ich las es murmelnd vor.

„Anímate a reír y a bailar, a amar y a vivir.
    Anímate a ser feliz, agradecido y libre.
    Anímate a soñar, a creer y a luchar.
    Anímate a ganar y a perder con orgullo.
    Anímate a levantarte una y otra vez cuando la vida te eche para atrás.

Pero sobre todo: anímate a ser tú mismo, a cuidarte y a quererte. Hoy y mañana.

Anímate. Siempre.“

Ich liess das Blatt langsam sinken. Die Worte haben mich auf eine Art und Weise berührt wie selten etwas zuvor. Mit offenem Mund sah ich meine Grossmutter an.

„Trau dich, zu lachen und zu tanzen, zu lieben und zu leben. Trau dich, glücklich, dankbar und frei zu sein. Trau dich, zu träumen, zu glauben und zu kämpfen. Trau dich, zu gewinnen und mit Stolz zu verlieren. Trau dich, immer wieder aufzustehen, wenn das Leben dich zurückwirft. Aber vor allem, Solea: Trau dich, du selbst zu sein, dir Sorge zu tragen und dich zu lieben. Heute und morgen. Trau dich. Immer.“

Sie umarmte mich und ich liess mich fallen.

„Anímate“, flüsterte sie nochmals dicht an meinem Ohr.

„Trau dich, du selbst zu sein, und lass es los, was dich festhält, Solea.“

Ich wusste nicht, wieso, aber inmitten dieser mütterlichen Umarmung und den warmen, weisen Worten meiner Grossmutter brach ich schon wieder in Tränen aus, die meine Seele zerrissen. Konnte ich es wirklich schaffen, über meinen Schatten zu springen und das Band meiner Herkunft loszulassen? Würde ich mich trauen, diesen Schritt zu gehen?

Jedes Ende ist ein neuer Anfang

Am nächsten Tag fuhr ich wieder zurück nach Andalusien. Die Tage fernab der Ranch hatte ich wirklich gebraucht. Ich hatte einige Entscheidungen getroffen, die ich vermutlich nicht auf die gleiche Art und Weise getroffen hätte, wenn ich vom Leben in Sevilla beeinflusst worden wäre. Während der gesamten Rückreise hatte ich ein Lächeln auf den Lippen und ein Leuchten im Herzen. Ich freute mich unglaublich darauf, nach Hause zu kommen. Und jetzt fühlte es sich zum ersten Mal wahrhaftig nach Heimreise an. Auch wenn Mariela mir mal sagte, dass mein Zuhause nicht sein muss, wo Enrico und Estrella waren, so waren sie dennoch ein Teil meines Heimatgefühls geworden. Mit ihnen war ich im Moment und in einem Gleichgewicht. Sie sind zu einem unabdingbaren, wichtigen Teil meines Universums geworden, zwei Himmelskörper mehr, die um mich kreisten. Und auch wenn Mariela sagte, dass mein Zuhause dort sei, wo ich sei und ich der Mittelpunkt meines Lebens sei, so war ich der Meinung, dass jeder Mensch die Zuneigung und Nähe eines anderen brauchte. Dass jeder Mensch sich von der Liebe nährte, die er erhielt, und an der Liebe wuchs, die er gab. Enrico gab mir das Gefühl, vollständig zu sein, genauso wie ich war. Bei ihm musste ich mich nicht verstellen oder Leistung bringen. Ich durfte die sein, die ich wirklich war. Und wir ergänzten uns fast nahtlos. Dort, wo es Reibungen und Unstimmigkeiten gab, suchten wir entweder Kompromisse oder akzeptierten es, so wie es war. Enrico war nicht mein Merkur, nein, er war mein Mond. Mein Merkur war Estrella, sie stand mir am nächsten. Sie schaffte es, mich emotional auch an Punkten abzuholen, die Enrico nicht erreichte. Auf der Ranch angekommen, wurde ich stürmisch von Enrico begrüsst, der die Autotüre aufgerissen und mich herausgezerrt hatte, kaum dass die vier Räder standen und der Motor verstummte. Seine Umarmung war gefüllt von unendlich vielen gelösten Emotionen. Scheinbar hatte sich auch in ihm etwas getan in den letzten Tagen, denn er war nun in einem ganz anderen Zustand als an dem Tag, als ich abreiste. Er küsste mich leidenschaftlich.

„Feliz Año Nuevo, mi amor."

Ich musste lachen und boxte ihm spielerisch in den Bauch. Er fiel in mein Lachen mit ein und griff nach meiner Hand, an der er mich Richtung Stall zog. Ich widersetzte mich dem Zug, befreite mich aus seinem Griff und sah in mit einer erhobenen Augenbraue fragend an.

„Ich möchte dir was zeigen, komm bitte mit." Ein flehender Unterton lag in Enricos Stimme.

„Sevilla?", fragte ich. Er sah mich überrascht und ertappt an.

„Woher wusstest du das jetzt?"

Ich lachte ein zweites Mal laut los.

„Enrico, das klang fast so wie beim ersten Mal, als du mich mit auf die Anhöhe genommen hast."

Er sah mich weiter flehentlich aus seinen dunklen Augen an. Ich kam kurzzeitig ins Strudeln. Eigentlich hatte ich andere Pläne für heute. Ich sah auf die Uhr und willigte dann mit einem Seufzen ein.

„Ok, ich komme mit. Aber zuerst möchte ich Mariela begrüssen, ihr den Schlüssel zurückgeben und mich kurz umziehen."

„Wie lange brauchst du?", fragte er mit einer kindlichen Ungeduld zurück, was meine Neugier anstachelte. Was wollte er mir jetzt unbedingt mitteilen? Es musste bestimmt was Wichtiges für ihn sein, wenn er so sehr darauf bestand, dies an seinem und seines Vaters Lieblingsplatz zu machen.

„Gib mir dreissig Minuten, ja?"

Er nickte, drückte mir einen raschen Kuss auf die Lippen und joggte dann Richtung Stall davon. Kopfschüttelnd stand ich auf dem Parkplatz, ehe ich mich umdrehte und ins Haus ging, wo ich nun endlich auch Mariela ein frohes neues Jahr wünschen konnte. Dann zog ich mich schnell um und trat dann wieder vor die Haustüre, wo Enrico mit unseren gesattelten Pferden stand, Estrella und Fandango. Ich hatte mir aus der Küche noch einen

Apfel mitgehen lassen, von dem ich einen grossen Bissen nahm. Den Rest streckte ich Estrella zur Begrüssung hin. Dann stiegen wir auf unsere Pferde und ritten los.

Hoch oben banden wir sie an dem bekannten Baum fest und ich trat als Erste an die Klippe. Es war eine Stelle und ein Ausblick, die mich magisch anzogen. Ich schloss kurz die Augen und nahm einen tiefen Atemzug. Dann sah ich hinunter. Eine dicke Nebeldecke lag über der wunderschönen Stadt und verschluckte alle Geräusche. Es schien, als würde Sevilla gerade in einem Ruhezustand sein, ehe sie im Frühling wieder zum Leben erwachen würde. Enrico räusperte sich hinter mir und ich drehte mich um.

„Jedem Ende wohnt ein Neubeginn inne", meinte er.

„Ja", stimmte ich zu. Es war tatsächlich so. Ein Ende ist immer auch die Möglichkeit, sich neu zu orientieren und neue Anfänge zu wagen. Aber dies so völlig aus dem Kontext gerissen aus Enricos Mund zu hören, das war ungewöhnlich. Ich war vollkommen verwirrt. Von seiner hastigen Aktion, von seinem Auftreten, als ich ankam und von seinen Worten jetzt. Ich wusste einfach nicht, wie ich adäquat darauf reagieren sollte. Ich sah Enrico drum nur stumm und fragend an.

„Aber bei manchen Sachen ist das Ende nicht immer eindeutig. Vielleicht sieht es nur so aus. Das scheinbare Ende könnte ja auch eine Kreuzung sein, an der man vom Leben zu einer Richtungsänderung eingeladen wird. Vielleicht kann der bisherige Weg weitergehen, oder man betritt neue Wege."

Sprachlos sah ich meinen Freund an. Ich war nicht nur verwirrt, sondern auch enorm unsicher. Enrico holte nun zwei Papierstücke aus seiner Tasche. Eines faltete er auf und reichte es mir. Das andere behielt er noch bei sich. Ich las mir durch, was darauf stand. Und erstarrte. Ich wusste nicht, wie ich jetzt reagieren sollte. Ich setzte mich auf meinen Stein und blickte ungläubig zu Enrico hoch.

„Du hast dich jetzt ernsthaft für einen Stierkampf eingetragen?", fragte ich ihn tonlos. Er nickte und setzte sich ganz nahe neben mich auf den gleichen Stein.

„Ja. Und zwar gleich am ersten Tag in der neuen Saison. Je früher, desto besser."

„Und welche Pferde wirst du mitnehmen?"

Von Xavier wusste ich mittlerweile, dass ein Rejoneador zwei bis vier Pferde mitnahm. Von Mariela schnappte ich ausserdem am Rande auf, dass sowohl Lucio als auch Enrico die Praxis pflegten, mit vier Pferden anzutreten.

„Amira, Nieblo und Fuego. Das ist das Pferd von Xavier, das rotbraune mit schwarzer Mähne und Schweif. Es ist ein junger, aber sehr talentierter Hengst. Wusstest du schon, er ist der Halbbruder von Estrella ..."

„Enrico", unterbrach ich ihn, bevor er sich in Rage reden konnte und komplett vom Thema ablenkte. Ich wusste natürlich, wer Fuego de la Victoria war. Ich fütterte die Pferde ja jeden Tag und kam so immer an den Boxenschildern vorbei. Selbstverständlich hatte mir Xavier seinen Hengst auch schon mal vorgestellt und mir in einer Trainingseinheit vorgeritten.

„Amira, Nieblo und Fuego", zählte ich auf.

„Wer ist das vierte Pferd?"

Nach einem langen, betretenen Zögern flüsterte er fast unhörbar: „Dango."

Ich schluckte schwer. Und wusste, dass ich ihm nicht in die Entscheidung reinreden durfte. Und das würde ich auch nicht. Ich fand es gut und wichtig, dass er seinem inneren Drang folgte und es versuchen würde. Jetzt verstand ich auch, was er mit der Kreuzung und den beiden möglichen Wegen meinte. Er wollte herausfinden, ob Fandangos Unfall und der Tod seines Vaters das endgültige Ende seiner doch sehr erfolgreichen Karriere waren. Oder ob es doch noch einen Weg gab, seinen Hunger nach Wettkämpfen zu stillen. Ob ich Fandango dafür ausgewählt hätte? Bestimmt nicht. Ich hätte meinem Freund sogar angeboten, mit Estrella reinzureiten. Auch wenn ich vor ein paar Monaten mit Enrico noch darüber gesprochen hatte, dass sie vom Wesen her nicht in die Arena passte, durfte man nicht vergessen, dass sie grundsätzlich genau für diesen Zweck gezüchtet wurde. Für die erste Phase, in der sie noch nicht zu nahe an den Stier herangehen musste, hätte man sie bestimmt einsetzen können. Sie war eine junge, spritzige, energische, begabte Stute. Sie war mittlerweile sehr weit in ihrer Grundausbildung und stand sehr fein an den Hilfen. Estrella lernte mit einem rekordmässigen Tempo und vieles konnte man den Pferden auch antrainieren. Bestimmt würde Estrella nie diese Erfolge wie Fandango feiern, aber ganz ungeschickt würde sie sich auch nicht anstellen. Ich überlegte eine Weile, ob ich Enrico nicht doch diesen Vorschlag machen sollte. Aber ich war der Überzeugung, dass Enrico seine Gründe hatte, Fandango dafür einzusetzen. Es waren völlig legitime, nachvollziehbare Gründe. Und ich vertraute darauf, dass Enrico wusste, was er für ein Risiko mit seiner Entscheidung eingehen würde.

„Alles oder nichts", sagte er, als hätte er meine Gedanken lesen können.

„Ich vertraue darauf, dass du mit vollem Bewusstsein bei dem bist, was du tust", antwortete ich darauf. Er legte mir einen Arm um die Schulter, drückte sie kurz und fest und holte dann das zweite Stück Papier aus der Tasche. Ehe er es mir reichte, sagte er:

„Wir haben mal kurz über die Feria de Sevilla gesprochen. Mit dem Beginn der Feria wird auch die neue Saison im Stierkampf eingeläutet. Beim Auftakt des Festes werde ich nicht dabei sein, da ich dann meinen Kampf eingetragen habe. Aber zum Abschluss der Feria würde ich gerne mit dir zusammen hingehen. Mit unseren Pferden, Estrella und Fandango."

Er faltete das Papier auf und hielt es mir hin. Es war der farbenfrohe Flyer der Feria von Sevilla. Ich quietschte auf und sprang ihn um den Hals. Ich bedankte mich überschwänglich. Er wusste nicht, welcher Traum damit für mich in Erfüllung ging. Ich war vor einigen Jahre bereits mal mit meiner Familie an der Feria de Sevilla und hatte ehrfürchtig und voller Staunen die Reiter und die Kutschen beobachtet, die in ihren Trachten und pompös geschmückt durch die Strassen von Sevilla zogen. Und wünschte mir, eines Tages auch einen Teil dieses Festes sein zu dürfen. Dass dieser Traum bereits dieses Jahr Realität wurde, nach dem Stierkampf von Fandango, erleichterte den Umgang mit dem bevorstehenden Event. Freud und Leid, Angst und Mut lagen ganz nahe zusammen. Wir sahen einige Minuten ganz still auf Sevilla hinunter und ich legte langsam meinen Kopf auf Enricos Schulter.

„Und bei dir?", fragte er mich dann behutsam und drückte mir einen Kuss auf die Stirn.

„Ich muss mal zurück nach Hause. In die Schweiz", sagte ich. Enrico zuckte zurück und sah mich schockiert an.

„Du kommst dann aber wieder, oder?"

Ich antwortete nicht direkt, denn ich wusste es selber noch nicht. Die Entscheidung war noch nicht definitiv gefallen. Vermutlich stand ich gerade ebenfalls an einer Kreuzung, an der ich mich entscheiden musste, wie es in den nächsten Monaten weiterging. Und egal, was ich hier alles erlebt hatte, mir war es wichtig, nicht nur das Herz entscheiden zu lassen. Sondern zu einem Schluss zu kommen, bei dem Kopf und Herz im Gleichgewicht waren. Ausserdem hatten Enrico und ich noch nie konkret über mögliche Szenarien unserer Zukunft gesprochen. Ich wusste einfach, auch von einigen Bemerkungen von Seiten von Mariela, dass Enrico davon ausging, dass ich in Sevilla wohnen bleiben würde. Er hatte mir diese Frage aber noch nie konkret gestellt. Und weil ich sowieso noch keine überzeugende Antwort auf diese unausgesprochene Frage hatte, wich ich ihm nun aus.

„Solea, du bleibst doch hier, oder?", fragte er mich beunruhigt.

Unbehaglich rutschte ich ein Stück von Enrico weg und sah betreten zu Boden.

„Ich habe meine Familie und Freunde nun über ein halbes Jahr nicht mehr gesehen, auch nach meinem Unfall nicht. Ich vermisse sie und würde sie gerne alle wieder besuchen."

Was ich für mich behielt, war, dass ich mit meiner Familie und meinen Freunden auch über meine Zukunftsvisionen sprechen wollte. Dass ich mir von da noch einige Stimmen und Meinungen, aber auch Unterstützung einholen wollte. Eine gewisse Sicherheit war mir nach wie vor noch wichtig und das brauchte ich auch, um mich wirklich wohlzufühlen. Ich glaubte, daran würde sich so schnell nichts ändern. Dies bedeutete aber, dass ich nach wie vor Kompromisse mit mir eingehen musste. In diesem konkreten Fall musste ich einfach die Gewissheit haben, ob die Schweiz ein Fangnetz sein würde, sollte mein sorgsam aufgebautes Kartenhaus in Sevilla zusammenbrechen. Aber das sagte ich Enrico selbstverständlich nicht, um nicht zu riskieren, dass er mir seine Meinung mitteilte. Ich wollte in die Schweiz zurück ohne weitere Einflüsse aus Spanien.

Weisses Kreuz auf rotem Grund

Als ich in der Nähe meines Gepäckausgabebandes sass und auf meinen Koffer wartete, wippte ich unruhig mit dem Fuss auf und ab. Meine Arme hatte ich verschränkt und meine Schultern hochgezogen. Hektisch blickte ich umher. Alles war hier so vertraut und doch fremd. So sicher und doch so unheimlich. Freundlich, aber dennoch verschlossen. Mein Blick glitt umher und ich suchte den nonverbalen Austausch mit jemandem. Doch niemand achtete auf mich. Besser gesagt, niemand achtete überhaupt auf etwas als auf sich selber. In den Gesichtern der Menschen lagen Müdigkeit, Stress und Unruhe. Wieso reiste man, wenn das scheinbar so mühsam war? Ich fing den Blick eines Kindes ein und lächelte es an. Das Kind lächelte ohne zu zögern zurück. Na, geht doch, dachte ich. Das war eine so kleine Geste, die nichts kostete, aber trotzdem von unbezahlbarem Wert war, sowohl für den Sender als auch für den Empfänger. Als ich meinen Koffer sah, sprang ich auf, hechtete zum Band, riss ihn runter und ging in einem strammen Schritt auf den Zoll zu. Nein, ich hatte nichts anzumelden, grün also. Grün, die Farbe, die auch mit Gleichgewicht und Harmonie in Verbindung gebracht wurde. Im Moment war ich weder im Gleichgewicht, noch fühlte ich mich harmonisch. Ich liess mich von der Hektik um mich herum zu sehr anstecken und rannte fast zu den Rolltreppen in den Untergrund zu den Bahngleisen, wo ich den Koffer auf den Boden schmiss und mich draufsetzte. Dann wartete ich mehr oder weniger geduldig auf den Zug.

Ich hatte meiner Familie nicht angekündigt, dass ich heute zurück sein würde. Dementsprechend nervös war ich jetzt, obwohl ich vor meinem eigenen Haus stand. Vor dem Haus, in dem mein Zimmer war. Mit meinen Sachen. Ich drückte kräftig die Klingel und kramte gleichzeitig meine Schlüssel aus meinem Rucksack. Als die Tür geöffnet wurde, hielt ich in meiner

Sucherei inne. Ich konnte später gar nicht mehr sagen, ob und was meine Mutter zu mir sagte, ich konnte mich nur an ihren wechselnden Gesichtsausdruck erinnern. Zu Beginn war dieser freundlich willkommen, doch als sie realisierte, dass ich höchstpersönlich vor ihr stand, erstarrte sie erst mal. Dann wich dieser Erstarrung ein überraschter Ausdruck und zum Schluss begann sie zu lachen und fiel mir um den Hals. Dabei erdrückte sie mich fast. Es war schön, nach Hause zu kommen und nach Monaten der Abwesenheit wieder in die Arme meiner Mutter geschlossen zu werden. Egal, wie weit weg ich war, egal, wie lange wir uns nicht gesehen hatten, egal, wie sehr ich auch Enrico liebte – nichts war stärker und nichts ging über die Liebe einer Mutter. Meine Grossmutter hatte recht. Diese Bindung, die ich zu meiner Familie hatte, die überwand Zeiten und Distanzen. Genau dieses Gefühl verinnerlichte ich mir, als ich mich von meiner Mutter löste.

„Wie geht es dir, Solea?", fragte sie mit einem verdächtigen Blitzen in den Augen.

„Und deiner Hand?"

Ich hob die linke Hand, die ich mir beim Sturz von Fandango gebrochen hatte, und meinte: „Alles wieder verheilt und voll einsatzfähig."

Meine Mutter zog mich hinein, stellte meinen Koffer in die nächste Ecke und sagte sofort:

„Ich habe gerade erst deine Bettwäsche frisch bezogen, ich glaube, ich habe gespürt, dass du kommst."

Voller Euphorie lief sie in die Küche, wo sie gerade das Abendessen kochte und das Wasser für die Nudeln zischend drohte, gleich über die Topfgrenzen zu entwischen. Während sie die Nudeln ins Wasser schüttete, lehnte ich mich an die Arbeitstheke.

„Mama", sagte ich ernst.

„Ich weiss noch nicht, ob und wie lange ich hierbleiben werde. Ich weiss noch nicht, ob es wieder ein Zwischenstopp oder die Endstation ist."

Das wollte ich so schnell wie möglich aussprechen und presste nun die Lippen fest aufeinander. Ich wartete ihre Reaktion ab. Ihre Augen verengten sich leicht und sie stützte eine Hand in die Hüfte.

„Solea, Solea, Solea, was soll ich nur mit dir machen?"

„Ich wüsste auch gerne, was ich mit mir machen sollte", murmelte ich vor mich hin, so leise, dass sie es nicht verstand.

„Es ist einfach so, ich muss dringend mir dir und Papa sprechen. Mir ist eure Meinung, trotz allem, enorm wichtig."

Meine Mutter nickte wie in Zeitlupe, sah auf die Uhr und meinte: „In zwanzig Minuten können wir essen, passt das?"

Ich nickte sofort, ging um die Kücheninsel herum, drückte ihr einen Kuss auf die Wange und verschwand in meinem Zimmer.

Meine Portion Nudeln mit der Tomatensauce lag noch immer unberührt vor mir und war bestimmt schon kalt, während die anderen Familienmitglieder bereits fertig aufgegessen hatten. Die Rollenverteilung war eh von Anfang an klar. Ich würde sprechen und erzählen und nicht essen, während die anderen zuhörten und dabei ihre Spaghetti assen. Als ich geendet hatte, war erst mal Stille. Mein Hals war vom vielen Sprechen komplett trocken und ich schenkte mir ein Glas Wasser ein. Nachdem ich dieses ausgetrunken hatte, herrschte immer noch Stille. Also seufzte ich und stach meine Gabel in die kalten Spaghetti, rollte diese auf und stopfte sie in meinen Mund. Gar nicht so übel, kalte Nudeln. Noch immer sagte niemand ein Wort, scheinbar brauchten meine Eltern etwas länger, um alles zu verarbeiten. Es war auch wirklich viel, musste ich einsehen. Denn ich erzählte alles. Und damit meinte ich absolut wirklich alles, nicht nur das, worüber meine Mutter und ich uns bei unseren regelmässigen Telefonaten ausgetauscht hatten. Nach meiner dritten Gabel Spaghetti hielt ich die Stille und die unergründlichen Blicke meiner Eltern nicht mehr aus. Ich sah gezielt meine Mutter an.

„Wieso sagst du nichts?"

Sie hob die Schultern.

„Weil ich, ganz ehrlich, gerade nicht weiss, was ich überhaupt denken soll. Möchtest du wirklich alles hinschmeissen hier? Dir hat es ja an nichts gefehlt hier, oder doch?"

„Mama", stiess ich verzweifelt hervor. „Irgendwie verstehen wir uns nicht. Es geht mir gar nicht um hinschmeissen oder undankbar sein für etwas. Es geht mir darum, dass ich mich einfach anders entfalten möchte. Vielleicht im Moment auch etwas anderes brauche und möchte. Und einfach merke, dass ich mich in Sevilla gerade viel besser ausleben und ausdrücken kann. Ja, so hart es auch klingt, dort fühle ich mich eher wie ich. Dort komme ich meinem wahren Ich viel näher als hier!"

Ich drehte mich zu meinem Vater.

„Und du? Irgendeine Meinung dazu?"

Er verschränkte die Arme vor der Brust und während er mir antwortete, sah er zwischen meiner Mutter und mir hin und her.

„Solea, ich habe dir schon immer gesagt, es ist dein Leben. Du entscheidest, was du aus deinem Leben machst. Grundsätzlich bist du volljährig und kannst machen, was du willst", antwortete er mir ganz pragmatisch. Meine Mutter sah entsetzt meinen Vater an und ich warf ihr einen flehentlichen Blick zu, mit der Bitte, mich zu verstehen.

„Nein, Solea", sie schüttelte den Kopf.

„Das ist gerade etwas zu viel auf einmal. Ich habe zunächst damit gerechnet, dass du um Weihnachten rum wieder hier bist. Okay, dann wird es scheinbar Sommer. Und jetzt, bei deinem Überraschungsbesuch offenbarst du, dass du vielleicht gar nicht hierbleiben wirst? Und erwartest was genau von mir? Dass ich für dich entscheide und Ja sage ...?"

„Nein!", schrie ich wütend auf.

„Ich erwarte keine Entscheidung, sondern eine Meinung! Entscheiden werde ich selber, nicht ihr!"

Dann zwang ich mich, meinen Ton zu mässigen und mich zu beherrschen.

„Vielleicht habe ich das bereits, tief in mir", nuschelte ich.

Meine Mutter stiess schwungvoll ihren Stuhl zurück und stand gereizt auf.

„Dann weiss ich nicht, was du von uns noch hören willst, Solea."

Sie räumte den Teller ab und stapfte die Treppen hoch in ihr Zimmer. Die Türe knallte sie mit einer eindeutigen Message zu.

Hilflos sah ich meinen Vater an. Er zuckte mit den Schultern und stand ebenfalls auf. Sein Weg führte in den Keller. Meine Emotionen brodelten und ich konnte sie kaum im Zaum halten. Um nicht laut loszuschreien, schlug ich mit meiner Faust neben den Teller, erwischte dabei meine Gabel, die noch darin lag und schleuderte die Spaghetti darauf über den halben Tisch. Zwei der Spaghetti bildeten auf der schneeweissen Decke ein krakeliges, rotes Kreuz. Umgekehrt wäre es auch nicht schlecht gewesen, ein weisses Kreuz auf rotem Grund. Das war schliesslich das Zeichen für den Schweizer Bund, für Zusammengehörigkeit, Freiheit und vor allem Unabhängigkeit. Und genau das war, was ich mir von meiner Familie jetzt eigentlich gerade wünschte. Ich wünschte mir die Zusammengehörigkeit und die gegenseitige Unterstützung, gerade jetzt, wo ich gerne mein Leben leben würde und meine Träume verwirklichen wollte. Ich wünschte mir aber auch die Freiheit, mich auszuprobieren, und auch mal selber auf die Nase zu fallen, wenn es sein musste. Und natürlich auch die emotionale Unabhängigkeit von meinen Eltern. Ich wollte mich von allem loslösen und mich selbst endlich mal in den Vordergrund stellen. Auf mich hören und den Wünschen aus meinem Inneren nachgeben. Aber wie konnte ich das meiner Mutter begreiflich machen?

Ich lag auf meinem Bett und starrte an die Decke hoch. Estrella hatte mir beigebracht, mich selbst immer wieder auf gesunde Weise zu reflektieren und zu hinterfragen. Darum kreisten meine Gedanken ununterbrochen um das Gespräch am Tisch und ich überlegte fieberhaft, wo der Fehler entstanden war. Ich wusste ja, dass Kommunikation nicht meine Stärke war, im Gegenteil. Ich konnte mich, was das anging, eigentlich gerade Enrico anschliessen. Plötzlich kam mir Xavier in den Sinn, der lachte mich nämlich einmal bei einem missglückten Training mit Estrella aus und zitierte dabei Pat Parelli, indem er mir sagte: „Wenn dein Pferd Nein sagt, hast du entweder die Frage falsch gestellt oder die falsche Frage gestellt."

Parellis Spruch hatte sich so sehr in meinen Kopf eingebrannt. Ich ersetzte gedanklich ‚dein Pferd' durch ‚deine Mutter' und musste ob dieser absurden Idee von mir lachen. Dennoch war ich der Meinung, dass diese Gedanken gar nicht so blöd waren. Und realisierte im gleichen Moment, dass ich meine Fragen komplett falsch gestellt hatte. Ich war mit der falschen Haltung ins Gespräch gegangen. Ich hatte meinen Eltern das Gefühl gegeben, dass ich von ihnen eine Entscheidung wollte. Doch das wollte ich nicht, denn diese Entscheidung würde niemand ausser mir treffen können. Es klopfte leise an der Tür. Ich drehte mich auf den Bauch und meine Mutter kam ins Zimmer.

„Hast du dich etwas beruhigt?"

Ich nickte und sah sie an.

„Du offensichtlich auch?"

Sie seufzte tief und setzte sich an meine Bettkante. So wie sie das früher immer getan hatte, als ich ihr mein Herz ausgeschüttet und mir alle Sorgen von der Seele geredet hatte.

„Solea, ich möchte nur, dass du glücklich bist und es dir gut geht. Das ist für mich als Mutter das Allerwichtigste. Auch wenn es mir enorm schwerfällt, dich loszulassen, so akzeptiere ich es, wenn du sagst, dass dein Lebensmittelpunkt im Moment Sevilla sein wird. "

Ich sah betreten auf mein Kissen hinunter. Meine Mutter kannte mich besser als ich mich selbst und hatte, trotz meiner miesen Kommunikationskompetenzen verstanden, worauf ich hinauswollte. Nur kamen uns am Tisch die Emotionen in die Quere und wir schaukelten uns gegenseitig hoch. Aber auch sie konnte sehr gut über sich nachdenken und bereits einige Minuten später rational auf die Sache blicken. Trotzdem war es mir ein Anliegen, die Sache zu bereinigen. Und auf eine Frage brauchte ich noch eine klare Antwort, ehe ich weitere Entscheidungen fällte.

„Mama", setzte ich an, „ich habe vorhin am Tisch den falschen Ansatz gewählt, es tut mir leid. Ich habe euch gefragt, was ich tun soll, ob ich nach Spanien ziehen oder in der Schweiz bleiben soll. Aber das war eigentlich die falsche Frage. Tief im Inneren hat sich schon etwas für Sevilla entschieden."

Ich kam ins Stocken, schluckte aber schnell meinen Kloss herunter und sprach weiter:

„Aber du kennst mich, ich brauche irgendwie ein Fangnetz, eine Sicherheit, falls das nicht funktionieren sollte. Deswegen ist meine konkrete Frage: Falls ich nach meinem Umzug nach Sevilla doch merken sollte, dass es nicht der richtige Weg ist – darf ich dann hierher nach Hause zurückkommen?"

„Aber sicher doch, Solea … jederzeit", antwortete meine Mutter, ohne zu zögern.

„Wir sind doch eine Familie und halten immer zusammen. Du darfst allzeit zurückkommen, hier ist die Türe stets offen und wir werden dich immer mit Liebe empfangen, egal, für welchen Zeitraum du zurückkommst."

Und mit diesen Worten meiner Mutter, gefolgt von ihrer Umarmung, kam endlich etwas Geschwindigkeit aus dem Tornado meiner tosenden Gedanken und Emotionen. Nach diesen ereignisreichen Monaten, die so schnell verflogen waren, dass es mir wie Jahre vorkam, wurde die Entscheidung, die mein Herz schon vor Wochen getroffen hatte, endlich besiegelt.

Der Schenkende

Ich stellte das Auto auf dem Parkplatz oberhalb des Hofes ab, wo ich so viele unbeschwerte Stunden erleben durfte. Ich blieb noch einen Moment sitzen und schwelgte in den Gefühlen, die dieser Ort in mir auslöste. Seit über acht Jahren war dieser Hof ein Bestandteil meines Lebens, ein Ort der Kraft und Ruhe, der Freude und des Glücks. Es war für mich schon lange nicht mehr nur ein Reithof, an dem ich meinem Hobby nachging, nein. Ich hatte in diesem Hof ein zweites Zuhause gefunden und in den Menschen dort eine zweite Familie. Es war ein Ort, wo ich den Strudel des Alltags hinter mir lassen konnte und einfach mal für einige Stunden die Zeit stehen blieb. Ein Ort, wo ich die eigenen Sorgen aussen vor lassen konnte. Ein Ort, der in vielerlei Hinsichten ein notwendiger und wichtiger Ausgleich zu Arbeit, Schule und Studium darstellte. Der mich in Einklang mit der Natur, aber auch ins Gleichgewicht mit mir selbst brachte. Und ganz besonders war es ein Ort, an dem ich Erinnerungen schuf, die lange wie eine Sonne im Herzen weiterbrannten und Kraft schenkten.

„Solea!", schrie Ylenia lauthals, als sie mich sah. Und das gegen die Regel, dass man in der Gegenwart von Pferden nicht kreischen sollte, da es Fluchttiere waren und sie sich erschrecken könnten. Doch alle Pferde auf dem Hof hier waren vollkommen entspannt und liessen sich auch von einem solchen kurzen Ausbruch nicht aus der Ruhe bringen. Ylenia warf den Strick des dunkelbraunen Isländers, den sie soeben noch aus dem Stall geholt hatte, dem nächsten Kind zu. Dieses fing es verwirrt auf, doch begann sofort zu strahlen und wuchs gerade um paar Zentimeter. Stolz führte es den Dunkelbraunen zu seinem Putzplatz. Währenddessen rannte Ylenia auf mich zu und umarmte mich. Fast wären wir rückwärts im Feld gelandet, aber ich schaffte es gerade noch, uns im Gleichgewicht zu behalten.

„Wieso hast du nicht gesagt, dass du kommst?", fragte sie mich ausser Atem.

„Ich wollte euch alle überraschen", meinte ich lächelnd.

„Und Gjúki wollte ich auch mal wieder einen Besuch abstatten."

Gjúki – das war meine ehemalige Reitbeteiligung, bevor ich sie abgegeben hatte. Trotzdem durfte ich ihn, auch während meines Burnouts und der Prüfungsphase, jederzeit besuchen und reiten. Dafür war ich den Hofbesitzerinnen unglaublich dankbar. Jederzeit durfte ich in den Stall, meine Nase in sein Fell drücken, mit ihm kuscheln und ihm von all meinen Sorgen erzählen. Ab und an machte ich auch einen Spaziergang oder einen Ausritt mit ihm, wenn ich mal wieder den Kopf frei machen musste. Wir hatten zu Beginn nicht sofort zueinander gefunden und auch schwierige Zeiten hinter uns. Aber nach einem gemeinsamen halben Jahr verstanden wir, wie der jeweils andere tickte und was er brauchte. Gjúki war reiterlich und persönlich vor meiner Reise nach Andalusien meine grösste Herausforderung, aber auch mein wertvollster Lehrmeister. Er spiegelte mein Verhalten und meine Emotionen unerbittlicher, ehrlicher und direkter, als jedes andere Pferd es je getan hatte. Ich trat nun zu dem Pferd hin, das von einem Mädchen bereits geputzt und betüddelt wurde. Aus meinem Rucksack fischte ich eine Banane, seine Lieblingsfrucht, und schälte sie. Mit grossen Augen sah er mich erwartungsvoll an und scharrte mit seinem Vorderhuf. Ich grinste und hielt ihm die Frucht hin. Dankbar und zufrieden verschlang er sie und kaute genüsslich auf dem süssen Fruchtfleisch herum, während ich mich an ihn lehnte. An das dicke, weiche Winterfell. Damit sah er nach doppelt so viel Pferd aus, als er eigentlich war. Aber das war auch seiner Rasse geschuldet, die sich den kalten, rauen Wetterverhältnissen von Island angepasst hatte. Ich musste lächeln, Estrella hatte im Gegensatz zu Gjúki ja kaum Fell. Na gut, wann fielen die Temperaturen in Andalusien im Winter mal unter zehn Grad? Nur in Ausnahmefällen.

Gjúki sah mich aus seinen braunen Augen aus an. Und sofort war die Verbindung zwischen uns wieder da. Er hatte mich immer herausgefordert und verlangte von mir stets eine Präsenz, wenn ich mit ihm unterwegs war. Aber er war auch immer mein Ruhepol, wenn ich ihn brauchte. Ich erkannte, wie ich so neben ihm stand und über all das nachdachte, dass er und Estrella eigentlich unglaublich viel gemeinsam hatten. Konnte es sein, dass das Schicksal mir in Estrella eine Reinkarnation des Pferdes geschickt hatte, das mir in den schwierigsten Stunden meines Lebens beigestanden hatte? So dass ich immer jemanden hatte, der mich spiegelte, wenn ich dafür selber nicht in der Lage war?

Jemand tippte mir auf die Schulter und riss mich so aus der Zweisamkeit mit Gjúki. Ich drehte mich um. Es waren die beiden Hofbesitzerinnen, Marlene und Yolanda. Auch sie strahlten mich überglücklich an und mit einem kindlichen Schrei fiel ich auch ihnen nacheinander um den Hals. Von Ylenia wussten sie über meine Abenteuer in Sevilla Bescheid. Yolanda sah mich strahlend an und nickte dann zu Gjúki.

„Magst du eine Runde mit ihm und Ylenia ausreiten gehen? Und danach trinken wir zusammen gemütlich einen Kaffee?"

Über dieses Angebot dachte ich nicht zweimal nach. Sofort nahm ich es an. Während das Mädchen, das Gjúki kurz zuvor noch putzte, ihn voller Freude und Stolz für mich sattelte und auftrenste, zog ich mich in der Reiterstube um. Ylenia hatte immer ein zweites Paar Reithosen in ihrem Fach, das ich mir ausleihen konnte. Und einen Helm, der der Hof zur Verfügung stellte, fischte ich mir auch vom Hacken. Als ich aufstieg, verlor ich kurzzeitig das Gleichgewicht, stöhnte auf und liess mich in den Sattel fallen.

„Ich habe vergessen, dass die Isländer kleiner sind. Da ist man schneller im Sattel als bei Estrella."

Um mich herum erklang heiteres Lachen, sowohl von den Hofbesitzerinnen als auch von den anwesenden Kindern und Ylenia, mit der ich nun in einem zügigen Schritt vom Hof ritt. Im Wald lag noch etwas Schnee und wir nutzten die Gunst der

Stunde, um richtiges Islandfeeling zu erhalten. Mit unseren beiden Reittieren fetzten wir in einem flotten Tölt durch den Schweizer Wald. Was man reittechnisch einmal gelernt hatte, verlernte man nie. So dauerte es nicht lange, bis ich mich wieder vom schwungvollen Gangbild von Estrella und Fandango auf den wirklich bequemen Tölt und Schritt von Gjúki einstellen konnte.

„Konntest du das mit den Diplomen nachschauen?", fragte ich Ylenia, nachdem ich sie wieder über alles in Kenntnis gesetzt und ihr ein detailliertes Update zu meiner Lebenssituation gegeben hatte. Sie nickte.

„Klar, ich habe dir die Zusammenfassung und die wichtigsten Internetseiten dazu gemailt."

„Danke", erwiderte ich. Das war mein Reminder, mal wieder in mein Mailpostfach zu schauen. Eine Weile ritten wir stumm nebeneinander her. Nur das helle Klappern der Eisen auf den steinigen Wegen klang in die Ruhe des Waldes hinein.

„Wie machst du weiter?", fragte mich Ylenia plötzlich, als wir fast zurück beim Hof waren. Ich liess Gjúki halten und lächelte sie an.

„Ich denke, ich folge meinem Herzen. Dorthin, wo Leben und Freiheit sich verweben."

Ich beugte mich vor, schlang meine Arme um Gjúkis ungewohnt kurzen Hals und vergrub mein Gesicht in seiner dichten Mähne. Gjúki, dessen Name auf Isländisch ‚der grosszügig Schenkende‘ bedeutete, hatte mich so viel gelehrt und mir so viel mit auf meinen Weg gegeben. Er war das Pferd, das mich in meiner Jugend am meisten geprägt hatte und immer für mich da war. Auf einer Seite war ich unendlich traurig, dass sich unsere Wege an dieser Stelle, zumindest auf Zeit, trennen würden. Auf der anderen Seite war Estrella an meiner Seite. Aber sie würde niemals Gjúkis Platz einnehmen. Gjúki und Estrella, die zwei Pferde, die mein Leben mehr geprägt haben als andere, waren beide auf ihre Art und Weise einzigartig. Keines der beiden nahm den Platz des anderen ein. Beide hatten einen eigenen Platz in meinem Herzen.

Zuhause ist, wo du bist

Ich hatte recht mit meiner Ahnung, dass das Leben in Sevilla im Frühling wieder voll im Gang sein würde. Und wie. Ich blieb mit fast einem Monat etwas länger als geplant in der Schweiz und kehrte erst gegen Anfang März zurück, da ich noch einige administrative Sachen zu erledigen hatte. Aber seit ich aus der Schweiz zurück war, hatte ich kaum eine ruhige Minute. Geschweige denn ein paar Stunden der Zweisamkeit mit meinem Freund. Meine Arbeitstage wurden immer länger und voller und abends fiel ich oft wie ein Stein ins Bett. Enrico kam oft erst nach mir ins Bett, da er neben all den Arbeiten auf der Ranch abends noch auswärts vor allem mit Fandango und Fuego trainierte. Fandango, um ihn wieder an die Arena in Sevilla zu gewöhnen, und Fuego, da er noch sehr jung und unerfahren war. In der Stadt selber bereitete sich alles auf die Feria von Sevilla vor, die die neue Saison des Stierkampfes einläuten würde. Die ganzen Festzelte und Achterbahnen wurden aufgebaut. Auf allen Ranches im Umkreis liefen die Vorbereitungen auf Hochtouren. Entweder im Pferdetraining oder in der Stierzucht. Ich wollte gar nicht wissen, wie die Stiere ihre letzten paar Wochen vor dem Todeskampf lebten. Zu alledem erblickten auch die Fohlen in dieser sowieso schon turbulenten Zeit das Licht der Welt. Mehr als einmal stand ich in der Nacht im Stall, um einer Stute bei der Geburt zu helfen. Doch wenn man bei dieser Gelegenheit persönliche Bekanntschaften mit diesen kleinen Wundern machte, die eines Tages in grosse Hufstapfen treten würden, vergass man alle Anstrengung und Müdigkeit wieder.

Und dann war er endlich da. Der Tag, an dem Enrico und Fandango nach exakt drei Jahren wieder gemeinsam in der Arena stehen würden. Die Person, die ich an dem Tag kennenlernte, stiess mich jedoch enorm vor den Kopf. Vom ersten Moment am

Morgen des grossen Tages schenkte Enrico mir keine Beachtung mehr. Er antwortete auf keine meiner Fragen und behandelte mich wie Luft. Er war völlig abwesend und in sich gekehrt. Als er mich nach dem Frühstück kommentarlos in der Küche sitzen liess, war für mich das Fass voll und ein dicker Kloss bildete sich in meinem Hals. Ich verstand ja, dass er nervös war und der Tag für ihn mit vielen Emotionen verbunden war. Und dass bestimmt auch vieles aus seiner Vergangenheit wieder hochkam. Aber war das ein Grund, mich so zu behandeln? Nach allem, was wir gemeinsam durchgemacht hatten? Mariela lief gerade an der Küche vorbei, doch als sie mich bedrückt am Tisch sitzen sah, kam sie sofort in die Küche und fragte:

„Was ist los? Ist etwas passiert?"

Ich schluckte den Kloss hinunter und senkte den Kopf, damit sie nicht sah, dass meine Augen von Tränen benetzt waren. Doch mein Versuch, meine Emotionen vor ihr zu verstecken, war vergebens. Sie registrierte sofort, was los war, denn sie lief um den Tisch herum und zog mich in eine warme, mütterlich tröstende Umarmung.

„Du darfst dir keinen Kopf darüber machen, Solea, es ist absolut nicht persönlich gegen dich gerichtet", sagte sie.

„Lucio war genauso."

„So wie?", fragte ich sie mit zitternder Stimme.

„Enrico nimmt in den Stunden vor dem Kampf nichts mehr von seiner Umgebung wahr. Er bewegt sich wie in einer Vakuumblase zusammen mit seinen Pferden. Egal, was ist, du kommst nicht an sie ran. Sie sind in so unglaublicher Konzentration und Spannung gefangen."

Ich unterdrückte einen Schluchzer.

„Ist es das wirklich wert?", fragte ich.

„Ist es wirklich das, was einen Menschen erfüllen kann?"

Mariela liess mich los, zog sich einen Stuhl heran und setzte sich nahe zu mir. Sie nahm meine Hände in ihre, drückte kurz zu und sah mir fest in die Augen.

„Der Rejoneo war ein grosser Teil von Lucios Leben. Für ihn war es das wert, ja. Und ich habe irgendwann gelernt, damit umzugehen. Ausserdem müssen sich die Rejoneadores so abschotten vor dem Kampf", erklärte mir Mariela.

„Diese Abgrenzung ist überlebenswichtig. Mit allen Sinnen musst du dich darauf einstellen. Jeder Stierkämpfer, der die Arena betritt, weiss, dass es um Leben und Tod geht. Für ihn, sein Pferd oder für den Stier. Und bist du nicht aufmerksam, so riskierst du dein eigenes Leben. Die einzige Person, die Enrico in diesen Momenten an sich heranlässt, ist Xavier. Er und Enrico kennen sich von Kind auf, das ist einfach eine sehr enge, tiefe Freundschaft zwischen den beiden. Xavier weiss, was zu tun ist, und braucht keine Anweisungen. Sie verstehen sich ohne Worte. Auch Xavier war selber schon Rejoneador, er kennt sich aus und ist deshalb die rechte, stützende Hand und wird auch heute Enrico und die Pferde begleiten."

„Ich würde ihnen gerne zuschauen", erwiderte ich auf ihre Worte. Mariela nickte.

„Das habe ich mir gedacht. Und ich möchte es auch, deswegen habe ich uns vor langer Zeit noch Tickets besorgt. Wir füttern kurz die Pferde und dann fahren wir los, ja?"

Als ich draussen auf Mariela wartete, waren Enrico und Xavier gerade dran, Fandango die Transportgamaschen anzuziehen und ihn in den Anhänger zu laden, den er sich mit Amira teilte. Fuego und Nieblo standen auf dem Transporter vor dem Anhänger. Jetzt verstand ich, was Mariela sagte. Die drei waren in einer eigenen Welt. Auch Fandango hatte eine ganz andere Haltung. Er war starr, angespannt und konzentriert. Und da durchrieselte mich ein Schauer und ich fühlte die unsichtbare Barriere vor mir. Das war nicht mehr meine Sache. Mit diesem Kapitel im Leben von Enrico und Fandango hatte ich nichts zu tun und würde auch niemals zu tun haben. Es war ein Kampf zwischen den beiden, bei dem ich nicht einschreiten durfte. Xavier und Enrico fuhren gerade von der Ranch, als Mariela aus dem Haus kam und wir gemeinsam zu den Ställen rüber liefen, um die Pferde zu füttern. Danach fuhren auch wir nach Sevilla. Dort erwischten wir zum Glück, dank Marielas Reservierung, noch zwei schattige Sitzplätze in der Arena. Wir setzten uns gerade hin, als Enrico Ventura mit seinem Pferd Fandango de la Victoria ausgerufen wurde. Die beiden kamen in die Arena getrabt, und wurden vorgestellt, während sie zwei Runden aussen an der Bande entlanggaloppierten und die Arena dann wieder verliessen.

„Enrico reitet für die Vorstellung immer mit dem Pferd in die Arena, mit dem er auch die letzte Phase reitet. So pflegte es auch sein Vater zu machen", schrie mir Mariela über den ohrenbetäubenden Lärm zu. Als Nächstes wurde der Stier in die Arena gelassen und auch über ihn wurden einige Worte verloren, insbesondere über seinen Züchter und seine Abstammung. Es war ein wunderschönes, kräftiges, pechschwarzes Tier, das nun den Kopf hob und seine Nase in die Richtung streckte, aus denen er das Pferd roch, das nun mit Enrico in gestrecktem Galopp in die Arena kam. Für das Vorspiel nutzte Enrico Fuego de la Victoria. Der Hengst war jung und hatte viel Kraft und Energie, brauchte aber noch nicht die Erfahrung, um nahe an den Stier zu kommen. Der einzige Kontakt zwischen Pferd und Stier fand da statt, wo das schwarze Tier versuchte, die Schweifhaare von Fuego aufzuspiessen, die aber immer seidig von dem spitzen Horn glitten. Die ersten paar Minuten waren auch dafür gedacht, dass Enrico den Stier kennenlernte, seine Wesenszüge und seine Bewegungsabläufe. Dabei provozierte er ihn wieder und wieder mit den Bewegungen und den Dressurlektionen des tänzelnden Hengstes. Neben Piaffen und Kapriolen stieg Fuego auch immer wieder halb auf die Hinterhand, nur um dann auf den Stier loszurennen und im letzten Moment mit gewaltigen Sprüngen der Laufbahn des Stieres auszuweichen. Dann verliessen Enrico und Fuego die Arena in gestrecktem Galopp. Als Nächstes betrat der Schimmel Nieblo de la Esperanza, der Halbbruder von Amira, die Arena. Er sah zu Beginn so schläfrig und gemächlich aus, doch das war nur die Ruhe vor dem Sturm, wie ich schnell feststellte. Ich dachte kurz darüber nach, was Xavier mir erzählt hatte. Im ersten Drittel wurde dieser harpunenähnliche Stab verwendet. Enrico ritt Nieblo zum Tor, wo ihm einer der Matadore dahinter den Stab reichte. Zunächst wurde der Stier wie schon in der ersten Phase durch die Arena gelockt und provoziert, bis er von sich aus nach einer kurzen Pause lechzte und stehen blieb. Enrico brachte auch Nieblo frontal vor dem Stier in den Stillstand und hob die rechte Hand. Nieblo piaffierte auf der Stelle, und der Stier lief los. Nieblo sprang nach rechts, doch dies war nur ein Täuschungsmanöver, er sprang dann sofort nach links, halb über den Stierkopf weg, nur knapp an den scharfen Hörnern vorbei. So hatte Enrico den Stier aber in der richtigen Position und stach fest und bestimmt zu. Die rote Fahne erschien und die Rosette steckte tief im Fleisch des Tieres. Sofort spritzte das Blut und rann in einem dünnen Streifen an der Schulter des Stieres entlang, über das Bein in den goldenen Sand der Arena. Die Menge schrie laut ‚Olé‘, während das Reiterpaar im Renngalopp um die Arena vor dem Stier davonrannte, der sich nun durch den Schmerz in seiner Aggressivität hochschaukelte und eine überraschende Geschwindigkeit an den Tag legte, die man ihm nicht zugetraut hätte. Nach ein paar Minuten kehrte wieder etwas Ruhe ein und Enrico ritt erneut auf den offenen Ausgang zu. Ich wusste, dass nun Amira de la Esperanza kam und das zweite Drittel. Es war vermutlich die anspruchsvollste Phase, in der der Kontakt zwischen Pferd, Reiter und Stier am nächsten und intensivsten war. Ich war unglaublich froh, dass er dafür Amira einsetzte, diese Stute, die ihm schon immer Halt gegeben hatte. Ich konnte aber kaum hinsehen, verkroch mich im Sitz und schlug die Hände vor die Augen. Ab und an blinzelte ich hindurch, als die Menge laut und einstimmig ‚Olé‘ rief. Das war für mich immer das Zeichen, dass eine weitere Lanze im Fell des anmutigen Tieres steckte. Als ich zwischen meinen Fingern hindurchblinzelte, sah ich das blutüberströmte Tier, das nun die Zunge raushängen liess. Ich schüttelte nur den Kopf und liess meinen Blick über das Publikum schweifen. Es hatte mächtig Spass an diesem Kampf und amüsierte sich prächtig. Als alle aufsprangen und klatschten, sah ich wieder in die Arena, in der nun Enrico und Fandango de la Victoria standen. Die Öffentlichkeit schien sich an sie zu erinnern, besonders an Fandango und all die spektakulären Kämpfe, die er noch mit Lucio

Ventura bestritten hatte. Enrico liess Fandango einige Runden galoppieren, der Stier kam kaum noch mit. Dann verlangte er am Tor eine weitere Lanze.

„Nein", stöhnte ich auf. „Wieso, Enrico? Bitte nicht!"

Ich wusste, dass die Lanzen eigentlich zum zweiten Drittel gehörten und im letzten Drittel der Stier mit dem Degen getötet wurde. Gelegentlich setzten die Rejoneadores aber zu Beginn der letzten Phase noch ein bis zwei Lanzen mit ihrem letzten Pferd, je nach Vitalität des Stieres. Mir wurde langsam flau im Magen. Hoffentlich übergab ich mich nicht noch hier auf den Rängen. Ich versuchte herauszufinden, was in Enrico und Fandango in diesen Minuten in der Arena vorging. Ich kannte Fandango doch auch relativ gut und erkannte seine Widerstände. Seine Muskulatur, die immer wieder Rückwärtsbewegungen andeutete, aber dann doch die Anweisungen seines Reiters ausführte. Fandango vertraute Enrico einmal mehr sein Leben an, so wie auch Enrico sein Leben vor dem Kampf in Fandangos Dienst gestellt hatte. Aus Enricos Gesicht konnte ich nichts herauslesen, er war zu weit weg. Als die Menge ein weiteres Mal ‚Olé' schrie, sah ich, dass die Lanze steckte.

„Bitte lass das die letzte gewesen sein", flehte ich. Der Stier stand röchelnd, geschwächt und blutüberströmt in der Mitte der Arena. Alle Zuschauer auf den Tribünen johlten, applaudierten und warteten auf den Todesstoss. Langsam und wie in Zeitlupe ritt Enrico ganz aussen an der Arena entlang, auf das Tor zu, wo er parallel zur Wand sein Pferd durchparierte. Dort erhielt er aber nicht sofort den Degen, hinter den Absperrungen wuselten die Männer noch hin und her. Enrico begann, mit ihnen zu diskutieren. Was war nur los? Fandango wurde unruhig, tänzelte auf der Stelle und drehte dabei seine Hinterhand Stück für Stück zur Mitte der Arena. Ich hielt kurzzeitig die Luft an, da mir die jetzige Position des Pferdes zum Stier absolut nicht gefiel. Sah Enrico den Stier überhaupt noch in dieser Position? Wohl kaum, die Hinterhand des Pferdes war dem Stier zugewandt, somit auch der Rücken des Reiters. Langsam und geräuschlos pirschte sich das kluge, schwarze Tier an das Pferd heran und sprintete plötzlich los. Ich schrie laut auf, doch mein Schrei ging in der Menge unter, die meine Gedanken teilte. Fandango wieherte laut auf, stieg im letzten Moment steil auf die Hinterhand, drehte sich blitzartig um die eigene Achse und rannte in die andere Richtung davon. Enrico sass dieses Manöver souverän und scheinbar locker aus. Der Stier musste eine Vollbremsung einlegen, um nicht in die Holzvertäfelung der Arena zu knallen. Die Zuschauer sprangen ab diesem Manöver von Pferd und Reiter alle von den Stühlen und johlten, während Enrico sein Pferd erneut zum Stehen brachte und den Degen auf der anderen Seite der Arena entgegennahm. Ich zitterte am ganzen Körper und hatte angefangen, an meinen Fingernägeln zu kauen. Ich wollte, dass das jetzt endlich ein Ende nahm. Enrico richtete sich und das Pferd aus. So dass sich Pferd und Stier gegenüberstanden. Er nahm die Zügel in die linke Hand und den Degen in die rechte. Eine unheimliche Stille senkte sich über die Arena. Es wurde so leise, dass man das Keuchen der Tiere bis auf die Ränge hörte. Alle warteten auf den Tod.

Die Sekunden verstrichen.

Gefühlte Minuten.

Pferd, Reiter und Stier standen wie festgefroren in der Arena.

Und dann rannte der Stier los. Enrico hob den Degen, Fandango galoppierte auf den Stier zu, wich im letzten Moment aus und Enrico senkte blitzschnell seine Hand. Und versenkte seinen Degen nicht im Fell des Stieres. Die Menge begann empört aufzuschreien, als Enrico sein Pferd erneut nach dem Stier ausrichtete. Der Ausgang lag nun genau hinter ihnen, der Stier stand auf der gegenüberliegenden Seite der Arena. Enrico blickte kurz über die Schulter, liess dann seine Augen über das Publikum schweifen, sah hoch zum Himmel und fixierte dann wieder den Stier. Er klemmte sich den Degen langsam unter seinen Oberschenkel und legte seine rechte Hand auf den Hals seines Pferdes. Erst jetzt erkannte ich, dass auch Fandango zitterte. Und zwar so stark, dass ich darum besorgt war, er könnte jeden Moment zusammenbrechen. Enrico nahm langsam die Hand vom Hals des Pferdes und hob diese. Eine schrille Glocke ertönte. In dem Moment brach gefühlt die Welt zusammen. Die empörten Schreie und Gesten des Publikums durchschnitten die Stille von vorhin. Becher und Schuhe flogen in die Arena. Enrico liess sich davon nicht beeinflussen, zog den Degen unter seinem Oberschenkel hervor, liess diesen in den blutgetränkten Sand der Arena fallen, nahm sich seinen Hut vom Kopf und legte sich diesen auf die Brust. Er neigte leicht den Kopf als Zeichen des Respekts dem blutgetränkten Tier gegenüber. Und verliess rückwärts mit Fandango die Arena durch das Tor, das geöffnet wurde. Sofort rannten zwei Matadoren in die Arena, einer von ihnen hob den Degen auf und versetze dem Stier endlich den Todesstoss, um ihn von seinem Leid zu erlösen. Die Menge jubelte und johlte, doch aus mir wich jegliche Kraft, mit einzustimmen. Dies mitanzusehen, kostete mich alle Energie, die ich hatte. Jetzt war mir wirklich speiübel und ich bemühte mich darum, mich nicht zu bewegen. Ansonsten konnte ich nicht dafür garantieren, dass ich mein Frühstück bei mir behielt. Aber ich verspürte gleichzeitig einen unglaublichen Stolz auf meinen Partner, der den Mut besass und die Grösse bewies, den Kampf in dem Moment abzubrechen, in dem Fandango das Zeichen gab. Der sandfarbene Hengst hatte sich in meinen Augen heute aber einmal mehr als würdiger Träger seines Suffixes bewiesen.

Fandango de la Victoria war für mich der Sieger des Herzens, Eroberer der Seele.

Nachdem ich mich aus meiner Erstarrung gelöst hatte und die Übelkeit etwas abgeflaut war, sprang ich von meinem Sitz auf, während in der Arena schon der nächste Reiter und der nächste Stier miteinander kämpften. Ich lief schnurstracks zu den Treppen und folgte diesen unter die Zuschauerränge, dort, wo die Pferde und Stiere in Boxen untergebracht waren. Ich drückte mich an den abgelenkten Securities vorbei und folgte den Boxen der Pferde, auf denen die Namen standen.

„Fandango de la Victoria", murmelte ich leise vor mich hin. Ich musste um die halbe Arena laufen, um zu Fandangos Box zu gelangen, die offenstand und leer war. Ich sah in die Box daneben, wo ich Amira und Xavier antraf. Xavier wischte gerade mit einem kalten, nassen Tuch über die Beine des verschwitzten Pferdes, das noch immer stark atmete, obwohl sie schon einige Minuten in der Box stand. Ich strich Amira sanft über die warmen Nüstern. Die Pferde erbrachten hier Höchstleistungen, nicht nur körperlich, sondern auch psychisch.

„Wo sind Enrico und Fandango?", fragte ich Xavier.

„Enrico wollte nach Hause reiten", erwiderte er.

„Das machte er oft nach den Kämpfen. Er zieht sich eigentlich immer zurück und braucht Zeit für sich."

Geknickt lehnte ich mich an die Stalltüre und seufzte.

„Kann ich mit dir mit nach Hause fahren?"

Xavier nickte und während er Amira fertig für den Transport machte, lehnte ich mich draussen an den Transporter, auf dem schon Nieblo und Fuego standen. Während ich wartete, schrieb ich Mariela eine kurze SMS, dass ich mit Xavier zurück zur Ranch fahren würde. Als ich das Handy wieder in die Tasche stecken wollte, erreichte mich eine Nachricht von Enrico. *Parallelwelt von Narnia* stand da. Ich sah auf das Display. Das war wieder so typisch Enrico, so typisch für den stolzen Spanier, der Gefühle nicht in Worte fasste und nicht klar ansprach, was ihm durch den Kopf ging. Ich interpretierte aus seiner Nachricht, dass er auf der Anhöhe über Sevilla sein würde. Aber wieso schrieb er mir das? Weil er wollte, dass ich informiert war, wo er sich befand? Oder steckte da eine Bitte dahinter, dass ich ihn dort oben treffen sollte? Ich war hin- und hergerissen, aber auf der Heimfahrt entschied ich, mit Estrella ebenfalls in die Berge zu reiten. Mehr als wegschicken konnte mich Enrico ja nicht. Und falls er mich wegschicken würde, würde ich einfach einen schönen Ausritt mit meiner Stute machen. Als ich rund eine Stunde später auf der Anhöhe über Sevilla ankam, lag Enrico mit verschränkten Armen und geschlossenen Augen im Gras. Ich lief zu Fandango hin, streichelte ihn und flüsterte ihm zu, wie unglaublich stolz ich auf seinen Löwenmut war. Nachdem ich Estrella neben ihrem Vater angebunden hatte, fasste ich Fandango unter die Satteldecke. Er war komplett verschwitzt. Kurz überlegte ich, doch dann handelte ich bestimmt und zog ihm den Sattel aus. Als ich diesen an den Stamm des Baumes lehnte, trug der sanfte Wind Enricos Gesang zu mir rüber. Ich hielt in meinen Bewegungen inne. Ich wollte das Lied anhand des Textes schon lange mal googeln, aber ich vergass es immer wieder. Als ich auf einen trockenen Ast trat, der unter meinem Gewicht knackte, verstummte Enrico sofort, setzte sich auf und sah sich suchend um. Als er Estrella und mich sah, entspannte er sich sogleich wieder. Er klopfte neben sich ins Gras. Ich kam seiner stummen Einladung nach, lief zu ihm rüber und setzte mich im Schneidersitz neben ihn. Er legte sich wieder hin und liess seinen Kopf in meinen Schoss sinken. Zu meiner Verblüffung lächelte er mich an.

„Wirst du jetzt wieder mit mir sprechen?", fragte ich ihn zynisch.

„Tut mir leid, Solea", setzte er an, doch ich unterbrach ihn.

„Mariela hat es mir schon erklärt. Es wäre für mich aber hilfreich gewesen, wenn ich vorher Bescheid gewusst hätte."

Enrico nickte. „Ich merke es mir. Für das nächste Mal."

„Wird es denn ein nächstes Mal geben?"

Auf diese Frage erhielt ich keine Antwort, also akzeptierte ich die Stille, die nun zwischen uns lag. Enrico hatte die Augen wieder geschlossen und während ich ihm über die dichten, schwarzen Haare strich, sah ich auf Sevilla hinunter. Nach einem hektischen Monat waren das die ersten Minuten, die wir wieder in vertrauter Zweisamkeit als Paar geniessen konnten. Und es war schön, so zusammen zu schweigen. Im Moment musste nichts ausgesprochen werden. Ich blickte auf meinen Freund hinunter. Die Ranch in Sevilla war mein Zuhause geworden. Aber es war nicht ausschliesslich Sevilla, ich hatte noch eine zweite Heimat. In der Schweiz. Ich hatte immer das Gefühl, dass ich mich zwischen einem der beiden entscheiden musste. Bis jetzt. Nach meinem Ausflug in die Schweiz, nach den Gesprächen mit Mariela, meiner Grossmutter und meinen Eltern kam ich zum Schluss, dass ich mich nicht für eines entscheiden würde. Ich war in der Schweiz geboren und aufgewachsen, es war meine Heimat, mein Zuhause. Der Ort, an den ich jederzeit zurückkehren konnte und durfte. In Sevilla hatte ich ein zweites Zuhause gefunden in einem Land, das ebenfalls zu meinem Ursprung gehörte und schon immer ein Teil von mir war. Ich werde meinem Herzen nach Hause folgen und dort wohnen, wo es sich gerade richtig anfühlte. Plötzlich durchzuckte mich wieder eines dieser Gefühle, das sich anfühlte, als würde ich mit dem Lift im Erdgeschoss ankommen. Es war eine weitere, richtige Entscheidung, die meinen Tornado verlangsamte. Wieso konnte ich das jetzt so gut akzeptieren, dass ich zwei Heimaten haben würde? Das war wieder mal typisch für mich, dass ich anfing, mich zu hinterfragen. Doch dann kamen mir Marielas Worte in den Sinn: „Zuhause ist, wo du bist, Solea." Ich atmete tief und befreit ein und schloss ebenfalls die Augen. Vielleicht ging es gar nicht darum, dass ich mich entschieden hatte, mich nicht zu entscheiden. Sondern darum, dass ich mich selber entdeckt und gefunden hatte und immer mehr ins Gleichgewicht mit mir kam.

„Das war unser letzter Kampf", kam wie aus dem Nichts von Enrico, der nun doch meine Fragen von vor einigen Minuten beantwortete. Ich zuckte zusammen und sah ihn an. In seinen Worten schwangen eine leichte Enttäuschung und Resignation mit.

„Wir sind vor dem Todesstoss beide an eine Grenze gekommen. Wir lieben den Wettkampf, ich bin aber nicht bereit, dafür zu töten. Das habe ich heute klar und deutlich gespürt, genauso wie die Grenze von Fandango. Deswegen habe ich entschieden, den Kampf zum Schluss doch abzubrechen."

Enrico richtete sich auf und setzte sich neben mich. Ich winkelte meine Beine an und zog sie an die Brust. Dann schlang ich meine Arme darum.

„Ich bin so unglaublich stolz auf dich und Dango. Darauf, dass ihr euch getraut habt und euch der Angst gestellt habt. Aber vor allem auf euren Mut und eure Stärke, für euch selber einzustehen."

Ich legte ihm eine Hand auf den Arm.

„Enrico, ich bin mir sicher, dein Vater und Negro haben heute zugeschaut. Sie haben euch beschützt und geleitet. Und ich bin überzeugt, dass dein Vater stolz ist auf dich."

Enrico schluckte und lehnte seinen Kopf an meine Schulter.

„Danke, Solea", hauchte er.

„Darf ich dich noch was fragen?"

Er nickte. „Nur zu."

Ich räusperte mich.

„Bevor du den Degen geholt hast, bevor Fandango sich um die eigene Achse gedreht hat, da war Fandangos Hinterhand dem Stier zugewandt. Hast du den Stier da im Blick gehabt?"

Zunächst sah Enrico mich verwirrt an. Doch dann schlug er sich die Hand an die Stirn, als er realisierte, welchen Moment ich ansprach.

„Ah ja dort, nahe beim Ausgang. Nein, ich habe ihn nicht gesehen. Aber Fandango hatte ihn im Blick", fügte er rasch hinzu, als er meinen schockierten Gesichtsausdruck sah.

„Fandango ist ein sehr kluges, selbstständiges Pferd, das mitdenkt. Ich wusste, dass er ihn sah. Und ich fühlte, in welche Richtung er ausweichen würde. Ich war auf die Kehrtwendung vorbereitet. Ich kenne und vertraue Fandango."

Er wandte sich nach hinten und schaute zu seinem Pferd. Dieser hatte den Kopf gesenkt und seine Ohren waren gespitzt auf Enrico gerichtet. Leise schnaubte er, es schien, als wolle er seinem Partner zustimmen. Enrico lächelte.

„Und der erste Stich mit dem Degen, wieso hat der nicht geklappt? Oder war es deine Entscheidung, ihn nicht zu stecken?"

„Meine war es nicht direkt", sagte Enrico.

„Es war Fandangos. Er ist zu weit nach links gesprungen. Ich hätte mich noch weiter aus dem Sattel lehnen müssen, um den Stier richtig zu treffen. Dabei hätte ich aber riskiert, uns aus dem Gleichgewicht zu bringen und zu stürzen."

Eigentlich wollte ich noch viel mehr fragen, doch ich brauchte die Antworten nicht mehr. Es war nicht mehr nötig, sie hatten keine Bedeutung mehr. Enrico und Fandango hatten für sich zusammen eine Entscheidung getroffen. Sie hatten ihren Kampf alles andere als verloren, sie hatten ihn gewonnen. Und viel mehr noch, sie hatten sich gegenseitig wieder ihr Leben anvertraut. Sie waren wieder das, wofür sie vom Schicksal bestimmt worden waren. Seelenverwandte.

Wo Leben und Freiheit sich verweben

Im sevillanischen Stadtteil Los Remedios, direkt am Ufer des Flusses Guadalquivir, herrschte ein Ausnahmezustand. Hinter einem grossen Tor, auf dem unendlich viele Glühbirnen steckten, die abends alle zusammen eingeschaltet wurden, erstreckte sich das grosse Festgelände der Feria von Sevilla. Ein Festzelt nach dem anderen war aufgebaut, aus denen die Musik drang und in den Strassen dazwischen einen ganz eigenen Klang bildeten. Über den Köpfen der Menschenmenge hingen unzählbar viele Lampions, immer abwechslungsweise eine Reihe von roten und weissen Lampions. Die Gehsteige waren bedeckt mit dem gelben Sand, mit dem auch der Boden in den Stierkampfarenen von Sevilla ausgekleidet wurden. Auf den Strassen war der Verkehr zwischen den Menschenmassen, den Kutschen und den Reitern dicht, es bimmelte und klingelte in allen Tonlagen. Die Pferde vor den Kutschen, meist waren es Andalusier, Araber oder Spanier, waren mit vielen Schellen ausgestattet worden. Die Trensen waren mit bunten Bändern, Pompons und Kugeln geschmückt. Die Mähnen wurden zu Zöpfen geflochten und die Schweife hochgebunden. Peitschenhiebe knallten durch die Luft, ein Gespann nach dem andern setzte sich in Bewegung. Die Räder knarrten auf den unebenen Pflastersteinen. Begleitet wurden die Kutschen von Reitern und Reiterinnen, die in den traditionellen sevillanischen Trachten gekleidet waren. In Gruppen hielten sie immer wieder an den Strassenrändern an, die Tiere bekamen Wasser und die Reiter konnten sich an einigen spanischen Tapas hoch zu Pferd laben. Ja, das war es. Das grosse Fest von Sevilla im April. Und heute war ich endlich ein Teil davon und nicht einfach nur Touristin. In meinem traditionellen Flamencokleid sass ich auf Estrellas Rücken. Ich hatte mich für ein schlichtes, rotes Kleid mit schwarzen Mustern entschieden, bei dem der Rock vorne etwas ausgeschnitten war. So musste ich keinen Damensattel für Estrella verwenden und behielt die klassische Reitweise bei. Die Mähne meiner Stute hatte ich am Morgen noch eingeflochten und anhand von farbigen Tüchern in den Nationalfarben Spaniens geschmückt. An ihrem Stirnriemen hatte ich drei Glöcklein und Lederfransen befestigt, auf mehr Schmuck hatte ich bewusst verzichtet. Neben Estrella am Strassenrand stand ein entspannter Fandango, der sandfarbene Hengst, der meinem Leben die entscheidende Wendung verpasst hatte. Auf seinem Rücken sass Enrico, der Andalusier, in den ich mich verliebt hatte. Auch er war mit seinem Vaquerohut, dem weissen Hemd, dem hellblauen Blazer und den dunkelblauen Hosen traditionell gekleidet. In einer Hand hielt er ein halb volles Weinglas und während er locker mit den Männern am Boden sprach, ass er einige Tapas. Fandango war genauso hergerichtet worden wie bei seinem letzten Stierkampf. Die Lederfransen hingen ihm spielerisch ins Gesicht, die Mähne war zu einem dicken Zopf geflochten, in dem rote und weisse Tücher mit verwoben waren. Rot und weiss zur Ehrung von Sevilla. Unbemerkt fischte ich mein Handy aus Estrellas Satteltasche und schoss schnell ein Foto. Ich sah ehrfürchtig auf das Bild hinunter. Fandango de la Victoria war umgeben von einer Aura und Kraft, die einen sofort in den Bann zog. Er wirkte so unnahbar und erhaben, eigensinnig und rein. Und auf dem Foto war sofort ersichtlich, dass es nur einen Menschen gab, dem er vollkommen vertraute und sein Herz öffnete. Dass es nur einen Menschen gab, dem er sein Leben anvertraute und für den er sein Leben geben würde.

Enrico Ventura.

Der stolze, heissblütige Andalusier. Der so offen, stark und taff wirkte, wie er jetzt auf seinem Pferd sass. Der durch sein keckes Charisma die Blicke der Frauen auf sich zog. Der so sehr für seine Stadt und seine Heimat lebte. Doch es gab nur eine Person, die einen Einblick in seine Seele und seine Emotionen hatte. Es gab nur eine Person, der er auch seine verletzliche Seite zeigte.

Mich, Solea Moreno.

Diejenige, die wie ein Tornado in sein Leben gestürmt war. Die alles auf den Kopf gestellt hatte, um auch ihr eigenes Gleichgewicht zu finden. Ich hatte auf einer Ranch in Andalusien gelernt, meinem Herzen zu folgen. Ich war stets in Bewegung und kam kaum zur Ruhe, brauchte immer etwas zu tun und verfing mich doch noch oft in den Strudeln meiner Gedanken und Erwartungen. Nur eine konnte meinen Tornado wieder besänftigen.

Estrella de la Luz.

Die Fuchsstute, die mein Herz nicht im Sturm erobert hatte, aber sich ganz langsam reingeschlichen und dort unwiderruflich festgesetzt hatte. Die hitzige, energische Stute, die trotz ihres jungen Alters schon sehr weise und ausgeglichen war. Die mich tagtäglich herausforderte, aber gleichzeitig auch immer meine Ruhe im Sturm war. Diese Mischung ihrer Charakterzüge und ihr Umgang damit verschlug mir jeden Tag aufs Neue die Sprache und liess mich mit der Frage dastehen, wie sie das nur machte. Letzten Endes sah ich aber ein, dass sie ein Spiegel meines Selbst war. Nur konnte sie damit besser umgehen. Sie war für mich nach wie vor ein Vorbild, um mit sich und den gegensätzlichen Gefühlen ins Gleichgewicht zu kommen.

Als ich vom Display hochsah, traf ich auf Enricos Blick, der mich ausgiebig musterte. Ich lächelte ihn an und liess mein Handy wieder verschwinden. Ich würde das Foto ausdrucken und Mariela fragen, ob wir es im Hausflur aufhängen konnten. Neben dem Bild, das Enrico von mir und Estrella letztens dort angebracht hatte, wo wir Schulter an Schulter nahe an der Klippe standen und auf Sevilla hinuntersahen. Als sich die Männer entfernten, mit denen Enrico noch gesprochen hatte, fragte er mich, ob ich weiterreiten möchte. Ich nickte fröhlich und nebeneinander mischten wir uns mit unseren Pferden unter die bunte Menge. Zwischen den Festzelten auf der Strasse war der Verkehr dicht, da war ich schon froh, dass ich nur ein Pferd zu lenken hatte, nicht wie die Kutscher, die zum Teil sogar Sechsspänner durch die engen Massen lotsen mussten. Alles war farbig und voller Lebensfreude. Gemeinsam wurde gegessen und getrunken, getanzt und gesungen. Ausgelassen und unbeschwert gaben sich die Leute dem Rhythmus der Musik auf einem der grössten und bedeutendsten Feste von Spanien hin. Ich sah lächelnd nach hinten zu Enrico, der meine Geste erwiderte.

Später an diesem Tag, als die Dämmerung langsam über Sevilla hereinbrach, ritten Enrico und ich auf unsere Kuppe hinauf. Von hier oben sah man ganz genau, in welchem Stadtteil die Feria de Sevilla in vollem Gang war. Wir würden die Abschlusszeremonie mit dem riesigen Feuerwerk und Lichtschauspiel von hier oben beobachten.

„Weisst du noch, als wir nach Neujahr hier waren? Als Sevilla unter der Nebeldecke lag?", fragte mich Enrico leise und schlang mir von hinten die Arme um die Taille. Ich lehnte mich an seinen starken Körper und nickte mit einem leisen Lachen.

„Du sagtest mir da, dass du in die Schweiz gehen wirst, um deine Familie und Freunde zu besuchen."

Er formulierte den Satz nicht als Frage, aber ich hörte sie heraus. Ich war ihm noch eine Antwort schuldig. Seit ich zurück war, sprachen wir nicht mehr über meine Zukunft. Ich hatte somit noch nie die Gelegenheit, ihm meine Entscheidung mitzuteilen, die ich getroffen und teilweise sogar schon umgesetzt hatte. Entweder hatten wir keine Zeit oder es hatte sich einfach nicht ergeben. Jetzt drehte ich mich um und sah ihn an.

„Eigentlich wollte ich nach meinem Zwischenjahr mit einem Jurastudium in der Schweiz beginnen, Anwältin werden und mein Leben genau planen. Und plötzlich stellt sich mir ein Pferd in den Weg, das mein Leben in seinen Grundsätzen in Frage stellte."

Ich schnaubte belustigt, als ich an meine Joggingrunde dachte und deutete auf Fandango. „Und dann kam ganz klischeehaft der Prinz auf dem weissen Pferd und …"

Enrico kitzelte mich und ich kreischte auf.

„Nicht so ironisch, señorita!"

Dann wurde ich wieder etwas ernster, doch die Ironie war immer noch in meiner Stimme erkennbar.

„Ich bin auf einer Ranch gelandet, irgendwo in den weiten, grünen Gefilden Andalusiens", dramatisierte ich.

„Hey!", protestierte Enrico, aber ich liess ihn nicht weiterreden.

„Dann habe ich mich verliebt", fuhr ich fort.

„In Sevilla, in Estrella, in das Leben, in mich."

Ich sah ihm tief in die Augen.

„Und in dich."

Und dann fügte ich voller Ernst hinzu: „Wenn man sich eine Antwort schon zurechtlegt, dann ändert das Leben die Frage. Es verlangt von dir, dass du dich von deinem Gefühl leiten lässt. Dass du auf dich hörst und deiner inneren Stimme folgst. Und nachdem ich dich und Fandango kennenlernte, war das von der ersten Minute an der Fall. Ich habe nicht mehr gross nachgedacht, ich habe einfach nur noch ... gelebt. Im Hier und Jetzt. Auch wenn es schwer war und noch immer ist, die Vergangenheit mit der Zukunft zu verbinden, so weiss ich, dass die Brücke in der Gegenwart liegt. In meinem Leben jetzt. In meinen Bedürfnissen jetzt. Ich habe durch Fandango, Estrella und dich gelernt, dass ich nur frei leben kann, wenn ich im Moment bin. Wenn ich in der Gegenwart bin. Ich habe verinnerlicht, dass ich die wichtigste Person in meinem Leben bin, dass ich für mich selbst einstehen muss. Das bedeutet auch, dass ich mich von den Erwartungen lösen muss, von meinen eigenen und denen der Gesellschaft. Ich muss es nur einer einzigen Person recht machen, mir selbst. Und dafür brauche ich viel Mut, um auf mein Herz zu hören."

Ich holte tief Luft.

„Und ich glaube, ich weiss jetzt, wohin ich gehöre, ich glaube, ich habe meinen Platz gefunden."

Ich hielt inne und stockte kurz. Dann holte ich langsam zwei Papiere aus meinem Unterrock und faltete sie auf. Beide streckte ich ihm hin.

„Ich habe mich in der Schweiz abgemeldet und meinen Wohnsitz nach Sevilla verlegt. Und ich habe mich für das Jurastudium an der Universität von Sevilla eingeschrieben."

Ungläubig sah mich Enrico an.

„Das ist kein Scherz, oder?", fragte er mich unsicher. Ich schüttelte lächelnd den Kopf. Enrico jauchzte laut los, packte mich um die Hüfte, hob mich hoch und drehte sich mit mir im Kreis. Dann stellte er mich behutsam ab, hob mein Kinn an und senkte langsam den Kopf. Ich erwiderte seinen zaghaften Kuss, der mehr aussagte, als Worte es jemals tun könnten. Mehr brauchte ich nicht zu sagen, ich hatte ihm alle Bestätigung gegeben. Ich hatte mich entschieden. Ich würde hier in Spanien bleiben und wohnen, dank meiner Doppelstaatsbürgerschaft war dieses administrative Unterfangen die kleinste Hürde. Es war für mich alles andere als einfach, diese Entscheidung zu treffen, da ich meine Ansichten und die Erwartungen meines Umfeldes nicht von einem Tag auf den anderen umkrempeln und ausblenden konnte. Es kostete mich viele Tränen, Rückschläge, viele Stunden allein und viel Schmerz. Die zahlreichen Gespräche mit meiner Familie und meinen Freunden haben mir aber geholfen, nicht sofort meinem Herzen nachzugeben, sondern auch rational zu bleiben. Und ich habe es geschafft, meine Entscheidung des Herzens mit dem nun klaren Verstand zu verbinden. Ich hatte mir eine stabile Lebensgrundlage geschaffen und sah wieder konkrete Ziele vor meinen Augen. Die Zeit, die hinter mir lag, waren nicht einfach nur Leben und Freude, Freiheit und Spass, nein. Es war auch harte Arbeit an mir selbst. Ich hatte viel über mich nachgedacht, reflektiert, mich hinterfragt und vieles verarbeitet. Jetzt blickte ich aber voller Zuversicht in die Zukunft und freute mich auf mein Jurastudium. Ich hatte den Kompromiss zwischen Kopf und Herz, zwischen Studium und Arbeit, miteinander vereinbaren können. Und es fühlte sich einfach gut und richtig an. Enrico küsste mich lang und innig und ich schloss die Augen, um den Moment mit ihm zu geniessen. Ich bin angekommen. Meine Bestimmung in meinem Leben habe ich gefunden. Hier, im Heimatland der Eltern meines Vaters. Ich bin dem Ruf meines Ursprunges gefolgt – in das Land der Sonne. Und ich habe hier das Loch in meinem Herzen füllen können. Es war genau das, was Mariela angedeutet hatte. Ich selbst war es, was fehlte. Hier fand ich mich schrittweise und fühlte mich stark, vollkommen und unbeschreiblich glücklich und gelöst. Genau in diesem Moment ging das imposante Feuerwerk los und ein farbiger Sternenregen ergoss sich über der Stadt.

Über Sevilla, der magischen Stadt, die das Herzen Andalusiens bildet. Sevilla, die Stadt der Freude und des Leides. Die Stadt, die Herzen bricht und Herzen heilt. Die Leben nimmt und Leben schenkt. Sevilla, die Stadt, in der sich mein Leben und meine Freiheit verwoben. Während wir so dastanden und das Feuerwerk bestaunten, stand Enrico wieder hinter mir und umarmte mich ganz fest. Er senkte seinen Kopf, so dass sein Mund nahe an meinem Ohr war. Und dann hörte ich ihn leise singen. Der Klang des Liedes, seiner Stimme, seines Dialekts fand sofort seinen Weg zu meinem Herzen und begann dort, wie ein Feuer zu brennen. Ich hatte vor einigen Tagen endlich das Lied im Internet gesucht. Es hiess „Sevilla" von Miguel Bosé und wurde im Jahr 1984 veröffentlicht. Begleitet von den funkelnden Sternen und dem Halbmond über der Stadt gepaart mit Enricos Gesang, in den ich nun mit einstimmte, betrat ich den Weg meiner Zukunft – mit ihrem Start in Sevilla.

Stürmerin des Lichts

Ein greller Blitz erhellte kurz den Hof, ehe die Nacht wieder in Dunkelheit gehüllt und die Stille von einem ohrenbetäubenden Donner durchschnitten wurde.

„Frau Moreno?"

Ich drehte mich zum Tierarzt um, dessen dunkle Ringe unter seinen Augen von seiner strengen Nacht erzählten.

„So weit ist alles in Ordnung. Sie braucht nur noch etwas Zeit. Ich werde jetzt nach Hause fahren, wenn was ist, rufen Sie mich auf dem Handy an."

Ich nickte und nahm die Visitenkarte entgegen. Dann reichte ich ihm zum Abschied die Hand und schloss die Stalltüre hinter ihm. In diesem Moment setzte ein starker Regen ein, fast so, als hätte man einen Schalter umgelegt. Ich war kurz davor, die Augen zu verdrehen, doch dann riss ich mich zusammen. Wir hatten seit einem halben Jahr keinen Regen in Andalusien gesehen. Die Wiesen glichen Steppen und die Böden waren so trocken, dass ihre grossen Risse nach Wasser lechzten. Der Regen war so dringend notwendig für neues Leben. Ich lief in die Sattelkammer und holte eine Decke raus. Sobald es regnete, fühlte sich die Luft gleich kühler an. Auf dem Rückweg kam ich an Dangos Box vorbei, an dessen Boxentüre viele Siegesschleifen hingen. Aber nicht mehr aus den Stierkämpfen. Enrico und Dango hatten dem den Rücken gekehrt. Sie nahmen aber seit zwei Jahren regelmässig an Working Equitation Wettbewerben teil. Das machte beiden unglaublich viel Spass und sie konnten dabei ihre Fähigkeiten in Konkurrenz mit anderen Paaren messen. Und es waren keine Tiere involviert, die getötet wurden. Auch Mariela hatte sich nach Enricos letztem Kampf entschieden, die Ära Stierkampf zu beenden und diese Zeit hinter sich zu lassen. Auf der Rancho Ventura wurden weiterhin Pferde gezüchtet und trainiert, aber der Fokus lag nicht mehr auf dem

Stierkampf, sondern auf dem Freizeitreiten. Ich lächelte und strich Fandango über seine Nüstern. Dann schlüpfte ich leise zu Estrella in die Box, die auf der Seite im Stroh lag. Ich liess sie jetzt ganz bestimmt nicht allein. So wie sie für mich da war, so war ich es für sie. Die Decke legte ich ins Stroh zu ihrem Kopf und wickelte mich darin ein. Durch das Fenster erkannte ich, dass der Himmel nicht mehr pechschwarz war, sondern leicht gräulich. Der Morgen nahte bereits.

„Drei Minuten", dachte ich.

„Drei Minuten würde ich die Augen schliessen. Es kann sein, dass mich Estrella jeden Moment braucht."

Zwischen Regenprasseln, Donner und Blitzen tauchte ich ab in eine Traumwelt. Eine Welt, in der zum ersten Mal nach Jahren Bilder aus meiner Vergangenheit aufblitzten. Ich blickte auf die letzten drei Jahre meines Lebens zurück und auf die unglaublichen Wendungen, die es genommen hatte. Als ich vor drei Jahren hier in Andalusien ankam, fühlte ich mich grau und klein. Aufgewühlt und durcheinander. Wie eine kleine Maus, die von ihrem Weg abgekommen war. Es erwarteten mich einige Stürme in den letzten Jahren, viele Herausforderungen, einige Tiefen. Aber noch viel wichtiger war es, den Höhen und den schönen Zeiten Beachtung zu schenken. Mit Enrico führte ich nun doch die Ranch, auch wenn ich immer gesagt hatte, dass ich nie mein Hobby zum Beruf machen wollte. Es hatte sich so ergeben und ich hatte es nie hinterfragt, weil es sich immer richtig anfühlte. Ich arbeitete aber nur Teilzeit auf der Ranch und hauptsächlich im Büro. So hatte ich genügend Ausgleich mit den Pferden in der Freizeit und genug Zeit für mein Jurastudium. Vier Jahre von sechs lagen noch vor mir.

Das Allerwichtigste war aber die Veränderung, die in mir stattgefunden hatte. Ich bin aus mir herausgekommen, ich bin stark und selbstbewusst geworden. Ich habe gelernt, für mich einzustehen, mich im richtigen Moment abzugrenzen und Stressfaktoren zu eliminieren. Noch nie hatte ich mich so ausbalanciert gefühlt wie jetzt. Noch nie so glücklich, gelöst, leicht. Noch nie konnte ich so lachen wie jetzt, aus der reinsten Ehrlichkeit meiner Seele. Endlich konnte ich strahlen, von innen heraus. Ich lebte das Leben, das ich leben wollte. Ich habe aufgehört, alles ständig zu hinterfragen. Die grauen Wolken meines Lebens, die vor einigen Jahren noch vor der Sonne hingen, waren verschwunden. Allerdings hatte ich es auf die harte Tour lernen müssen. Ich hatte die Warnsignale meines Körpers jahrelang ignoriert. Die ständige Müdigkeit, die Abgeschlagenheit, die Schwierigkeiten beim Schlafen, die wiederkehrenden Kopfschmerzen, die Verspannungen im ganzen Körper, die Konzentrationsschwierigkeiten. Und irgendwann mal war es dem Körper zu viel, irgendwann nützten seine Alarmsignale nichts mehr. Dann aktivierte sich die Psyche und zwang mich endgültig in die Knie. Dass ich, trotz allem, die Matura und die Prüfungen absolviert hatte und nicht gänzlich zusammengebrochen war, zeugte vermutlich von einem ungebändigten Kampfgeist und positivem Lebenswillen. Anímate – damals wie heute, mein Lebensmotto. Niemals aufgeben, sondern weiterkämpfen. Aber nicht auf dem gleichen Weg, sondern auf anderen Pfaden. Dieser Sprung zurück auf gesunde Wege war alles andere als einfach und mit viel Kraft verbunden. Ja, ich hatte hier in Andalusien auch psychologische Hilfe in Anspruch genommen, um meine Vergangenheit zu verarbeiten und vor allem zu lernen, wer ich war. Welches meine Bedürfnisse waren. Welches meine Grenzen waren. Und wie ich verhindern konnte, nochmals so tief zu fallen. Die Narben aus der Zeit waren geblieben. Und auch die Panikattacken bin ich nicht gänzlich losgeworden. Aber ich hatte eine andere Beziehung zu ihnen aufgebaut – sie machten mir keine Angst mehr, nein. Ich nahm sie mit Dankbarkeit als ein Warnsignal an. Das waren die Momente, in denen ich innehalten und nachfühlen musste. Und sofort was an der Situation ändern konnte. Es konnten ganz banale Sachen sein wie beispielsweise um Hilfe bitten, wenn mir eine Aufgabe zu viel wurde. Oder Unwohlsein ansprechen, denn eine transparente Kommunikation half. Alles das war notwendig und durfte sein. Nicht alles musste jetzt sofort und schnell vonstattengehen.

In meinem Traum rutschte ich weiter zurück in meinem Leben. Ich fand mich in der Schulzeit wieder, gestresst, mutlos, frustriert, am Ende meiner Kräfte. Meine Gehörlosigkeit habe ich immer ignoriert und mich stets mit den hörenden Mitschülern verglichen. Hätte man mich damals gefragt, welcher Identität ich mich mehr zugehörig fühlte, hätte ich ohne zu Zögern gesagt: der hörenden. Ich akzeptierte meine Schwäche nie. Und dies war der grösste Fehler, den ich machen konnte – einen Teil meines menschlichen Daseins unter den Teppich zu kehren. Na ja, ich wusste auch nie, wie ich mit diesem Nachteil, dieser Schwäche umgehen sollte. Ich hatte es ja nie gelernt, ich hatte in meinem sozialen Umfeld keine Personen mit der gleichen oder ähnlichen Behinderung. Deswegen hatte ich keine Vorbilder, von denen ich mir den Umgang oder gewisse Strategien hätte abschauen können. Ich schämte mich immer, wenn ich jemandem gestehen musste, dass ich ihn oder sie nicht verstanden hatte, weil zum Beispiel der Pegel der Nebengeräusche zu hoch war. Lieber lächelte ich über eine Frage hinweg, die ich nicht verstanden hatte, und liess sie unbeantwortet, als nachzufragen. Wenn ich jetzt so darüber nachdachte, konnte ich nur den Kopf schütteln. Lieber stand ich wie ein Trottel in der Gegend da, der die Frage nicht beantwortete, als eine starke, gehörlose Person, die voller Stolz zu sich und ihrer Behinderung stand. Heute war das anders. Ich hatte nicht nur einen wundervollen Freund und ein Umfeld, das mich so nahm, wie ich war, nein. Ich hatte in Sevilla per Zufall eine Gruppe von gehörlosen und schwerhörigen Personen kennengelernt. Zu ihnen knüpfte ich starke, wundervolle Freundschaften. Mit ihnen lernte ich die gehörlose Welt kennen, von ihnen lernte ich Strategien, um mit der Gehörlosigkeit in der hörenden Welt umgehen zu können. Ich lernte die spanische Gebärdensprache. Und ich lernte, auch stolz auf mich und meine Behinderung zu sein, ich erkannte ihre Vorteile und nahm sie immer mehr als einen Teil von mir an. Ich sah sie nicht mehr als eine lästige Schwäche an, nein. Ich machte aus ihr eine Stärke. Ich fühlte mich nach wie vor weder der hörenden Welt noch der gehörlosen zu 100 % zugehörig. Dafür hatte sich in meinem Leben zu viel vermischt und ich hatte für eine Gehörlose einen ungewohnten, speziellen Weg eingeschlagen. Trotzdem wurde ich in beiden Welten unvoreingenommen und ohne Wertung willkommen geheissen, wofür ich unglaublich dankbar war. Ich hatte für mich ein eigenes Universum geschaffen, in dem ich meine beiden Welten zusammen verband und mir aus den jeweiligen Welten das holte, was ich gerade brauchte. So hatte ich mir einen Lebensstil geschaffen, der von gesunder Balance und Selbstvertrauen getragen wurde. Und allgemein gesagt habe ich auch ein Gleichgewicht gefunden, das in der heutigen schnelllebigen und hektischen Welt so wichtig ist. Das Gleichgewicht zwischen den äusseren Faktoren des Lebens und der eigenen, inneren Freiheit. Unter den Faktoren des Lebens verstand ich beispielsweise die Einflüsse der Gesellschaft, die Politik und Strukturen eines Landes, Bildungsmöglichkeiten und Bildungswege, Erwartungen von Arbeitgebenden, Ansprüche an die eigenen Leistungen, aber auch die Wünsche und Erwartungen vom eigenen sozialen Umfeld wie Freunden und Familien. Auf der anderen Seite stand ich als Individuum. Ich mit meinen Bedürfnissen und meinem Wunsch nach Freiheit und Selbstverwirklichung. Ich mit dem Wunsch, es nur mir selber recht machen zu wollen. Und genau da begann die Kunst, genau den Punkt zu treffen, wo man sich voller Überzeugung in die Gesellschaft und ihre Erwartungen einbringen und sich gleichzeitig treu bleiben konnte. Wo man seinem Umfeld was geben konnte, was einen selber enorm viel zurückgab. Es brauchte das Gleichgewicht von beidem. Ein glücklicher und erfüllter Lebensweg baute nicht nur auf den Steinen des Lebens oder nur auf den Steinen der Freiheit auf. Er baute sich aus den Steinen von dem Ort auf, wo sich eben Leben und Freiheit ineinander verweben.

Moment.

Wieso war es so warm?

Wieso fühlte ich das Sonnenlicht auf meiner Haut?

Soeben war es noch kalt.

Soeben regnete es noch.

Ich zuckte zusammen.

Ich sagte doch, nur drei Minuten.

Die Sonne ging nicht in drei Minuten auf.

Erneut zuckte ich, doch ich konnte mich nicht aus der Traumwelt befreien.

Ein sachtes Rütteln an meiner Schulter holte mich aus der Scheinwelt zwischen Schlaf- und Wachzustand.

„Solea", flüsterte Enrico sanft. Ich blinzelte in das grelle Licht, suchte meinen Freund. Er sass genau neben mir im Stroh, angelehnt an die Boxenwand. Sein schelmisch strahlendes Gesicht verriet mir sofort, was ich verpasst hatte. Ich sah mich suchend um in der Box. Estrella stand an der Futterkrippe und frass ihr Frühstück. Das ich auch verpasst hatte, ihr zu geben. Neben ihr im Stroh erkannte ich zunächst nur einen dunklen Fleck. Doch dann zappelte er kurz, richtete sich auf und sah mir geradewegs in die Augen. Gebannt und gefesselt von der Weisheit in der atemberaubend schönen, dunklen Iris starrte ich zurück.

Es war ein neues Leben, geboren aus den puren Wurzeln Andalusiens. Inmitten des für das Land so wichtigen, strömenden Regens.

Ein pechschwarzes Fohlen. Einzig ein keilförmiges, weisses Abzeichen auf der Stirn hob sich vom dunklen Fell ab. Man konnte es auch als einen Wirbelsturm interpretieren, perfekt zwischen den Augen platziert. Estrella hatte es also auch ohne mich geschafft. Wie verzaubert sah ich das Kleine an, das genauso intensiv zurückstarrte. Dann brummelte es leise. Der ganze, kleine, zerbrechliche Körper bebte dabei leicht. Ich lächelte.

„Tormenta", hauchte ich. Stürme im Leben kommen nicht nur, um etwas zu zerstören. Sondern auch um Wege freizumachen zu wunderschönen Orten und Momenten. Stürme können auch Chancen sein, Altes hinter sich zu lassen und sich Neuem zuzuwenden. Ich streckte sanft die Hand aus und hielt sie dem Fohlen hin. Sachte schnupperte es daran, sein warmer Atem bahnte sich sofort einen Weg in meine Mitte. Es war ein weiteres Seelenpferd, das mich ab sofort neben Gjúki und Estrella de la Luz auf meinem Lebensweg begleiten würde.

„Passender gehts nicht", flüsterte Enrico, um das Fohlen nicht zu erschrecken.

„Das erste Fohlen von Huracán de la Libertad aus Estrella de la Luz."

„Tormenta de la Luz."

Stürmerin des Lichts.

Danksagung

Eine tiefe Dankbarkeit erfüllt mich bei dem Gedanken an all die Menschen, die mich dabei unterstützt haben, meinen Traum zu verwirklichen. Und dazu zähle ich nicht nur die Menschen, die unmittelbar dabei waren, als dieses Buch entstanden ist, nein. Ich danke allen Menschen, denen ich in meinem Leben begegnet bin. Denn jede einzelne Begegnung, jede Person und jede Situation waren ein Baustein auf dem Weg meines Lebens, den ich bis heute gegangen bin. Manchen bin ich öfters begegnet, manche haben mich nur kurz begleitet, andere dafür länger. Wieder andere sind bis heute Teil meines Lebens. Und genau dieser Lebensweg ist das Fundament dieses Buches.

Nichtsdestotrotz möchte ich einen speziellen Dank an die Personen aussprechen, die massgeblich an der Entstehung dieses Buches beteiligt waren, auch wenn sie es vielleicht selber gar nicht gemerkt haben, was sie dabei für einen grossen Teil einnehmen.

Meinen engen Freunden danke ich, dass sie das Buch von der ersten Stunde an begleitet haben. Kapitel für Kapitel haben sie gegengelesen und mir mit kritischen Fragen viele wichtige Hinweise geliefert. Danke für die stundenlangen Gespräche, die mir unglaublich weitergeholfen haben, wenn ich in einer Blockade feststeckte.

Neben meinen Freunden war und ist auch meine Familie jederzeit eine riesengrosse Stütze für mich und dies in allen Bereichen. Tagelang haben wir uns gemeinsam den Kopf zerbrochen über gewisse Textpassagen, die Handlungsabläufe und die Charaktere im Buch. Danke euch, dass ich euch auch jederzeit anrufen durfte, um mit euch meine aufflammenden Ideen gleich zu teilen.

Als Nächstes danke ich herzlich meiner ehemaligen Deutschlehrerin, die das Buch zum ersten Mal korrekturgelesen hat, bevor ich dieses beim Verlag eingereicht habe. Danke für deine wertvollen Inputs und die Rückmeldungen.

Ein aus dem tiefsten meines Herzens kommendes Dankeschön geht an die, wie ich sie nenne, gesamte Ponyhof-Familie. Seit mehr als acht Jahren ist sie ein wichtiger Bestandteil meines Lebens, hat mich in schwierigen Lebensphasen aufgefangen und ist zu einer zweiten Familie geworden. Ihr seid bedingungslos für mich da, glaubt an mich und stärkt mich selbst in den Momenten, in denen ich es nicht schaffe.

Und nicht zuletzt geht ein riesiger Dank an den Novum-Verlag, der mit mir den Traum vom eigenen Buch realisiert. Ihr habt meine Leidenschaft und mein Herzblut in dem Projekt erkannt und verstanden, was ich damit erreichen möchte: Ich wünsche mir, das Herz der Leser und Leserinnen zu berühren und mit ihnen einen Teil der Erkenntnisse zu teilen, die ich auf meinem eigenen Lebensweg gewonnen habe. Auf meinem Weg zu dem Ort, wo Leben und Freiheit sich verweben.

Die Autorin

Die Autorin Noelia Pérez, Jahrgang 1998, ist im
Kanton Zürich geboren und lebt heute im schwei-
zerischen Thurgau. Nach der neusprachlichen
Maturität und einer kaufmännischen Lehre startete
sie berufsbegleitend ein Studium der Betriebsöko-
nomie. Pérez ist in einem multikulturellen Umfeld
aufgewachsen und spricht mehrere Sprachen.
Lesen und schreiben waren schon als Kind ihre
Leidenschaft. Ihren Ausgleich zum Alltag findet
sie vor allem beim Sport und auf dem Rücken der
Pferde in der Natur.
„Wo Leben und Freiheit sich verweben" ist ein
autobiographisch gefärbter Roman der gehörlosen
Autorin und die erste Buchpublikation von Pérez.

Der Verlag

Wer aufhört besser zu werden, hat aufgehört gut zu sein!

Basierend auf diesem Motto ist es dem novum Verlag ein Anliegen, neue Manuskripte aufzuspüren, zu veröffentlichen und deren Autoren langfristig zu fördern. Mittlerweile gilt der 1997 gegründete und mehrfach prämierte Verlag als Spezialist für Neuautoren in Deutschland, Österreich und der Schweiz.

Für jedes neue Manuskript wird innerhalb weniger Wochen eine kostenfreie, unverbindliche Lektorats-Prüfung erstellt.

Weitere Informationen zum Verlag und seinen Büchern finden Sie im Internet unter:

www.novumverlag.com